青少年
网络文学阅读与自我发展

张冬静 著

Self Lost in Internet-Fiction

华中科技大学出版社
http://www.hustp.com
中国·武汉

图书在版编目（CIP）数据

青少年网络文学阅读与自我发展/张冬静著. —武汉：华中科技大学出版社，2022.6
ISBN 978-7-5680-8076-7

Ⅰ.① 青… Ⅱ.① 张… Ⅲ.① 网络文学-文学研究-中国 Ⅳ.① I207.999

中国版本图书馆 CIP 数据核字（2022）第 098650 号

青少年网络文学阅读与自我发展

张冬静　著

Qingshaonian Wangluo Wenxue Yuedu yu Ziwo Fazhan

策划编辑：	易彩萍
责任编辑：	易彩萍
封面设计：	金　金
责任监印：	朱　玢

出版发行：华中科技大学出版社（中国·武汉）　　电话：(027) 81321913
　　　　　武汉市东湖新技术开发区华工科技园　　邮编：430223

录　　排：	华中科技大学出版社美编室
印　　刷：	湖北金港彩印有限公司
开　　本：	710mm×1000mm　1/16
印　　张：	16
字　　数：	279 千字
版　　次：	2022 年 6 月第 1 版第 1 次印刷
定　　价：	88.00 元

本书若有印装质量问题，请向出版社营销中心调换
全国免费服务热线：400-6679-118　竭诚为您服务
版权所有　侵权必究

前　　言

近二十多年来，互联网及由其孕育产生的流行文化一直处于日新月异的发展中，对当代青少年的自我发展、价值观念、生活方式等产生重大影响。与此同时，网络文学在传统通俗文学的基础上，借助互联网快速迭代和跨媒介传播的东风，迅速发展成一个规模巨大的文化产业，即集数字化阅读、实体书出版、文学网站运营、影视改编、游戏改编于一体的现代文化产品，堪称世界级文化现象。

随着网络文学的迅猛发展，写手群体、读者群体以及作品数量都在迅速增长，大量网络文学平台和数以千万计的网络文学作品出现在广大青少年的视野中。截至2020年12月，我国网络文学用户量达到4.6亿（较2020年3月增加450万），占网民总量的46.5%，其中手机网络文学用户规模为4.59亿，占手机网民总量的46.5%（中国互联网络信息中心，2021）。一方面，网络文学的类型从传统通俗文学的言情、武侠、鬼怪等扩展为玄幻、奇幻、穿越、宫廷、校园、都市、军事、历史、二次元、耽美等，不一而足。另一方面，以"起点中文网""晋江文学城""红袖添香""派派小说"等为代表的网络文学平台逐步积累了海量阅读用户，市场规模也越来越大。同时，随着手机应用软件（APP）的更新和普及，"百度文学""阿里文学""微信读书""QQ阅读""掌阅iReader"等移动阅读软件为掌上阅读提供了便利，更带来了网络文学流量的井喷式上升。

新时代的青少年，尤其是成长于数字化环境中的95后、00后，是最活跃的网络文学阅读群体，也最容易受到网络文学影响。网络文学阅读的年轻化趋势愈加明显，根据第十八次全国国民阅读调查报告，截至2020年，青年群体是网络阅读的主力军，其中14～17岁未成年人的阅读量最多，平均达到13.07本，远高于成年群体的4.9本。青少年成为网文阅读的主体力量，根据中国互联网络信息中心发布的《2020年全国未成年人互联网使用情况研究报告》统计数据，截至 2020 年，35.4％高中生和 27.7％初中生在网络上阅读小说。另外，掌阅数据研究中心主导发布的《2020 年中国数字阅读行业创新趋势专题研究报告》显示，我国网络文学用户学历分布以初中和高中学历为主，占比高达 65.3％，25 岁以下群体占比 34％。阅文集团的《2021 网络文学作家画像》还指出，网络文学创作已经迎来 95 后时代，阅文平台作家中，95 后占比最多、增长最快。95 后作家在阅文作家中占比超 36％，90 后和 85 后紧随其后，分别以 26.4％和 19.3％位列第二、三名。由此可见，网络文学已经成为青少年互联网使用中不可或缺的活动形式。

由于青少年尚未形成稳定而统一的自我，网络文学阅读必然对他们的自我概念形成和发展产生不可忽视的影响。从文化研究的角度看，研究者认为我国网络文学具有最大程度影响、改变、重塑年轻一代的力量（欧阳友权，2008；竺立军，杨迪雅，2017）。然而，网络文学的流行在丰富青少年娱乐生活的同时，也伴随着一系列问题。针对网络文学迅猛发展与监管力度和效度不匹配的问题，2017 年，国家新闻出版广电总局发布了《网络文学出版服务单位社会效益评估试行办法》，在肯定网络文学极大丰富了广大群众生活的基础上，也特别强调肃清网络文学市场，降低低俗文学和出版市场的混乱给广大读者带来的不良影响。来自传播学、文学、社会学、教育学等领域的研究者在肯定了网络文学积极作用的基础上，更加批判了网络文学质量良莠不齐、内容黄色暴力、极端娱乐化、故事逻辑性差等问题。特别是，青少年由于沉溺于网络小说而影响学习和生活的例子比比皆是，很多学校甚至禁止学生阅读网络文学，家长们也越来越担心孩子被网络文学带入歧途。因此，青少年网络文学阅读行为虽然受到社会、家庭和学校的高度重视，但是网络文学究竟如何影响青少年自我成长，以往研究还不能很好地回答这个问题。

网络文学阅读影响个体的自我发展。以往研究发现个体在阅读故事的时候，他们的态度、信念等常常会无意识地被故事中的信息所影响，变得和故事中明确表达或隐含的态度、信念等相一致（Escalas，2007）。一方面，社会学习理论强调替代自我的重要性，个体可以通过观察和模仿他人的行为来塑造自我（Bandura，1986）。网络文学内容的丰富性和交互性，为青少年提供了多种观察和模仿他人的机会，所以青少年既可以通过网络文学习得自我探索与建构路径，又可以通过模仿小说主人公的言行改变自己原有的行为方式。另一方面，自我扩展性理论认为当个体完成了新的任务或者在自我概念中增加了新的观念、身份和资源后，会体验到一种自我成长的感觉（Aron，Norman，Aron，1998；Aron，Lewandowski，Mashek，Aron，2013）。青少年在网络文学所营造的虚拟故事中伴随主人公成长，带入自我，从而体验主角的传奇人生。这种体验可能带来个体理想自我与文学主人公的融合，从而将网络文学主人公的信念、态度和行为方式纳入自我概念中，进而改变青少年的现实自我概念。

那么，网络文学阅读究竟如何影响青少年自我概念清晰性？有利还是有弊？这一问题尚处于争论中，缺乏系统、科学的研究。网络使用与自我概念清晰性的关系自传统 CMC（computer-mediated communication）交流模式兴起之后，也成为广大研究者关注的内容。关于网络与自我概念清晰性的关系，Valkenburg 和 Peter（2008，2011）提出两个相反的假说："自我概念统一假说"（self-concept unity hypothesis）和"自我概念分化假说"（self-concept fragmentation hypothesis），来解释网络使用对自我概念清晰度可能产生的影响。自我概念统一假说认为，网络给个体提供的与来自不同背景的人进行交流的机会比任何时候都要多，这为个体提供了诸多检验自我认同的机会，并能接收他人的反馈和验证，这有利于个体澄清和统一对自我的认识。而自我概念分化假说则认为，网络给个体提供了与各种不同的人进行互动的机会，个体也可以轻松地探索并尝试自我的不同方面，这不仅会使个体面临自我不同方面无法统合的风险，还会瓦解个体已经形成的统一稳定的自我，造成自我概念混乱；相关实证研究发现，互联网、手机使用确实与青少年自我概念清晰性密切相关（Alysson，Penny，2013；Quinones，Kakabadse，2015；Valkenburg，Peter，2008；牛更枫等，2016；徐欢欢等，2017；杨秀娟等，2017）。

就网络文学而言，一方面，青少年可以根据自己的意愿来自由地选择喜爱的文学作品，不论人物的年龄、性别还是外貌、性格，乃至人物生活的时代和空间，个体都可以按照自己的喜好进行挑选。所以，青少年可以轻松地通过阅读网络文学了解各种自我发展的可能，在阅读的过程中进行自我对照，从而有利于青少年更好地进行自我建构和反思，支持了自我概念统一假说。但另一方面，青少年在阅读网络文学的时候，他们在文学作品中体验自我发展多种可能（理想自我的模范）的同时，必然会代入跨时空、跨性别的多重身份，沉溺于小说角色们跌宕起伏的人生中，而这种多重身份和经历也有可能会分化个体的自我概念，似乎又支持了自我概念分化假说。那么网络文学到底对青少年自我概念清晰性的影响如何，分化还是统一？这是目前需要解决的问题。

同时，以往关于青少年网络文学阅读的研究也认为，网络文学使得青少年阅读性质朝着享乐化和实用化发展（杨军，2006），阅读深度也变得更为浅显化（曾克宇，2007；邵燕君，2015），这种泛娱乐和浅阅读的阅读倾向会大大降低青少年对网络文学作品的思考，陷入盲目认同网络文学所塑造的虚拟世界的不良境地。同时，青少年由于缺乏自我控制能力，容易迷失在网络文学世界中，沉浸于虚构的故事情节中不可自拔而上瘾（张杏杏等，2012），有些学生甚至可能将文学世界等同于现实世界，从而可能阻断现实探索这一自我建构的必要通道，给当代青少年的自我发展和社会适应带来不良影响。

综上所述，网络文学这一现象级的文化产业，作为我国互联网流行文化中重要组成部分，它的迅猛发展对青少年自我发展的影响已经成为国家、社会乃至家庭关注的重要问题。青少年是否在网络文学作品中迷失了自我，具体来说就是网络文学阅读是否以及怎样影响青少年自我概念清晰性是本书解决的核心问题。为了解决这一问题，首先需要了解青少年网络文学阅读的现状（阅读比例、频率、类型、方式等）和阅读特点（心理特点）；其次，探讨网络文学阅读是否影响青少年自我概念清晰性，支持分化假说还是统一假说；再次，如果支持某一种观点，那么这一影响又是如何以及怎么样产生的，特别是哪些因素在这一个过程中起到核心作用，同时这些因素之间又是如何互相影响的；最后，青少年时期同伴和家庭在自我成长过程中起着不可忽视的作用，同伴和家庭在预防青少年在网络文学中迷失自我所起的作用也是本书探讨的重要问题。

目 录

第一部分 网络文学与青少年自我概念清晰性概述

第一章 网络文学及其发展 …………………………………… 002
第一节 网络文学定义 ………………………………………… 002
第二节 网络文学发展 ………………………………………… 003
第三节 网络文学分类 ………………………………………… 005
第四节 网络文学与传统文学的差异 ………………………… 010

第二章 自我概念清晰性概述 ………………………………… 015
第一节 自我概念清晰性定义及测量 ………………………… 015
第二节 青少年自我概念清晰性的发展特点 ………………… 022
第三节 青少年自我概念清晰性的相关研究 ………………… 024

第三章 网络文学阅读与自我概念清晰性 …………………… 027
第一节 心理学的叙事研究 …………………………………… 027
第二节 叙事与自我的相关研究 ……………………………… 027
第三节 网络文学阅读与自我概念清晰性的关系 …………… 031
第四节 网络文学阅读与自我概念清晰性的相关理论 ……… 034
第五节 以往研究不足与问题提出 …………………………… 038

第二部分　青少年网络文学阅读现状及心理特点

第四章　基于问卷调查的青少年网络文学阅读现状 …………… 047
- 第一节　研究思路及方法 ……………………………………… 047
- 第二节　青少年网络文学阅读的调查分析结果 ……………… 049
- 第三节　基于问卷调查的网络文学阅读特点 ………………… 059
- 第四节　小结 …………………………………………………… 061

第五章　基于文本分析的青少年网络文学阅读心理特点 ……… 062
- 第一节　研究思路及方法 ……………………………………… 062
- 第二节　青少年网络文学阅读的文本分析结果 ……………… 064
- 第三节　基于文本分析的网络文学阅读特点 ………………… 079
- 第四节　小结 …………………………………………………… 083

第六章　青少年网络文学阅读动机 ………………………………… 084
- 第一节　研究思路及方法 ……………………………………… 085
- 第二节　青少年网络文学阅读动机的概念与结构 …………… 087
- 第三节　青少年网络文学阅读动机测量工具 ………………… 089
- 第四节　青少年网络文学阅读动机特点 ……………………… 096
- 第五节　小结 …………………………………………………… 100

第三部分　青少年网络文学阅读对自我概念清晰性的影响：
　　　　　　分化还是统一？

第七章　青少年自我概念清晰性发展特点 ………………………… 103
- 第一节　研究思路及方法 ……………………………………… 103
- 第二节　青少年自我概念清晰性的人口学分析 ……………… 105
- 第三节　基于调查的青少年自我概念清晰性的发展特点 …… 107
- 第四节　小结 …………………………………………………… 109

第八章　青少年网络文学阅读行为与自我概念清晰性的关系 …… 110
- 第一节　研究思路与方法 ……………………………………… 110

第二节　青少年网络文学阅读与自我概念清晰性之间的关系 ……… 112
第三节　基于数据的关系特点讨论 …………………………………… 115
第四节　小结 ……………………………………………………………… 116

第九章　青少年网络文学阅读动机与自我概念清晰性的关系 ……… 117
第一节　研究思路与方法 ……………………………………………… 117
第二节　青少年网络文学阅读动机与自我概念清晰性的
　　　　关系分析 ……………………………………………………… 119
第三节　基于数据的关系特点讨论 …………………………………… 121
第四节　小结 ……………………………………………………………… 122

第四部分　青少年网络文学阅读对自我概念清晰性的影响机制

第十章　青少年网络文学阅读对自我概念清晰性的影响：
　　　　角色认同的中介作用 ……………………………………… 126
第一节　研究思路及方法 ……………………………………………… 126
第二节　角色认同的中介机制分析 …………………………………… 128
第三节　基于数据的关系模型讨论 …………………………………… 130
第四节　小结 ……………………………………………………………… 132

第十一章　青少年网络文学阅读对自我概念清晰性的影响：
　　　　沉浸感的中介作用 ………………………………………… 133
第一节　研究思路及方法 ……………………………………………… 133
第二节　沉浸感的中介机制分析 ……………………………………… 135
第三节　基于数据的关系模型讨论 …………………………………… 137
第四节　小结 ……………………………………………………………… 138

第十二章　青少年网络文学阅读对自我概念清晰性的影响：
　　　　自我扩展的中介作用 ……………………………………… 139
第一节　研究思路及方法 ……………………………………………… 139
第二节　自我扩展的中介机制分析 …………………………………… 141

第三节　基于数据的关系模型讨论 …………………… 143
　　第四节　小结 …………………………………………… 144

第十三章　青少年网络文学阅读对自我概念清晰性的影响：
　　　　　多重中介作用 …………………………………… 145
　　第一节　研究思路与方法 ……………………………… 145
　　第二节　多重中介效应分析 …………………………… 147
　　第三节　基于数据的关系模型讨论 …………………… 151
　　第四节　小结 …………………………………………… 152

第十四章　青少年网络文学阅读对自我概念清晰性的影响：
　　　　　有调节的中介作用 ……………………………… 154
　　第一节　研究思路及方法 ……………………………… 154
　　第二节　有调节的中介效应分析 ……………………… 156
　　第三节　基于数据的关系模型讨论 …………………… 165
　　第四节　小结 …………………………………………… 168

第五部分　青少年网络文学阅读对自我概念清晰性的影响：同伴和家庭作用

第十五章　青少年网络文学阅读对自我概念清晰性的影响：
　　　　　同伴的作用 ……………………………………… 171
　　第一节　研究思路及方法 ……………………………… 171
　　第二节　调节效应分析 ………………………………… 173
　　第三节　基于数据的关系模型讨论 …………………… 178
　　第四节　小结 …………………………………………… 180

第十六章　青少年网络文学阅读对自我概念清晰性的影响：
　　　　　家庭的作用 ……………………………………… 182
　　第一节　研究思路及方法 ……………………………… 182
　　第二节　调节效应分析 ………………………………… 184

第三节　基于数据的关系模型讨论 ………………………………… 190
第四节　小结 ………………………………………………………… 192

第六部分　总讨论

第十七章　青少年网络文学阅读现状及理论模型的整合讨论 ………… 194
第一节　青少年网络文学阅读现状及反思 ………………………… 194
第二节　青少年网络文学阅读对自我概念清晰性的影响 ………… 195
第三节　青少年网络文学阅读对自我概念清晰性产生影响的
　　　　心理机制 ………………………………………………… 196

第十八章　研究启示与展望 ……………………………………………… 202
第一节　本研究的创新及其意义 …………………………………… 202
第二节　研究启示及对策 …………………………………………… 204
第三节　研究不足与展望 …………………………………………… 212
第四节　总结论 ……………………………………………………… 213

附录 ……………………………………………………………………… 215

参考文献 ………………………………………………………………… 224

后记 ……………………………………………………………………… 241

第一部分
网络文学与青少年自我概念清晰性概述

  要科学系统地探讨网络文学阅读与青少年自我概念清晰性的关系及其作用机制，基本前提是进行概念界定，搭建一个分析青少年网络文学阅读及其影响的基本研究框架，进而深入阐述和揭示网络文学阅读对青少年自我概念清晰性产生影响的作用机制。基于此，本书第一部分采用三个章节分别对网络文学与青少年自我概念清晰性的相关研究进行梳理与辨析：第一章主要梳理了网络文学的概念界定、发展进程、与传统文学差异及其分类；第二章主要对自我概念清晰性的定义、测量及其发展特点进行综述；第三章主要是在综述了叙事心理、叙事与自我的相关研究基础上，进一步梳理网络文学阅读与自我概念清晰性的关系研究，并在借鉴相关理论的基础上提出本书研究框架。本部分的内容，为后续开展的实证研究奠定了坚实的理论基础，构成了本书研究的基本前提。

第一章 网络文学及其发展

第一节 网络文学定义

随着信息技术和数字技术的发展,特别是移动互联网迅速普及,人们通过阅读获取知识的方式也发生了质的变化。网络文学是网络与文学的深度结合,作品类型、创作群体与阅读方式的改变推动了网络文学产业的兴起,也丰富了人们获取信息的方式。由于更新迭代迅速、灵活度高等特征,网络文学至今尚未形成统一定义。

最早对于网络文学的界定来自西方学者。最早研究者将网络文学定义为"数码文学"(digital literature),统指以计算机为媒介的文学,包括用数字化技术制作和只能在数字化环境下使用的文学作品样式(Koskimaa,2000)。后期研究者认为网络文学应该是基于互联网所提供的功能而创造的文学样式(Hayles,2008),将它命名为"电子文学"(electronic literature)。随着网络文学的丰富和普及,也有一部分网络文学研究者把以计算机为媒介的文学称为"网络文学"(net-literature),指包括所有"存在于网络和可编译媒介上的作品"(Schäfer & Gendolla,2010)。除了以上几种常见的界定形式,网络文学还被称为"计算机文学"(cyber literature)、超文本文学(hypertext literature)、制动文本(cyber text)和粉丝文学(fan fiction)等,用来指代同一个概念(Viires,2005)。

我国网络文学与西方网络文学的差异比较大。广义的网络文学是指在互联网上传播的所有文学和类文学样态。从狭义上来讲,中国的网络文学，简称为网文，又被称为中国的"原创文学"。以往研究者总结我国网络文学包括三种形式：第一种是将线下已经出版和发表的文学作品通过扫描整理后上传到网络上进行传播的文学作品；第二种是直接在互联网平台上发表的网络文学作品；第三种是通过计算机软件对已有文字进行再创作，放在网上供读者阅读的文学作品，类似西方文学中的"粉丝文学"（欧阳友权，2008）。目前我国网络文学主要是第二种和第三种形式的文学作品。

关于我国网络文学的定义很多。有学者认为网络文学是指采用电脑创作，在互联网上发表，供全体网民欣赏或参与的新型文学样式，它是伴随现代计算机特别是数字化网络技术发展而来的一种新的文学形态（彭兰，2012；王明亮，2015）。也有学者将网络文学定义为那些脱离现实世界，完全依存于网络媒体生成的虚拟空间，并在计算机软硬件、电子信息、数据库、超链接和界面技术支撑下创作、生成、传播、运行、演示、接受和反馈的文学性网络文本（鲍远福，2015）。本书中的网络文学主要指以互联网或者数字化设备为展示平台和传播媒介，借助超文本链接和多媒体演绎等手段来表现的小说、类小说文本，其中以网络原创作品为主，即不经编辑、个人随意发表的小说作品（吴琼，2013）。

第二节　网络文学发展

我国网络文学最早开始于20世纪90年代，台湾作家蔡智恒1999年的名作《第一次的亲密接触》是我国第一本网络小说。2001年，今何在的《悟空传》在网络上引起极大关注，网络文学（网络小说）进一步进入大众视野，这一本网络小说的流行具有划时代的意义。随着移动终端（平板电脑、智能手机）的普及，网络小说不仅收获了大量的读者，而且通过影视化、动漫化、游戏化等进一步进入大众视野。2011年的《宫锁心玉》、2015年的《花千骨》、2017年的《三生三世十里桃花》、2018年的《知否知否应是绿肥红瘦》和2020年的《斗罗大陆》等一系列优秀的网络小说作品通过影视化、游戏化等传播方式被大众接受和认可。网络小说的运营也从单纯的文字化，向影视化、剧本化和游戏化等多元发展。自此之后，网络文学的发展始终伴随着作者、读者和运营模式的升级变化，网络文学随着这三个元素的变化而发展。网络文学的发展可以概括为以下三个阶段。

网络文学的第一阶段是萌芽阶段，时间为 1999 年至 2005 年。在这一阶段，网络文学的最初创造者为原始文学爱好者，他们在网络上创作的目的主要是宣泄情感，表达个人的理想和价值观。最初的读者也以文学爱好者为主，阅读动机比较单纯。早期作者并没有相应的稿酬，功利性比较少，更多的是通过网络文学找到志同道合的同伴。整体创作水平比较高，作者群体主要为有一些文学功底的网民，并且接触网络的个体也以大学生为主，所以整体上作者和读者群的素质比较高。从类型上来看，主要的作品题材为青春浪漫和言情感情类。

网络文学的第二阶段是赢利阶段，时间为 2005 年到 2010 年。以"起点中文网"为代表的网络平台开始采用付费制模式赢利。网络平台通过向读者收取费用，进而支付作者稿酬。在这一阶段，在收益的驱使下，大量作者涌入网络平台，大量优秀作品呈现在广大读者眼前。同时这些网络流量比较大的作品 IP 逐渐被商品化，作者与读者之间交流越来越密切，体现了网络的交互性特点。但是网络文学的爆炸式增长，也给社会带来了极大的不良影响，由于监管的不及时，网络文学存在大量故事雷同、抄袭，黄色内容和暴力题材泛滥等不良现象。网络文学的类型以玄幻修仙为主，脱离了前一阶段以现实生活为基调的文学样态，网络文学中玄幻奇幻类小说总量数以千万计，成为一种流行。

网络文学的第三阶段是影视文学双向转化阶段。2010 年以后，于 2008 年 7 月成立的盛大文学有限公司发展迅速，致力于将网络文学进行推广，网络文学泛娱乐性趋势越来越明显，许多优秀网络文学 IP 被改编成了热播的电视剧，例如 2015 年的《花千骨》《琅琊榜》以及 2017 年对盗墓题材类文学的热捧，网络文学的社会影响空前高涨。2015 年，手机阅读平台掌阅科技宣布成立文学集团"掌阅文学"，网络文学 APP 软件和文学阅读平台走向定制化和个性化阶段，网络文学的创作越来越体现了读者与作者的交互性，读者的支持带来大 IP，作者通过签约创作平台和买卖作品改编权来获得极大利益。当然在利益驱动下，越来越多网络文学作者为了满足读者的娱乐、享受需求和猎奇心理，创作了一些内容与现实严重脱节、逻辑推理性差的文学作品。这些作品中出现大量前后不一致、人设崩坏、与生活常识严重不符等问题，为社会大众所诟病。

综上所述，经历短短二十几年发展的网络文学，社会影响力越来越大，成为国际上一种新的文化浪潮。网络文学的巨大流量和社会价值得到肯定，但文学质量却与之不相协调，呈现急剧下降趋势。一方面，值得欣喜的是作者群的整体思路从最开始的类型单一走向丰富多样；另一方面，模式化、类同化、趣味低下等问题也引起了社会大众的密切关注。因此，对青少年网络文学阅读的心理与行为展开研究具有非常重要的现实意义和社会价值。

第三节　网络文学分类

传统文学作品根据文学作品的篇幅，可以分为长篇小说、中篇小说和短篇小说。但是目前网络上比较流行的网络文学作品有的可以达到百万字数，有些连载小说甚至可以持续更新 10 年。所以网络文学分类一般不采用篇幅进行分类，主要是按照受众性别和主题类型来分类。

一、按受众性别分类

网络文学的男性网文和女性网文差异性极大，体现了互联网个性化、定制化的特点。截至 2020 年底，我国网络文学网站排名前五的是起点中文网、创世中文网、纵横中文网、晋江文学城和 17K 小说网。起点中文网、创世中文网和 17K 小说网明确分为男生和女生频道，晋江文学城为女生小说网，纵横中文网为男生小说网。其中女性网络文学主要包括言情、穿越、玄幻、校园、都市、N 次元和耽美等类型，男性网络文学则主要包括玄幻、修仙、武侠、悬疑、恐怖、军事、游戏等类型，如表 1-1 所示。

表 1-1　网络文学网站及文学分类表

网站	频道	分类
起点中文网	男生	玄幻、奇幻、武侠、仙侠、都市、现实、军事、历史、游戏、体育、科幻、灵异、二次元
	女生	古代言情、仙侠奇缘、现代言情、浪漫青春、玄幻言情、悬疑灵异、科幻空间、游戏竞技、N次元
创世中文网	男生	玄幻奇幻、武侠仙侠、都市现实、军事历史、游戏体育、科幻灵异、二次元、短篇
	女生	玄幻仙侠、古代言情、现代言情、科幻灵异、浪漫青春
纵横中文网	男生	奇幻玄幻、武侠修仙、军事历史、都市娱乐、竞技同人、科幻游戏、悬疑灵异
晋江中文网	女生	古代言情、都市言情、幻想现言、古代穿越、玄幻奇幻、未来游戏悬疑、二次元言情、衍生言情
17K小说网	男生	都市小说、仙侠武侠、玄幻奇幻、历史军事、游戏竞技、科幻末世
	女生	古代言情、都市言情、幻想言情、浪漫青春

注：截至 2018 年 3 月的网络文学网站类型梳理。

二、按主题类型分类

回顾网络文学几十年的发展历程，可以看出网络文学在传统虚构类文学中的武侠、鬼怪和言情小说类型基础上得到了极大的丰富。20世纪末，网络文学作品主要集中于对言情和玄幻类小说的创作。随着移动互联网的发展，网络文学作者和读者急剧增长，网络文学市场也呈现百花齐放的盛景。有研究者认为网络文学应该分为 10 种类型——都市职场、穿越架空、武侠仙侠、玄幻科幻、灵异神秘、惊悚悬疑、游戏竞技、军事谍战、都市爱情和青春成长等类型（周志雄，2014）。整合网络文学网站的最新类型划分和以往研究，下面对网络文学的 10 种主要类型进行描述。

1. 玄幻奇幻

玄幻奇幻类小说是一种不受时间和空间限制的小说,主要是讲述具有特异能力的人物和事件的幻想性小说。玄幻奇幻类小说内容里,通常存在着有非人智慧的生物和种族,他们来自不同星球、不同空间和体系,拥有着与现实生活中的人类不一样的超能力。小说中的人物有自己的社会文化和特长,就如《花千骨》里的小骨,《择天记》里的长生和《斗破苍穹》里的萧炎,无论他们的族群如何,在他们身上所发生的事情永远都是我们现实生活中普通人类做不到的事。玄幻奇幻类小说的内容丰富多彩,题材写作较为随意。玄幻奇幻类小说的作者具有超强的想象力和创造力,他们对题材的新颖独特构思与完整的系统设定决定了小说的成功。

2. 言情情感

在网络小说中,言情情感类小说受众比较多,并且以女性读者为主。言情小说主要描述两性之间的情感纠葛,为了满足个体在生活中对爱情的向往和梦想,往往描述的是一种非常完美的爱情故事。"情感"是指该类小说主要表达的是男女主角之间的情感问题。概括说,言情情感小说泛指以爱情为主题的小说形式。言情小说通过情感与读者产生共鸣,让读者与书中主角共同经历爱情的缠绵与生离死别,也让读者沉浸在理想的爱情世界里。在小说影响下,读者会将自己代入故事中主人公的生活背景和经历,满足自己对爱情的无限遐想。言情小说在青少年群体中特别受欢迎,例如《三生三世十里桃花》《微微一笑很倾城》和《十年一品温如言》等都是有几亿阅读量的文学大 IP。

3. 武侠修真

网络文学中的武侠修真类小说是传统武侠小说与现代玄幻小说的结合,是承袭新派武侠一脉,讲述仗剑天下、行侠仗义等传统武侠世界的作品。它是指在传统武侠小说的基础上,结合网络的传播模式和特性以及网络文学受众的需求而发展起来的新型武侠小说。"修真"一词来源于道家理论,原指去伪存真、求得真我的过程,但是修真小说中的"修真"泛指修炼成仙。简而言之,修真小说指的是一种新型的小说体裁,它产生于网络时代,流行于消费时代,一般以架空现实的题材,超自然能力的主人公为基本内容,讲述主人公通过学道修行、修炼法器或炼制仙丹等途径,层层飞升到达更高的境界，在经历磨难的同时，"去伪存真"，求得"真我"的过程。从广义上讲，玄幻小说和仙侠小说也是武侠修真小说的一部分，给武侠小说带来了新的活力。

4. 穿越架空

穿越架空类小说主要内容体现在小说人物由于一些意外原因从原来生活的时代进入一个全新的世界，在这个世界中他/她利用自己的先前经验，在新的时代中结交朋友，开启不一样的人生。在这类小说中，主要以情感为主线，部分男性题材穿越小说也以历史和家国情怀为主线。这类文学作品主要以对新世界的奇异想象和生活细节描述来吸引读者。另外，也有部分穿越小说，特别是重生类小说，使读者的代入感更强。在这类小说中，主人公通常因为意外事件，死亡后重生在自己以前的某个年龄（如18岁），或者以其他人的身份存在。由于先前的经验，主人公了解自己接下来的生活细节，从而提前预防失败，趋吉避凶，成为人生的赢家。青少年在阅读重生类小说的时候，会有很强的人生成就体验，他们在阅读故事的同时，会认同主人公的愿望、动机、情感和价值观，从而体验穿越小说中个体追求成功的快感和高潮体验。

5. 校园青春

校园青春类小说通常描述学生时代的生活，通过对人物和环境的描述，让校园的生活更加丰富多彩。青春题材的网络小说主要以校园生活为背景，以学生、教师为主要人物，描述了学生与学生，学生与教师之间发生的各种有趣的事情。在这种类型的小说中，以青涩的爱情故事为主线，一见钟情、初恋未果等桥段几乎遍及每一部青春校园小说。此类小说是青少年的最爱，可以勾起每个人在青春期单纯美好的爱情回忆，想起那些刻骨铭心的过往。校园青春小说一方面由于贴近学生生活而深受喜欢，另一方面常因内容低俗、情节鄙陋为人诟病，特别是大量关于男女性接触和性吸引的话题。这样的描写在一定程度上满足了青少年的好奇心，但是尺度很难把控，过多的描写显然会对他们产生很多负面影响。如若不掌控好尺度和节奏，就会危害到受众读者的心理健康，造成不良影响。

6. 科幻悬疑

科幻悬疑类小说主要以超自然事件为主题，包括悬念、神秘、恐怖、推理等元素。网络科幻悬疑小说最主要的类型是恐怖小说和盗墓系列小说，又可主要分为两大类，一种是超自然的恐怖小说，另外一种是社会恐怖小说。例如《盗墓笔记》，盗墓系列小说集合了恐怖、悬疑、推理等元素，深受广大青少年的喜欢。近年来，我们可以看到很多优秀的科幻悬疑主题小说，但是由于网络监管的缺乏，出现了大量抄袭、情节过分夸张的作品，被大众诟病。

7. 军事历史

军事历史类小说是主要集中于描述与军事和历史相关的小说，是以史实方式，记述朝代历史、历史人物的作品，或者主角展开军事斗智故事的系列作品。这一类型小说中的极大部分属于穿越小说在网络小说中的亚类。通常设定是主人公回到了几百或几千年前的某个朝代，在那个朝代体验历史事件。军事历史类小说与穿越宫廷类小说有着明显的区别，穿越宫廷类小说主要集中描述穿越者与主人公之间的感情纠葛，而军事历史类小说主要讲述家国情怀，对历史事件进行解读。

8. 同人小说

同人小说主要是指受众读者出于对原作的喜爱，以影视作品、动漫人物为原型进行二次创作，借助网络小说平台与粉丝或者读者进行沟通交流的文字作品。掌握原著人物的性格特点是创作高质量同人小说的关键点。很多作者创造同人小说是为了满足广大读者对原著人物某些结局的幻想，主要是吸引原著粉丝群体。随着网络的发展，同人小说成为青少年喜欢的类型。同人创作模式也推进到影视、动漫等领域，特别多的衍生剧、衍生漫出现在网络和影视端口，给网络小说传播带来更多流量。

9. N 次元

N 次元小说主要是在同人文化的基础上发展起来的，主要包括网络游戏小说、动漫同人小说等，网络游戏主要依靠网游小说改变而成。N 次元小说属于比较小众的小说类型，有固定的读者群。N 次元小说与网络游戏、动漫等多媒体形式起到相互促进的作用，看了 N 次元小说的读者会去玩网络游戏，或者购买动漫作品，当然也有部分群体会因为喜爱某部动漫或者某款游戏而阅读相应的 N 次元小说。

10. 耽美小说

耽美小说一般描写的是男性的同性之爱。其主要受众群体是年轻女性，并且性向正常。作者也多为异性恋的女性，是他们按照自己脑海中的想象创作出来的男同性恋作品。通常情况下，耽美小说的读者和作者都略带有点同性恋倾向，他们会在其中寻找认同感。青少年大量阅读耽美小说会极大影响他们的两性交往，甚至会影响个体的性别角色发展和适应。

第四节　网络文学与传统文学的差异

网络文学是在传统文学的基础上发展起来的。与传统文学相比，网络文学所依存的媒介是由互联网、软件技术界面、数据库、虚拟社区和即时性交互平台共同聚合而成的网络虚拟空间，对网络文学意义生成与故事呈现具有内在的影响。根据以往文献研究，网络文学与传统文学的差异主要集中在创作形式和传播方式两个方面。

一、创作形式

1. 创作的互动性

网络文学作者与读者之间的互动相较传统文学更加频繁。传统文学的互动更多为单向互动，读者很难在创作过程中发表意见，作者通常通过签售会等线下活动方式，或者读者来信的形式选择性地听取部分读者的心得和建议，并且这些建议并不会左右小说的故事情节发展。但是网络文学的作者与读者更多的是平等的地位，读者有充分发挥言论自由的权利，可以随时展开讨论和批评文学内容的任何问题。同时，由于网络文学是随着读者反馈来不断生成的，并不是一开始就写好的，所以作者也要及时对读者提出的意见和建议等进行反馈。网络文学的互动性主要是由读者作为主体引导的，网络文学作者通常在与读者沟通交流过程中完成作品。

2. 创作的定制化

不同于传统文学作者，网络文学作者在网络文学的创作过程中，需要抛弃掉"作者"身份，代表读者去表达读者的心声，去设计读者需要的情节来满足读者的内心需求。由于网络文学作者需要通过读者点击量和购买消费来获得收入，所以网络文学作者更加重视读者在创作过程中所发表的意见，并针对读者意见，为受众群体定制故事，体现定制化特点。例如大量网络文学作者会在网络平台上与读者就下一章故事情节进行讨论，然后根据读者呼声最高的情节进行撰写，也有一些作品会撰写不同的结局，以满足大众的需求。因此，读者才是网络文学的主人。

3. 创作的多主体性

创作的多主体性主要体现在网络文学产生的过程中，读者可以通过参与论坛互动，给作者留言等形式参与小说的撰写过程，这样一来，小说的撰写可以说是集体的创作过程，而不是小说作者自己独立完成的形式。所以我们往往会发现很多小说从开始到结束，主角性格和设定发生了巨大的变化。网络文学特有的作者一边写作一边发布，读者可在文下留评随时参与讨论的模式，也使得研究者担忧这种模式会不会造成作者盲目迎合读者，使独立的、个人化的文学创作失去了应有品格的问题。另外，随着相关文学集团的成立，目前网络文学也会以团体为组织，由不同网络文学作家共同打磨和完成某一作品，形成类似文学创作机器模式。这种多人协同写作方式，确实使网文更新速度加快，但同时也可能给网文质量带来负面影响，如大量无意义和雷同的故事情节会消耗读者对网文的热情。

4. 创作的片段化

网络文学具有片段化特点。网络文学读者的实时互动性使得作者钟爱于通过大量片段化、高潮迭起和曲折离奇的情节来吸引读者。因网文读者在阅读过程中卷入程度高，故充分满足其求新求异的心理需要成为网文要面对的问题，而短而快的片段化刺激可以极大地满足读者的感官和情感需求。特别是玄幻奇幻类小说塑造的"平凡生活之余的英雄幻想"满足了广大男性对成功的幻想，穿越类小说的风靡也进一步印证了女性读者潜在的"灰姑娘变白雪公主"和"一见钟情"等情结，这些设定都为读者营造了一个不同于现实世界的世外桃源。这种片段化的刺激与网络游戏有异曲同工之处。

5. 创作语言的率真性

读者欣赏的真实性追求，促使作者率真创作。网络小说语言在继承传统白话小说语言风格的基础上，为了达到娱乐与吸引眼球的目的，又表现出粗俗、戏仿、无厘头等语言风格。网络小说在一定程度上成了大众宣泄的理想工具。网络文学虽在语言风格上不如传统文学那么成熟，特别是文学深度成为大众所诟病的主要问题，但它体现出的自然蓬勃的朝气和生命力难能可贵。这种率真的创作风格及以人物心理活动为结构中心的表达方式，使故事事件的发展自然顺畅，毫不扭捏，给读者以真实的感觉，很容易引起个体的共鸣。网络小说中的语言更加注重直白地表达作者和读者的内心想法，真实而不掩饰地描述生活状态，使得读者在阅读的过程中体验更加真实的快感和畅快淋漓的切身体验。

二、传播形式

网络文学作为网络与文学的结合体，在传播方式上更加具有网络的特点。网络文学与传统文学相比，在传播形式上具有以下特征。

1. 易发表

传统文学作品的传播是一个漫长的过程，文学作品的产生需要经历审阅、校对、印刷、出版、推广等环节，而网络文学的传播大大简化了这一过程，作者通过使用电脑等数字化设备敲出文字，只需轻轻一点确认或回车键，就可以与广大的读者见面。而网络文学易发表的特点带来了作者群体年轻化的转变，越来越多00后开始撰写网络小说。相对而言，网络文学作者群体的文学素养相对较低，人生阅历有限，对生活的感悟和体验比较肤浅，因此，网络文学作者在一定程度上存在格调较低，思想无深度，缺少人文关怀和批判力度的情况。从传播的角度上来看，网络文学的易发表性，一方面极大促进了网络文学的辐射范围，另一方面也大大降低了网络文学的文学深度和素养。

2. 海量性

网络世界的信息极其丰富，个体登录网络就等同于被置于一个浩如烟海的信息海洋里。网络技术的发展使人人都可成为发布信息的信息源，无数的信息源就像涓涓细流汇集成信息的海洋。基于网络信息的丰富性特点，我们可以在网上阅读各种类型和体裁的网络文学作品，包罗万象、应有尽有。随意打开一个网络文学网站，就可以找到数以百万计的文学作品。

3. 强时效性

任何传播都是在一定的时间和空间中进行的，时效性是网络文学传播突出的特点。在互联网出现以前，传统文学（出版文学）都有一套比较复杂的流程，文学作品的编辑和出版需要大量的时间，因此要做到随时随地发布文学作品几乎是不可能的。但是由于网络的快速传播性，基于网络技术进行网络传播的网络文学具有方便快捷、时效性强的特点。网络文学的产生并不是如传统文学一样写完后出版，而是不定时地发布新文案，所以时效性更强。

4. 多媒体性

互联网从本质上讲是一种多媒体的综合性信息平台（邵燕君，2015）。所谓多媒体，就是利用计算机技术把文字、图形、声音、静态图像、视频动态图像和动画等多种媒介形态综合一体化，使之成为逻辑连接，并能对其压缩、编码、编辑、加工处理、存储和展示的信息产品。与网络文学相比，传统文学大多数是单一的媒介形态，如书籍、报刊是纸质媒介，传播的方式和方法比较单一。而网络文学则综合了各种媒介传播形式，例如用有声读物、视频动画、电影、游戏等方式将网络文学带到大众面前。

5. 双向交互性

传统文学的传播都有一个"把关人"，各种文学文本先汇集到他的手里，层层把关、筛选、过滤和加工，然后生成符合"把关人"标准的产品后再传输给被传输者。网络文学的出现，极大地动摇了传统文学的传播方式，实现了传播的双向交互性。在网络文学传播的过程中，作者和读者可以完全处于平等的地位，他们的角色互换，读者成为作者，作者也可以成为读者（田晓丽，2016）。网络传播在大众传播中实现了传播主体的多元化，带来了网络文学的崛起，打破了传统文学一言堂的局面，极大丰富了网络文学的题材和风格。

综上所述，网络文学相对于传统文学，在创作过程中具有互动性强、定制化、多主体性、内容片段化和语言率真等特点；在传播方式上具有易发表、海量性、强时效性、多媒体性和双向交互性等特点。这些特点使得青少年更加容易参与网络文学创作和传播，自我的卷入会更强烈。由于监管困难，网络文学叙事缺少个性风格，导致网络文学总体上同质化、雷同化、模式化、类型化倾向严重，容易给青少年自我概念的形成和发展带来影响。

第二章 自我概念清晰性概述

第一节 自我概念清晰性定义及测量

一、自我概念

自我概念一直是发展心理学重点关注的话题。心理学关于自我概念的研究,以美国心理学家James(1890)在其著作《心理学原理》中用大量篇幅探讨自我概念开始。经过100多年的发展,目前关于自我概念的研究主要从自我概念的内容和结构(Gore,Cross,2011)两个角度展开。其中自我概念的内容是指个体对自我的描述和评价,涉及认知成分和评价成分。这里的认知成分包括对自己各方面特质的信念,即个体的物理特性、角色、价值观、个人目标的信念等;评价成分包括自我信念的积极性和自尊,是对自己整体的评价(Campbell,2003)。而自我概念的结构则关注自我概念各部分内容如何组合,主要涉及自我概念各部分内容之间的互相作用,包括自我概念的复杂程度、区分与分化、清晰度以及各成分之间的矛盾和和谐与否等。

1. 自我概念内容

关于自我概念内容的研究主要包括James的自我结构分类、Brewer的社会自我分类、Cooley的关系型自我分类、Shavelson的多维多层自我结构模型和Williams的自我结构模型。

(1) 自我结构分类。

最早提出自我概念研究的是美国心理学家 James。他在 1890 年将自我概念分为纯粹自我和经验自我，也可以叫作主我（I）和宾我（me）。其中主我是指自我中主动进行知觉和思考的部分，个体对基本的心理过程（知觉、感觉和思维等）的主观意识构成了主我；而宾我则是指在个体的自我中被思考或知觉的客体成分，即个体对自己的知觉和评价（如，我很热情大方），以及其对自己的情感体验（如，我讨厌自己的懦弱）。在随后的研究中，他又进一步将自我概念分为物质自我、社会自我和精神自我。这三种自我成分以某种方式整合在一起，形成统一的自我感（刘岸英，2004），即自我概念。具体而言，物质自我主要涉及自我的现实物质属性，可以进一步区分为身体自我（如我的身高和头发颜色等）和身体外自我（也被称为延伸自我，如我有一辆跑车）；社会自我是指我们被他人如何看待和承认（属于自我的社会特性），即个体所扮演的社会角色（如，我是一名学生）；精神自我是个体的内部自我或心理自我（如，我是一个善良和蔼的人），它代表了个体对自己的主观感受和体验。

(2) 社会自我分类。

Brewer 在 1996 年提出社会自我理论，认为自我并不是纯粹的主我和宾我，进一步丰富了 James 关于社会自我的研究。他将自我概念分为三个层面：① 个体自我，即个人特征，主要指通过人际比较以自我兴趣为主要动机的自我；② 关系自我，即关系特征，主要指通过关注他人的利益以对偶关系为主的自我；③ 集体自我，即群组特征，主要指以团体的比较为参照框架，以集体利益为主要动机的自我。

(3) 关系型自我分类。

Cooley（1992，2000）在 Brewer 的基础上，提出了关系型自我概念，更加重视人际互动的作用，认为自我概念是通过人际关系建立的。该理论中的自我不仅是一个个人实体，还是社会的产物，由此把自我分为投射自我和镜中自我两部分，人们关于自我概念的评价不仅想象他人如何看待自己，而且想象他人如何评价他们的所见所闻（刘凤娥，黄希庭，2001）。

(4) 多维多层自我结构模型。

Shavelson 等（1985）在 James、Brewer 和 Cooley 等自我理论的基础

上，综合了前人的研究成果，从系统论的角度提出了一个多维度、多层次的自我概念结构模型，开启了自我概念多元化的研究道路。Shavelson 将自我概念描述为个人对个人与他人、环境交互作用中的自我的评价和描述。该理论将自我概念区分为一个层级结构，一般概念统辖着学业概念和非学业概念，之后由上往下越来越分化和具体，层次越高的自我概念越稳定。自我概念结构的多层模型认为自我概念是由个体的具体行为及对行为的反映和评价形成的，这种金字塔型的自我概念结构模型可以很好地解释这一点。

（5）自我结构模型。

国内外应用比较多的自我概念内容模型是田纳西自我概念多维理论模型，该模型是由美国心理学家 Williams 建立的。他认为对个体自我概念的评价包括两个部分，一是个体自我概念的总体水平，二是个体自我概念的多维性。自我概念的总体水平分为高、一般、低三种；自我概念的多维性体现在七个维度上，即自我认同、自我满意、自我行动、生理自我、道德伦理自我、心理自我、家庭自我及社会自我。其中自我认同是指随着自我概念内容研究的细化，研究者发现相比自我概念内容的改变，自我概念结构的变化更加能够预测个体的心理成长和社会适应水平。Showers（1998）考察了自我的内容特征（积极、消极）和结构特征（重要性突出、分开评价、自我复杂性）在 2 年里所发生的变化，结果表明自我概念内容的变化反映的只是生活环境，而自我概念结构的改变才有助于调节压力和消极情绪的影响。

2. 自我概念结构

自我概念结构指的是自我知识和信念是如何组织起来的。传统的信息加工模型认为，积极自我属性和消极自我属性的数量将决定个体对自身的总体评价，而自我概念结构则可以调和积极和消极自我对个体的影响（Showers，Zeigler-Hill，2003）。目前自我概念结构的研究主要从自我概念复杂程度、自我概念组成方式（整合或分化）、自我概念结构状态（和谐或不和谐，清晰或不清晰）等角度展开。

（1）自我概念复杂程度。

最早关于自我概念结构的研究主要是关于自我复杂程度（self-complexity）的研究。自我复杂程度将个体的自我概念看成由大量的自我维度构成，自我概念被组织成一个多元化的形式。Linville（1985，1987）通过卡片分类任务对自我复杂性进行测量：发给被试一定数量的卡片，每个卡片上都写有对个人特质进行描述的形容词，被试从中选择对自己描述最为贴切的卡片，并对自己生活中有意义的不同自我维度进行分类，没有固定的分类标准，由被试自主把握。然后以 W 类别矩阵为基础进行 H 统计，得出个体的自我复杂性分数。自我维度的数量和重叠程度决定了自我复杂性的水平，自我维度数量越多，重叠程度越低，自我复杂性越高，反之自我维度数量越少，重叠程度越高，自我复杂性就越低。Linville 的理论引起了学术界浓厚的兴趣，其他学者后来提出的自我概念的分化、自我概念清晰性等理论建构都可看出受到其理论的影响。

（2）自我概念组成方式。

Donahue（1993）认为自己在不同的社会角色中有着不同的性格特征，从而提出自我概念分化理论（self-concept differentiation）。他通过让被试分别在五个角色（学生、朋友、爱人、子女、工人）中采用 Likert 式 8 点量表形式的 60 个项目对自己的人格特质进行描述，然后对角色之间未共享的变异进行因素分析，得出自我概念分化的分数。自我概念分化的分数越高，说明个体在不同社会角色中越拥有不同的人格特征，也就是说个体的自我概念呈现一种碎片化的状态，缺乏整合，后续的许多研究均证实了这一点。自我概念分化或碎片化往往呈现自我概念不清晰性的状态。

（3）自我概念结构状态。

关于自我概念结构状态的研究，主要指的是自我不和谐（self-discrepancies），它是指个体体验到不同自我维度之间的矛盾与冲突。Higgins，Klein 和 Strauman（1985）将自我不和谐分为现实自我与理想自我（期待和愿望）的不和谐，现实自我与可能自我（你认为自我的义务和责任）的不和谐两个方面，并且采用自我描述量表分别对其进行测量，不同自我描述的报告差异就是自我不和谐的程度。自我不同方面的不和谐可能对不同情绪反应有着影响，如现实自我与理想自我的不和谐可能与沮丧有关，而现实自我与可能自我的不和谐可能与焦虑有关，但以往的研究对这种联系并未得出一致的结论。

(4) 自我概念区分。

Showers（1992）认为自我概念结构应该从个体对自我概念评价的组织形式进行研究，从而提出了自我概念区分（self-concept compartmentalization）理论。该理论认为自我概念包括两种自我概念评价的组织形式，即整合评价与分开评价。整合评价是指把积极的和消极的自我整合为一个具有重叠属性的自我进行评价（比如：一个善良的、自私的儿子）；而分开评价则是指个体将自我方面，主要是积极的和负面的信息区别开来进行评价（比如：一个善良的儿子，但是一个自私的朋友）。他采用"自述标签任务"，给被试40张印有描述特质或特征词语的卡片，其中描述积极特质与消极特质的卡片各占一半，要求他们根据不同背景或关系分类（词汇可重复使用），然后计算不同自我方面的Cramer's V系数（克莱姆相关系数），通过系数的高低来反映分开评价的程度。这一研究表明，积极的、整合的自我组织与高自尊和积极情绪相联系，消极的、区分的自我组织与低自尊和消极情绪相联系。Zeigler-Hill和Showers（2007）的研究表明，和整合评价自我概念的个体相比，区分评价自我概念的个体对实验中的社会排斥更为敏感，并且拥有更不稳定的自尊。

二、自我概念清晰性定义

自我概念清晰性是个体心理健康和社会适应水平的重要影响因素，特别是对于自我正在形成中的青少年而言（Sebastian，Burnett，Blakemore，2008）。自我概念清晰性是Campbell（1990）在研究自尊是否和自我概念存在显著关系时发现并提出的。在他的研究中，发现相比于那些自尊水平低的个体，自尊水平高的个体自我概念表现得更清晰和明确。基于这个结果，他首次发现并提出了自我概念清晰性（self-concept clarity，SCC），他认为自我概念清晰性反映的是自我概念的结构化特征，是指个体对自我认知的清晰度和确信度等，表现为个体对自我认识和自我评价的自信和明确程度。

本书采用Campbell（1996）的自我概念清晰性定义，即个体对自己认识的清晰度、确信度、内部一致性和稳定性。自我概念清晰性具有以下几项重要特征。

第一，自我概念清晰性会与很多传统的结构重叠，一个重叠最明显的结构就是同一性。然而，同一性比清晰性有更多也更为复杂的元素集（Marcia，1980），这一特点使得同一性结构更难以凭经验估测。自我概念清晰与自我复杂程度相关，虽然自我概念不清晰性往往伴随着自我复杂程度高，但是自我复杂程度高并不一定导致个体自我概念不清晰。

第二，自我概念清晰性是个体对于自己信念的特征体。它关于那些信念的准确性是无声的，因此自我概念清晰性也不一定表现出对自我认知的洞察力以及对自己潜能的认识（Wicklund，Eckert，1992）。自我概念清晰性是一种状态描述，而不代表着个体自我概念内容和自我认知的能力。

因此，自我概念清晰性是个体自我概念结构中非常独特而重要的一面，也在青少年自我成长和社会适应中占据非常重要的地位。

三、 自我概念清晰性测量

1. 问卷法

自我概念清晰性的问卷测量法主要使用的是 Campbell 编制的 SCC 问卷。Campbell（1993）在编制这套问卷时，选取了三组上心理学课程的大学生为被试，并让他们完成一系列关于自我概念清晰性的问卷，并在李克特 5 点量表上作答，从非常不同意到非常同意进行打分。初测的 SCC 问卷包括了 40 道测量自我概念清晰性的题目，测量内容包括自我概念的认知确定性、暂时稳定性和内部一致性，以及果敢性和清晰、明确的目标等。在对初测问卷进行修订的时候，根据项目的内部一致性和项目的冗余性将 40 道题目精简到了 20 个题目，这 20 个题目包括了三个自我概念内部高度相关的维度：整体的清晰性、目标指向性和果敢性。但是，如果目标一致性和果敢性在逻辑上都是可以反映清晰性的，那么这样的维度在表现它们自己宽广结构的同时，也能表征其他很多重要特质的结构，这样一来，这两个维度对于准确地解释自我概念清晰性量表是没有必要的，所以最后决定在单一概念的角度上尽可能地保持能够反映清晰性的这样一连串信念集，最终的问卷包括 12 个题目。Campbell 首先验证了非西方文化背景下（日本）自我概念清晰性单一结构的稳定性。在之后的研究中自我概念清晰性量表被翻译修订，在不同的文化背景下，自我概念清晰性的概念和测量获得了更多实证研究的验证支持和发展（Kim，Sang，1998；Matto，et al，2001；胡强辉，2009；刘庆奇等，2017）。

国内关于自我概念的问卷法研究，主要是针对 Campbell 编制的 SCC 问卷进行翻译或者修订。徐海玲（2007）在研究自我概念清晰性与心理调适的关系时，在对 SCC 问卷进行翻译后，又对问卷进行了修订，选取了第一个主因子上的 8 个题目作为自我概念清晰性问卷内容。之后大量研究者采用翻译后 12 个题目的自我概念清晰性问卷，牛更枫等人（2017），刘庆奇等人（2016，2017），杨秀娟等人（2017），徐欢欢等人（2017）等都使用翻译后的中文版自我概念清晰性问卷研究了社交网站使用与自我概念清晰性的关系；胡心怡（2017）运用此问卷研究了自我概念清晰性与生活事件和幸福感之间的关系；刘广增等人（2017）也采用此问卷研究了自我概念清晰性与自尊和青少年社交焦虑之间的关系。综上所述，SCC 中文版量表在国内外的信效度良好，因此本书采用这一量表来开展研究。

2. 实验法

Suszek 等人（2018）就自我概念清晰性与社会适应关系进行的研究，采用了内隐联想测验（implicit association test，IAT）的方式来测量个体自我概念清晰性（Greenwald，McGhee，Schwartz，1998）。内隐联想测验的目标词包括：与我的相关词（我、我、自己、我、自我）和与其他人相关的词（他们、你们、他们、你、其他人），而描述类别标签的词汇包括与清晰度相关的词汇（清晰度、清晰、确定性、恒常性、稳定性、一致性、洞察力、理解）和与混乱相关的词汇（混乱、变异、混乱、混乱、矛盾、反对、困境、冲突）。评定个体自我概念清晰性的三个指标包括：① 清晰性和确定性；② 内部一致性；③ 时间稳定性（Campbell，1990）。实验材料由 50 名心理学本科生以分类标签法进行评估，以确保个体能清楚地区分代表清晰和混乱的词汇。实验采用标准 7-block IAT 程序，20 个 block 用来做训练，40 个 block 是正式实验。目标任务和干扰任务的呈现顺序在被试之间处于平衡状态。IAT 得分均采用综合的评分算法计算（Nosek，et al，2007）。得到的分数 D 值表示被试相对混乱，与清晰性自我概念具有较强相关性。分数越高表示更高水平的内隐自我概念清晰性。IAT 测验在这项研究中表现出较好的内部一致性（$\alpha = 0.75$）。

这种内隐联想测验的方式在自我概念清晰性的测量范式上是一种较好的改进。但是研究结果显示 IAT 分数与 SCC 测量的自我概念清晰性不相关，也与个体自尊和社会适应性不相关。这说明内隐自我概念清晰性与外显自我概念清晰性可能代表了个体自我概念清晰性的不同层面，也有可能实验中存在极大的个体差异。比如自恋型的人自我报告的自我概念清晰性水平较高，但是在实验中并没有控制这种个人层面的错误估计。当然研究结果也进一步说明自我概念清晰性的结构中的某一个成分可能是导致个体社会适应性良好的核心因素，这需要在今后的研究中进一步证实。

第二节　青少年自我概念清晰性的发展特点

青春期作为从儿童到成人过渡的关键时期，被称为狂风骤雨期，生理上和心理上都会出现许多变化。对于个体的自我概念发展而言，青春期是自我概念发展的关键时期，一个"持续的、同一的自我"的建立是青春期最重要的任务。在这个时期，在儿童阶段形成的较为稳定的自我认识和评价将会遭遇各种家庭、学校和个体成长带来的冲击，自我概念清晰性的变化也可能会出现难以预料的情况。

一、年龄特点

从毕生发展的角度来看，个体自我概念清晰性水平一直处于发展变化的状态中，而且这种变化随着年龄增长，表现出不同的特点。早期基于美国大学生的研究发现，自我概念清晰性与年龄的相关性很微弱（Campbell，1996）。后期研究也发现处于青春期的青少年的自我概念清晰性的发展呈现波动变化。张嘉江（2008）的研究表明青春期自我概念清晰性水平类似于"U"形发展，低谷期在初二和初三，高一到高三均处于上升期，进入大学开始回落。随着年级升高，自我概念清晰性的自信水平变化不显著，而自我概念清晰性的稳定水平则显著上升。胡强辉（2010）以香港12~21岁青少年为被试，进行了为期一年的纵向研究，结果表明，随着年龄的增长，自我概念清晰性水平缓慢提高。这在一定程度上说明了从发展的角度看，进入青春期的个体对自我的认知越来越丰富，思维和认知能力逐渐成熟，并且社会互动逐渐增多，青少年自我概念清晰性也得到了极大的发展。

以大学生为被试的研究非常多，大学阶段个体自我发展处于相对稳定状态，这里的自我概念清晰性作为一个较为稳定的人格特质，其水平会随着年龄的增长而略有提高，这种变化在各种文化背景下得到了一致验证。Kim等人（1998）对韩国大学生的研究表明自我概念清晰性水平随着年龄的增长而显著提高。Matto等人（2001）对爱沙尼亚大学生的研究发现自我概念清晰性与年龄确实存在正相关。胡强辉（2009）对香港大学生的研究发现，自我概念清晰性与年龄存在显著正相关；冯泽雨（2012）通过对大学年级分组发现，低年级组的内部一致性维度的得分高于高年级组的，而低于研究生组的；稳定性维度并不存在年级差异。研究者认为，这种差异是因为高年级组在尚未成熟的情况下且又比低年级组面临更大的社会压力，角色的转换导致自我概念出现了不一致，而研究生组的自我已经成熟，他们对自我评价的确定性和一致性会更加稳定，所以自我概念清晰性水平呈现增长趋势。

成年阶段个体自我概念清晰性呈现先下降后增长的趋势。首先，随着大学生毕业进入社会，多重社会角色的获得又会影响自我概念清晰性的建立（Alysson，Penny，2013），表现为自我概念清晰性水平的下降。其次，随着个体发展的进一步完成，自我概念清晰性水平又逐渐升高。Diehl和Hay（2011）针对成年早期与中年人自我概念清晰性的研究发现，中年人比成年早期个体的自我概念清晰性水平显著增高。

二、性别特点

自我概念清晰性的性别差异一直是发展心理学家关注的问题，但是由于所研究被试和被试群体的不同，自我概念清晰性的性别差异依旧存在争论。Campbell等人（1996）对美国大学生和Matto等人（2001）对爱沙尼亚大学生的研究发现，自我概念清晰性存在着一定程度的性别差异，表现为男性比女性拥有更高水平的自我概念清晰性。从本土化的角度来看，有一部分研究者得出的结果与Campbell的研究结果相反，如冯泽雨（2012）对中国大陆大学生的研究表明，女性在自我概念清晰性的两个维度（内部一致性和稳定性）上都比男生拥有更高的水平。鲁雅静（2015）也以中国大学生为被试，发现男女生的自我概念清晰性水平确实显著不同，表现为女生显著高于男生，郭悦（2018）在研究中也得出相同结论。以农村初中生为研究对象的研究也发现，女性的自我概念清晰性水平显著高于男性的（简云超等，2021）。另外一部分研究者发现在性别上并不存在差异，胡强辉（2009）对香港大学生的研究发现，自我概念清晰性水平不存在性别差异，蔡培林（2018）以初中生为研究对象的研究发现初中男生的自我概念清晰性水平与女生的并不存在显著差异。综上所述，自我概念清晰性性别差异研究的不一致可能是因为不同文化的差异、样本取样代表性不足或者样本量太小，以及测量工具的不同。

第三节　青少年自我概念清晰性的相关研究

青少年自我概念清晰性的发展是个体获得健全人格和良好社会适应性不可缺少的核心要素。Trzesniewski（2006）的研究表明，处于青春期的青少年的自我概念，不再像儿童期的自我那样具有一定连续性、稳定性，并且不稳定的自尊可在一定程度上预测之后的暴力行为。国内外研究发现，自我概念清晰性正向预测个体的积极情绪、自尊水平和生活满意度（Usborne，Taylor，2010）。自我概念清晰性作为重要的自我架构的状态性描述，在青少年问题性和适应性行为形成中起到重要的作用。

一、自我概念清晰性与自尊

自尊和自我概念清晰性都是自我概念的重要成分。自尊也被称作一般自我概念，反映着自我概念的积极性水平（Harter，2006），自尊有助于个体心理健康的维护，它能显著缓解焦虑、抑郁及孤独感，并对生活满意度和主观幸福感有显著的正向预测作用。自我概念清晰性指的则是个体对自我认识的清晰程度，反映着自我概念的明确性和一致性水平，对生活满意度、抑郁等心理社会适应指标也有重要的影响。大量研究发现二者之间密切相关，如 Campbell（1996）的研究发现相对于自尊水平低的个体，自尊水平高的个体自我概念表现得更清晰和明确。国内关注青少年自我概念清晰性的相关学者的研究也多次证实了两者之间的紧密关系，如刘庆奇等（2017）关于社交网络使用与青少年自尊和自我概念清晰性关系的研究发现，社交网络的使用与大学生自尊和自我概念清晰性显著负相关，表现为社交网络使用的强度越高，自我概念清晰性及个体自尊越低。

二、自我概念清晰性与幸福感

自我概念清晰性与个体幸福感密切相关。国内外大量学者关注了自我概念清晰性在个体生活层面的重要作用，研究结果较为一致，即自我概念越清晰，个体幸福感指数越高。自我概念清晰的个体对自己了解清楚，能客观地认识、评价自我，积极接受并悦纳目前自己的工作和社会地位，感知到满意的生活状况。梁玉猛（2018）以护士为对象的研究发现，护士自我概念清晰性与主观幸福感显著正相关，且未来时间洞察力、领悟社会支持在自我概念清晰性与护士主观幸福感间的链式多重中介为部分中介作用。向光璨等人（2021）采用潜在剖面分析的方法对来自湖北、河北、浙江、江西、重庆和四川的2792名青少年进行调查研究的结果也显示，低自我概念清晰性组的认知幸福和情绪幸福得分显著低于中度自我概念清晰性组和高自我概念清晰性组的，且中度自我概念清晰性组的认知幸福和情绪幸福得分显著低于高自我概念清晰性组。

三、自我概念清晰性与情绪

自我概念清晰性与消极情绪的关系密切。Campbell（1990）最早关于自我概念清晰性的研究发现，个体自我概念清晰性与焦虑和抑郁等负面情绪相关且负向预测消极情绪；他还发现个体自我概念清晰性高可以预防焦虑和抑郁等消极情绪。Butzer 和 Kuiper（2006）与 Ubome 和 Taylor（2010）的研究也发现，自我概念清晰性与抑郁症显著负相关。青少年自我概念越清晰，孤独感越低。同时，自我概念清晰性越高的人，负向情绪越低（朱丹，2014）。还有关于大学生的研究也发现，大学生自我概念清晰性越高，未来社交焦虑的可能性越低，自我概念清晰性和社交焦虑负相关（杨莲莲，刘红雨，吕厚超，2015）。丁倩和张永欣等人（2016）发现，抑郁症内在机制里面的社会比较和自我概念清晰性是社交网络使用对抑郁症产生影响的中介。

综上所述，自我概念清晰性是青少年自我发展不可忽视的核心资源。大量研究表明，自我概念清晰性对个体的心理健康和社会功能有影响，如自我概念清晰性与自尊、幸福感以及良好的情绪体验显著正相关，与个体的焦虑、抑郁和孤独感显著负相关。青少年在发展和构建自我概念的过程中，随着对自我探索频率的增加，如果自我概念清晰性不够稳定，如陷入自我怀疑和自我矛盾之中，他们可能会产生一些严重心理问题。因此，本书关注青少年网络文学阅读与自我概念清晰性之间的关系显得尤为重要。

第三章　网络文学阅读与自我概念清晰性

第一节　心理学的叙事研究

心理学家 Sarbin 于 20 世纪 80 年代首次提出叙事是心理学的元隐喻（root metaphor），将叙事与自我联系起来。自从他提出叙事心理学以后，心理学研究才逐渐开始了叙事转向。叙事（narrative）的早期研究认为叙事的媒介主要包括公众演讲、小说、电影、电视剧、音乐歌词、报纸中的故事、杂志、广播电台等（Green，2004）。Green 认为文字比视频动画类媒体产生的传输效应更大。一方面，书本文字相对于电影、电视一类的媒体，给观众带来的想象空间更大、更丰富。另一方面，与浏览相比，读者阅读的时候可以主动地控制阅读的速度、反复阅读感兴趣的部分和细节内容。而且反刍、自我控制性等行为使得读者更加容易产生"深层次的传输"。因此，读者在阅读故事时会受到故事影响。

第二节　叙事与自我的相关研究

早期研究者主要采用传记研究、个人叙事和口述史学等质性研究方法（施铁如，2010）。近年来研究者们也开始采用量化研究方法来丰富叙事研究的方法论。关于叙事与自我关系的研究主要从叙事认同、叙事说服、叙事的沉浸体验和叙事的自我扩展四个方面展开。

一、叙事认同

在 Sarbin 的研究基础上，心理学家 McAdams（2006）对叙事认同（narrative identity）这一概念进行了进一步阐释。他认为叙事认同是指个体通过叙事来整合、内化他们的生活经历，从而形成自我身份认同，发展自己的生命故事。因此故事提供了个体的统一感和生活目标。

叙事角色认同（identification with narrative characters）是指个体在阅读故事时，通过想象体验故事主人公的身份、目标和观点的过程（Cohen，2001）。认同发生时，个体沉浸于虚拟世界之中，幻想自己就是角色本身，与角色产生情绪和认知上的联系，从而使得故事里的角色替代了个体的真实自我，表现在阅读过程中失去自我意识（Cohen，2006）。具体而言，角色认同表现在：一方面，当个体被传输到故事当中时，与故事主角建立强烈的情感链接，不自觉地进入故事主人公的设定中，忘记自己的读者身份，接纳故事中的观点，对故事主人公认同；另一方面，观众从内心理解和接受信息的最重要的机制就是角色认同。

以往研究认为故事角色认同是个体态度改变的表现，态度改变作为叙事影响自我的重要因素（Green，2004；Taylor，2015；Van，Hoeken，Sanders，2017），表现为对故事角色的喜爱和认同可以增加故事的说服效果。故事的叙事说服效应加强或减弱人们已有的态度（Graaf, Hoeken, Sanders, Beentjes，2012；Hoeken, Fikkers，2014），即对现实自我的认知。社会学习理论认为个体喜爱的人以榜样的形式影响个体行为，他们会模仿榜样的行为，不管这些榜样是否是虚构的。

二、叙事说服

研究者们认为故事对自我的影响表现为：个体在阅读或观看一个故事的时候，故事常常悄无声息地影响他们的态度、信念，进而使他们变得和故事中明确表达或隐含的态度、信念相一致。叙事改变人们的态度和信念，乃至自我概念，主要是通过叙事传输（narrative transportation）这一心理机制产生作用来实现的。叙事传输作为故事或小说对个体产生作用的重要机制之一，是一个"整合了注意、情感和意象的独特心理过程"。这一过程表现为读者在听故事或者看小说的时候，会进入叙事世界中，并且将叙事世界中的态度带到现实世界中来，造成一种"迷失在故事中"的感觉（Green，Brock，2000；严进，杨珊珊，2013）。叙事传输的过程具有脱离现实世界、产生情绪波动和保留与故事一致性态度等特点（Green，Brock，2000；Green，Brock，Kaufman，2004；王妍，2015）。Escalas（2004）也提到叙事的结果是减弱、降低了批判性和不一致性情绪，从而达到说服的效果。读者在接触故事或者叙事信息时，会不自觉地进入故事的"叙事世界"中，将故事中主人公或者作者的信念带到现实世界中，在现实世界中探索自我从而影响现实自我。

三、叙事的沉浸体验

沉浸感（flow experience），也叫作沉醉感，用于描述个体完全投入某项活动时产生的极度愉悦体验（Glaser，Garsoffky，Schwan，2012；Richter，Appel，Calio，2014；Shen，2014）。沉浸感是一种独特而强烈的情绪巅峰体验，表现为个体愿意为获得这种高峰体验而承担巨大的风险和牺牲个人利益，是"一种将大脑注意力毫不费力地集中起来的状态——这种状态可以使人忘却时间概念，忘掉自己，也忘掉自身的问题"（Csikszentmihalyi，1990）。沉浸感的产生是一种潜移默化的过程，自我意识的参与较少，是一种自动的情绪体验。沉浸感被人们描述为一种愉悦的情绪状态，与个体使用动机特别是内部动机极大相关。

沉浸感是积极心理学关注的重要变量之一。大量研究者发现沉浸感与积极情感体验的诱发相关，如与对行为的乐趣、热情度，游戏或者阅读带来的愉悦，个体生活幸福感等密切相关。网络文学娱乐性取向主要体现在文学乐趣与沉浸感之间的关系上。一方面，乐趣提升个体阅读时的沉浸感。纯粹以享受乐趣和为了实现现实中无法实现的愿望的动机会更容易引发沉浸体验，也更可能感受到阅读中的高峰体验。另一方面，阅读时候的沉浸体验也会增加读者对阅读的乐趣感知。相关研究（Hus，Jacobs，Conrad，2015）也证实沉浸感和乐趣高度相关，沉浸体验显著正向预测网络游戏中的乐趣感知和伴随更多的积极情感。

沉浸感主要表现在能够使个体从现实世界中暂时逃离，逃进"虚拟世界"中，因此沉浸感在网络使用与个体发展之间起到非常重要的作用。张冬静等人（2017）关于网络小说的研究发现，叙事传输—沉浸感在神经质人格与网络小说成瘾之间起到链式中介作用，特别强调了沉浸感作为叙事传输的结果变量在个体小说成瘾中的重要作用。另外，一般的网络使用，特别是网络游戏，在网络社交中均发现沉浸感在网络行为与个体适应之间的重要作用（Chou，Ting，2003；Kim，Davis，2009；Thatcher，Wretschko，Fridjhon，2008；魏华等，2012）。

最后，叙事中的沉浸体验还在认知神经科学类研究中得到证实，Hus，Jacobs 和 Conrad（2015）用功能性磁共振成像（functional magnetic resonance imaging，FMRI）扫描个体在阅读哈利·波特中关于情绪的片段时的脑电波，发现充满情感的段落导致更强的相关性血氧水平依赖（blood oxygenation level dependent，BOLD），事后分析发现与沉浸感和移情显著相关。因此网络文学沉浸体验在网络文学对青少年自我概念清晰性的影响方面起到了重要的作用。

四、叙事的自我扩展

自我扩展是个体获得自我提升的具体途径，即为自我增加新的内容。自我扩展模型认为，个体在日常生活中的一个根本动机就是通过获取新的知识、能力、视角、身份或角色和资源来获得自我成长和自我提升，这种将新的内容纳入自我的过程被定义为自我扩展（Aron，Aron，1997；Aron，Aron，Norman，2001，1998）。Mattingly 和 Lewandowski（2014）采用三个嵌套实验也证实了新奇体验有助于提升个体自我概念水平。Shedlosky-Shoemaker，Costabile 和 Arkin（2014）探讨了个体在小说阅读中的自我扩展，他们采用两个实验来探讨个体在阅读小说过程中的自我扩展现象。结果发现，个体通过叙事传输将角色相关信息传输给个体，这种新奇的体验导致个体在小说中自我扩展，因此小说中的角色也可以提供自我扩展的来源；角色相似性感知调节了这一心理过程，当个体感知到角色与自我重合度越高时，自我扩展的水平越高；个体在小说中的自我扩展丰富了个体的理想自我，为理想自我的建构提供了资源。

自我扩展的产生得力于新的角色、身份获得，情绪唤醒和高峰体验（Aron，Aron，Norman，2001，1998）。基于亲密关系的自我扩展研究发现，个体会将亲密他人的资源、特质纳入自我概念结构之中，从而获得自我成长（Aron，Aron，Norman，2001；Aron，Lewandowski，Mashek，

Aron，2013），也就是说，对重要他人的认同会导致个体自我概念改变。Graham 和 Harf（2015）的研究验证了情绪唤醒（沉浸感）在新奇体验与亲密关系中的桥梁作用。绝大多数青少年选择阅读网络文学的目的是消遣娱乐，缓解生活和学习中的压力，比如像甜宠文、小白文、无厘头、种马文、女尊文等，都可以让读者内心产生愉悦感和刺激感，这种刺激感和愉悦体验（沉浸感）会在一定程度上导致文学自我扩展现象（self-expansion through fiction）。

最早使用的自我扩展量表是 Lewandowski 和 Aron（2002）编制的基于亲密关系的"自我扩展问卷"（self-expansion questionnaire，SEQ），也是自我扩展领域应用最为广泛的问卷。研究者使用该问卷对青少年、成人和老年群体的研究都表明该问卷具有良好的信效度（Dun，2008；Harris，2011；Schindler，2015）。该问卷对个体在关系情境中感知到的自我扩展程度进行测量，问卷共包含 14 个题目，量表采用李克特 7 点计分（1 "非常不同意"—7 "非常同意"），得分越高表明个体在该段关系中获得的自我扩展程度水平也越高。随着自我扩展向关系情境之外的领域扩展，也有研究者对该问卷进行了修订，以测量其他领域中的自我扩展现象。如 Kevin 等人（2014）将该问卷的表述进行修改（将问卷表述中的亲密关系情境修改为工作情景）后对工作中的自我扩展进行了测量；Hoffner 等人（2015）同样对该问卷进行修订，并进一步对个体通过手机的自我扩展程度进行了测量。本书结合网络文学的特点进行修改，验证了这一量表在网络文学领域的结构一致性。

第三节　网络文学阅读与自我概念清晰性的关系

一、网络使用与自我概念清晰性的相关研究

随着互联网的发展和信息技术的进步，网络媒体已经成为青少年了解自我的重要渠道，在方方面面影响个体发展（Subrahmanyam，Garcia，Harsono，Li，Lipana，2009）。人们通常会将网络空间看作是自己思想与人格的延伸，即反映他们的审美、态度和兴趣的"空间"；并且在网络空

间中积极探索自我，甚至通过改变自我呈现和暴露的形式扮演另一个自己，并以此身份参与现实生活中的人际互动（Hilsen，Helvik，2014；柴晓运，龚少英，2011）。因此，网络不仅是一个自我表达和呈现的平台，还是一个"自我建构"的平台。网络的去抑制性和自由平等性为青少年提供了各种不同的角色模式，这些模式带来的角色评价、价值标准、行为规范成为青少年自我发展的重要影响因素。

网络使用与自我概念清晰性显著相关。在传统电脑辅助沟通（computer-mediated communication，CMC）交流模式兴起之后，网络使用与自我概念清晰性的关系也得到很多研究者的关注。网络媒体所带来的影响被称为"媒体效应"（media effects）（Valkenburg，et al，2015）。有研究者基于生态系统理论的基础发展出生态技术系统理论，深入探讨了网络对青少年发展的影响（Johnson，Puplampu，2008；李宜霖，周宗奎，牛更枫，2017）。相关实证研究也发现，互联网、手机使用与青少年自我概念发展、自我关注密切相关（Quinones，Kakabadse，2015；牛更枫等，2016；周宗奎，王超群，2016；杨秀娟等，2017）。早期学者 Matsuba（2006）的研究则表明，互联网使用与自我概念清晰性显著负相关。后来 Valkenburg 和 Peter（2011）及 Israelashvili，Kim 和 Bukobza（2012）的研究也发现网络使用强度越高，个体的自我概念清晰性水平越低，进一步支持了"自我概念分化假说"。我国研究者牛更枫等人（2016）和刘庆奇等人（2017）关于社交网站的研究也发现，社交网站使用强度显著负向预测自我概念清晰性，特别是被动性的信息浏览会增加个体接触到多种多样自我相关信息的机会，个体面对这些多种可能自我时，很难将这些不同自我成分整合，从而显著降低青少年的自我概念清晰性。

二、文学阅读与自我概念清晰性的相关研究

文学作品以小说或者故事为主。故事对自我概念的影响表现为个体在阅读或观看一个故事的时候，故事中的信息会影响他们的态度、信念，使得读者原有的自我评价和自我认识会变得和故事中明确表达或隐含的态度、信念等相一致，从而影响现实自我概念。以往研究也发现文学作品，例如小说会影响读者的自我概念（Green，Sestir，2017；Richter，Appel，

Calio, 2014; Shedlosky-Shoemaker, Costabile, Arkin, 2014; 夏凌翔, 李巧凝, 万黎, 2009)。

文学作品在满足个体娱乐放松需要的同时, 对个体的自我概念产生影响。文学作品在一定程度上影响了个体的自我认知, 对小说主人公的认同影响个体自我概念形成。Richter 等人(2014)通过网络实验的方式来研究故事对女性自我概念的影响, 实验让 689 名女性工作者阅读两个故事, 一个故事以母亲为主角, 另外一个以母亲为控制性条件。实验结果发现, 叙事传输程度高的个体会明显增加个体的女性化水平。另外, 这种自我概念的变化只在没有孩子的女性中产生, 可能是降低了社会比较的成分, 而对于有孩子的女性, 则更容易由于社会比较而不容易被故事改变。Shedlosky-Shoemaker 等人(2014)的研究也发现, 小说角色为个体自我概念提供了资源, 个体通过对小说主人公的认同将小说主人公的特点纳入自我概念内容中, 丰富理想化自我, 在小说中探索自我发展的各种可能性。我国研究者夏凌翔等人(2009)通过网络文学人物特征来分析当代青少年的人格发展特点, 也发现青年人主要看重外向张扬、温敦纯真、自立自强、道德高尚、睿智理性和低调淡泊 6 种人格品质, 研究进一步证实了网络小说人物在一定程度上代表了我国青少年自我的发展特点。

Green 和 Sestir(2017)从叙事传输的角度就故事对自我概念的影响进行了总结, 他们认为角色认同和沉浸感是故事影响自我的两个重要途径, 在叙事与自我的关系中起着不可忽视的作用(Green, 2004; Van, Hoeken, Sanders, 2017)。Escalas(2004)也提到叙事的结果是减弱、降低了批判性和不一致性情绪, 从而达到说服的效果。当个体在阅读故事的时候, 不管是听故事还是阅读, 个体会不自觉地进入叙事世界中, 将故事的信念带到现实世界中, 从而改变现实自我, 形成一种迷失在故事中的现象。

综上所述, 网络文学集网络与文学为一体, 网络的交互性和定制化, 文学内容的高度卷入和丰富性等特点都容易导致青少年在网络文学中迷失自我。这种迷失表现为: 随着阅读体验的深入, 青少年脱离了现实世界的规范和约束, 进入文学所创作的虚拟世界中, 迷失了自我, 从而不清楚自己究竟是谁, 呈现自我概念不清晰的状态。

第四节　网络文学阅读与自我概念清晰性的相关理论

一、技术生态系统理论

Johnson 和 Puplampu（2008）在生态系统理论的基础上提出了生态科技亚系统（Ecological Techno-Microsystem Theory），并将它归为生态系统中微系统的一个维度。科技亚系统包括个体与其他个体或非生物之间的互动，它与其他系统之间的关系是双向的。如图3-1所示，科技亚系统在个体和微观系统的互动中起到中介作用，会影响个体的微观系统（例如，个体与同伴的交流和分享、学校对技术辅助教学的态度等，都会在一定程度上影响个体对数字技术的使用）。中间系统和外系统会间接影响科技亚系统（父母在工作中对互联网的依赖，会促使他们培养个体的数字素养；学校、社区等对数字技术的态度和政策，会间接影响个体的使用环境和机会）；宏观系统中的文化和价值也会对科技亚系统产生影响（例如，人们倾向于将互联网应用于哪些方面）。科技会持续发展，数字技术及其相关活动会不断地变化，个体也会经历发展的不同阶段，需要面临不同的发展任务。因此，个体与数字技术之间的交互也会随着时间不断地发展、变化（Johnson，Puplampu，2008；杨晓辉，王腊梅，朱莉琪，2014）。因此，网络文学作为网络使用的具体内容，对它的研究，也应该从个体、媒介和环境交互作用的角度展开，只有这样，才能更加科学而系统地了解青少年网络文学阅读行为与自我概念清晰性的关系。

二、自我建构理论

社会建构主义（Social Constructionism）是现代西方社会科学领域中的一种重要思想流派，它是随着后现代主义哲学的兴起而产生的一种理论。其核心观点是将人们对外界事物的认识或者知识看作一种社会建构而非科学发现，并指出认知或知识的生产过程不是个体理性决定的，而是社会协商和互动的结果。

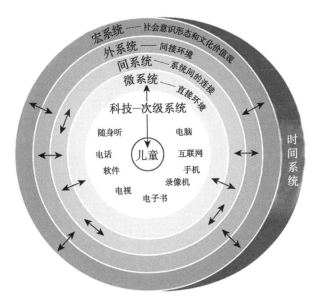

图 3-1　生态技术子系统图

该理论也逐渐为心理学领域的学者所接受，Gergen（1985）最早将该理论的主要观点引入心理学的研究领域，并指出了个体包括人格、自我、态度和动机在内的心理活动和心理现象都是社会建构的结果，这在一定程度上颠覆了传统的心理学观点。传统心理学把心理学领域常见的研究主题，如认知、动机和情绪等心理现象视为一种"精神实在"，心理学的目标就是要认识和发现个体内在的这些"精神实在"的各种现象及其内部的机制和规律；而社会建构理论则认为个体的心理现象都是社会建构的结果（叶浩生，2009）。

在这种背景下，对作为个体心理核心的自我，研究者也进行了重新的界定和阐释，并提出了自我的社会建构理论。该理论认为，自我并不是一个客观存在的精神实体，所谓的自我仅仅是在社会人际互动和社会交往的过程中逐渐建构和形成的，反映了社会文化对个体的基本要求。自我的产生依赖于话语环境中同他人的相互关系，在某种程度上自我是关系性的，即在社会交往及个体与他人的关系中建构或"创造"出来的（Gergen，1985）。也就是说，自我并不是一个稳定的实体，自我会随着个体社会经验的积累、语言能力的发展而变得越来越复杂和深入。在社会建构的理论视角下，青少年通过阅读网络文学积累人生经验和经历，观察和了解生活中的各种可能，从而影响他们自我概念的建构。

三、社会学习理论

社会学习理论认为，个体，特别是儿童和青少年，是通过观察其他人的行为来学习的（Bandura，1973），榜样行为产生的结果会影响某种观察到的行为是否会被模仿。具体而言，相比榜样的行为受到惩罚，当榜样的动作受到推崇和鼓励时，个体在现实生活中会更多地模仿和重复与榜样相似的行为，达到强化效果。特别是，当榜样的行为没有产生受罚的结果时，观察者就会认为这个行为是被默许的。网络文学为青少年提供了充足的观察学习的机会。无论青少年阅读什么类型的网络文学，总会习得媒体推崇的人物行为或被强化，或被惩罚，或其行为没有什么后果。此外，榜样的特征以及榜样行为的特征也会影响观察到的行为被模仿的可能性。例如，儿童和青少年更有可能去模仿那些被媒体展示的且已被渲染的行为（使其看起来很"酷"或获褒奖的）。尤其是，当网络文学中的榜样行为由青少年所喜爱的人（比如年龄相当的人）完成时，观察学习效果明显（Bandura，1986）。

Kirsh（2010）认为社会学习理论除了可以解释人们如何通过使用网络媒体而习得一些行为之外，还可以解释如何在一段时间内保持已经习得的行为。首先，当行为能够成功地满足个人需要时就会被保持，继而进行自我强化。其次，当行为得到同伴的社会认可或得到同伴的外在奖励时会被保持。最后，由于媒体或网络能提供直接的经验，既有强化的也有惩罚的，所以习得行为可以保持。例如，网络文学中"某些人物设定"会通过文学平台中的分享互动而被强化和被否定。因此，当青少年在阅读网络文学时，他们会观察特定方式下的行为结果，并据此相应地改变原有自我概念的结构和内容，从而影响其自我概念的形成和发展。

四、自我扩展模型

自我扩展模型（self-expansion model）认为，个体在日常生活中行动的一个根本动机就是通过获取新的知识、能力、视角、身份、角色和资源来获得自我成长和自我提升，这种将新的内容纳入自我的过程被定义为自我扩展（Aron，Aron，1997；Aron，Aron，Norman，2001，1998）。自我提升是个体的基本动机，自我扩展模型则进一步指出了个体获得自我提升的具体途径，即为自我增加新的内容。由于自我扩展动机是个体的一种具有强烈行为驱力的基本动机，自我扩展的现象存在于人们日常生活中的各个领域；同时，和其他与自我相关的个体基本动机一样，自我扩展的过程可存在意识层面，也可能存在无意识层面。因此，有研究者甚至指出，从某种程度上来说，个体甚至会将周围熟悉的任何人和事物都纳入个体自我的范畴之中（Aron，Aron，1997；贾凤翔，石伟，2012）。个体通过自我扩展来提升他们达到目标的能力，自我扩展通常发生在当个体完成了新的任务或者在自我概念中增加了新的观念、身份和资源后体验到的一种自我成长感觉的时候（Aron，Aron，Norman，2001；Aron，Lewandowski，Mashek，Aron，2013）。例如，产品工程师在产品研发和设计的过程中，不仅会基于自己的视角（公司员工），也会从使用产品的消费者以及销售产品的售货员的视角来看待他们自己；由于采纳了不同的看待自我的视角，这些工程师会体验到责任感的增强，并进而认为自己是更有能力的人。相关的实证研究也发现，自我扩展相关活动会给个体的自我增加新的内容（如新的技能或视角），并使个体的自我概念得以扩展和丰富，如感受到较高自我扩展水平的个体会体验到问题解决效能感的提升以及更高的自尊水平，并会在困难任务中付出更多的努力（Aron，Paris，Aron，1995；Mattingly，Lewandowski，2013）。

近年来，自我扩展也延伸到其他领域，个体可以从新的或者具有挑战性的生活经历（Leary，Tipsord，Tate，2008）以及独自参与新奇任务的过程中获取自我扩展（Xu，Floyd，Westmass，Aron，2010）。也有研究者研究了小说的自我扩展性，认为小说的角色是自我扩展的重要来源之一（Shedlosky-Shoemaker，Costabile，Arkin，2014）。因此，基于自我扩展理论模型探讨网络文学对青少年自我概念清晰性的影响非常重要。

五、网络的自我概念分化假说和统一假说

Valkenburg 和 Peter（2008，2011）提出两个相反的假说，即"自我概念统一假说"（self-concept unity hypothesis）和"自我概念分化假说"（self-concept fragmentation hypothesis），来解释网络使用对自我概念清晰性可能产生的影响。自我概念统一假说认为，网络给个体提供的与来自不同

背景的人进行交流的机会比其他任何时候都要多，这为个体提供了诸多检验自我认同的机会，并能接收他人的反馈和验证，这有利于个体澄清和统一对自我的认识。而自我概念分化假说则认为，网络给个体提供了与各种不同的人进行互动的机会，个体也可以轻松地探索并尝试自我的不同方面，这不仅会使个体面临自我不同方面无法统合的风险，还会瓦解个体已经形成的统一稳定的自我，造成自我概念混乱。就网络文学而言，一方面，青少年可以根据自己的意愿来自由地选择喜爱的文学作品，不管人物的年龄、性别还是外貌、性格，乃至人物生活的时代和空间，个体都可以按照自己的喜好进行挑选，他们可以轻松地了解各种自我发展的可能，在阅读的过程中进行自我对照，从而有利于青少年更好地认识自我，支持了自我概念统一假说。但另一方面，青少年在阅读网络文学的时候，他们在文学作品找到各种自我发展可能（理想自我的模范）的同时，也会代入跨时空、跨性别的多重身份，沉溺于小说角色跌宕起伏的人生中，这样的多重身份和经历也有可能会分化个体的自我概念，似乎又支持了自我概念分化假说。因此，网络文学到底对青少年自我概念清晰性的影响如何？这是目前需要解决的问题。

第五节　以往研究不足与问题提出

一、以往研究不足

综观以往研究，青少年自我概念清晰性继20世纪90年代Campbell提出以后，研究者们在自我概念清晰性发展特点以及自我概念清晰性与个体适应的关系上都进行了诸多研究并积累了一定的研究成果（Campbell，1993，2001，2003；Valkenburg，Peter，2011；Israelashvili，Kim，Bukobza，2012；刘庆奇等，2017；牛更枫等，2016）。但是，随着社会进步和文化发展，对互联网时代青少年自我概念清晰性的研究仍存在一定的问题或不足，主要表现为以下几点。

第一，网络作为"第三空间"，介于物理空间和精神空间之间，其独特的物理和心理特性有助于个体在网络空间中通过各种手段和方式来呈现和塑造自我，个体在网络中表现出现实生活中不曾表现过的自我，并按照新的角色及相应的行为方式行动（Niemz，Griffiths，Banyard，2005）。网络对自我的相关研究主要集中于网络使用与个体自我概念内容（自尊、一般自我概念和身体自我概念）的关系上。但是，近年来研究者发现自我概念结构与个体社会适应关系更加紧密，并且网络与自我概念结构（自我概念清晰性）的相关研究还不多，需要更多研究来进一步明确网络使用与自我概念清晰性的关系。

第二，以往关于网络使用的研究主要集中于网络社交和网络游戏两个领域，网络文学作为我国网民第二大网络娱乐活动，其相关研究比较少。虽然国外有部分学者探讨了文学作品与青少年自我概念的关系，但是我国网络文学与国外网络文学又有着极大的差异。目前国内相关研究多以现状描述为主，缺乏实证研究支持。作为一种现象级的文化产业，青少年网络文学阅读行为的研究在心理学领域明显欠缺，需要进一步分析和探讨。

第三，网络文学阅读如何影响青少年自我概念清晰性，是支持分化假说还是统一假说？目前国内外的研究也不能很好地回答这一问题。进一步思考，如果研究结果支持了其中的某一假说，这一系列影响产生的心理机制又是什么？以往有关网络文学阅读对个体自我概念产生影响的发生发展机制的研究还比较匮乏。

第四，随着互联网的发展和心理学研究技术的进步，心理学研究方法也迎来新的突破和变革。目前对网络心理研究数据的分析有两种不同的路径。一种路径是采用传统心理学科中的分析方法和技术，如对网络实验数据的分析和从传统实验室实验中获取数据进行描述统计分析、相关分析、方差分析、回归分析等量化的分析，同时，也有研究采用内容分析、个案研究等质性的分析方法。另一种是采用网络心理学领域的一些新技术，如语义表征等，不仅关注网络心理在量化指标上的差异，也关注网络心理在质性方面（内容和结构）的差异。目前国内研究比较集中于第一种方法，若能将两种研究方法结合，则能够极大提高研究结论的可信度和生态效度。

二、问题提出

基于以上论述,本书聚焦于网络文学与青少年自我概念清晰性的关系及其作用机制,主要探讨以下问题。

1. 问题一:青少年网络文学阅读的现状和特点?

虽然我国网络文学用户量达到4.6亿,占网民总量的46.5%(CNNIC,2021),但是以往的调查多是在网络使用或者网络阅读主题下开展的,很少有针对青少年网络文学阅读现状的研究。青少年网络文学的接触比例、阅读经验和频次有多少?以及青少年喜爱的网络文学类型有哪些?这些网络文学又有哪些特点吸引着青少年?这些都是本部分要回答的问题。首先,本书拟先通过问卷调查的方法初步了解我国青少年网络文学阅读的基本现状,然后,采用大数据分析(语频和语义分析)的研究方法进一步深入分析青少年网络文学阅读行为背后的心理特点。

2. 问题二:青少年网络文学阅读对自我概念清晰性的影响——分化还是统一?

根据网络环境下的自我概念分化假说和统一假说(Valkenburg,Peter,2008;2011),网络在个体自我发展过程中可能起到两种截然相反的作用。以往关于被动社交网站使用和网络成瘾的研究发现,青少年被动使用社交网站会降低自我概念清晰性(Quinones,Kakabadse,2015;刘庆奇等人,2017;牛更枫等人,2016),并且给个体带来一系列适应性问题(杨秀娟等人,2017)。网络文学作为第二大网络娱乐活动,青少年在阅读网络文学的过程中无法避免地会受叙事说服效应影响,即当他们在阅读故事的时候,他们的态度、信念等常常会无意识地被故事中的信息所影响,变得和故事中明确表达或隐含的态度、信念等相一致。那么青少年网络文学阅读行为对自我概念清晰性的影响是好还是坏,以往研究并没有很好地回答这一问题。需求满足理论认为个体会根据自己的需求,自主选择某些媒介与内容进行相应的网络行为,动机在解释个体网络使用行为中非常重要。所以本书第八章、第九章和第十章致力于回答网络文学阅读(阅读强度、卷入程度和动机)是否影响青少年自我概念清晰性,从而更好地理解青少年网络文学阅读行为与自我概念清晰性的关系。

3. 问题三：青少年网络文学阅读对自我概念清晰性的影响是如何产生的？

基于问题一和问题二的结果，我们将在了解青少年网络文学阅读行为的特点和明确青少年网络文学阅读对自我概念清晰性影响的基础上，进一步探讨网络文学阅读行为中的哪些因素在这一影响中起到重要作用，以及这些因素又是如何互相作用的。

故事的叙事说服主要是通过叙事传输这一心理机制起作用来实现的，以往研究也证实了角色认同和沉浸感是叙事说服中的两个结果变量。那么沉浸感、角色认同是否在网络文学对个体自我概念清晰性的影响中起到中介作用？另外，根据自我扩展模型，个人会从新的角色身份和新异体验中获得自我成长，从而改变自我概念（Aron，Aron，1997；Aron，Aron，Norman，2001，1998）。以往关于小说的研究发现，新的角色和情绪体验会导致个体的自我扩展，并且个体会将认同和喜爱的故事角色纳入自我概念中，丰富理想自我（Shedlosky-Shoemaker，Costabile，Arkin，2014）。那么自我扩展是否在网络文学对个体自我概念清晰性的影响中也起到中介作用（图3-2），以及自我扩展与沉浸感和角色认同之间的关系又是如何，也是本书需要回答的问题。

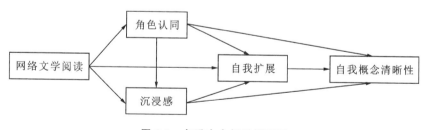

图 3-2　多重中介假设模型图

最后，根据技术生态系统理论（ecological techno-microsystem theory），个体在网络中的行为应该重点考虑个体、技术和环境因素的交互作用（Johnson，Puplampu，2008）。个体因素包括阅读动机、人格等因素，环境因素则包括网络阅读环境（阅读内容）以及家庭、学校和同伴等多重环境因素。那么个体特征（年龄、性别）和网络文学特征（人物相似性）是否调节了上一问题中的多重中介效应，是本书需要回答的第三个问题（图3-3）。

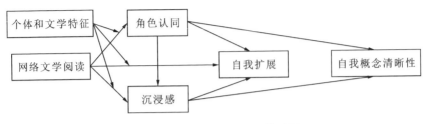

图 3-3　有调节的中介假设模型图

4. 问题四：同伴和家庭在青少年网络文学阅读对自我概念清晰性影响中的作用？

网络文学在丰富了青少年娱乐生活的同时，一直被广大家长和教师所诟病。既然网络文学对青少年自我概念清晰性的影响不可避免，那么我们应该如何做呢？本部分将探讨同伴和家庭在青少年网络文学对自我概念清晰性影响中的作用。即探讨同伴（友谊质量）和家庭（家庭功能）如何作用于青少年网络文学阅读，从而对自我概念清晰性产生影响（图 3-4）。

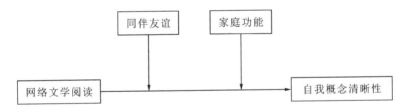

图 3-4　同伴友谊和家庭功能的调节效应假设模型图

三、总体研究设计

为解决上述问题，本书拟通过调查法、访谈法、文本分析法和问卷法等方法来系统探讨网络文学阅读对青少年自我概念清晰性的影响及作用机制。基于以上研究不足与假设，提出了如图 3-5 所示的总体研究逻辑图。

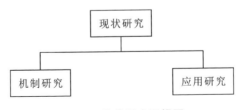

图 3-5　总体研究逻辑图

具体而言，本书一共包括以下六个部分。

第一部分主要是对网络文学与青少年自我概念清晰性进行概述，包括三个章节：第一章是网络文学概述，包括网络文学定义及其发展、网络文学分类以及网络文学与传统文学的差异；第二章是自我概念清晰性概述，包括自我概念清晰性定义；第三章是网络文学阅读与自我概念清晰性，包括叙事心理学、叙事与自我、网络文学阅读与自我概念清晰性以及相关理论的梳理。

第二部分主要探讨青少年网络文学阅读现状和特点，包括三章：第四章通过调查法，初步了解我国青少年网络文学阅读的基本现状；第五章结合网络文本海量数据的特点，挖掘青少年喜爱的网络文学信息，通过词频和语义分析青少年网络文学阅读行为背后的特点；第六章通过访谈法了解青少年网络文学阅读的动机特点，编制动机量表。

第三部分主要探讨青少年网络文学是否影响自我概念清晰性，分化还是整合？包括三章：第七章采用问卷法，了解青少年自我概念清晰性的发展特点；第八章主要探讨青少年网络文学阅读行为（阅读频率、卷入程度、阅读强度）对自我概念清晰性的影响；第九章采用问卷法探讨网络文学阅读动机对青少年自我概念清晰性的影响。

第四部分主要探讨青少年网络文学阅读对自我概念清晰性影响的心理机制，包括五章：第十章探讨角色认同在青少年网络文学阅读与自我概念清晰性之间的中介作用；第十一章探讨沉浸感在青少年网络文学阅读与自我概念清晰性之间的中介作用；第十二章探讨自我扩展在青少年网络文学阅读与自我概念清晰性之间的中介作用；第十三章探讨了角色认同、沉浸感和自我扩展在青少年网络文学阅读与自我概念清晰性之间的多重链式中介作用；第十四章讨论个体因素（性别和年龄）和媒介因素（角色相似性）对多重中介的调节作用。

第五部分主要探讨同伴和家庭在青少年网络文学阅读与自我概念清晰性之间的作用，包括两章：第十五章探讨了同伴友谊在青少年网络文学阅读与自我概念清晰性之间的调节作用；第十六章采用家长和子女匹配问卷的研究方法，探讨家庭在青少年网络文学阅读与自我概念清晰性之间的调节作用。

第六部分主要是对整本书的总结和反思，包括两章：第十七章主要对青少年网络文学阅读的现状和对自我概念清晰性产生影响的心理机制的整合讨论；第十八章主要是研究启示与展望，包括研究创新、研究意义、启示与对策和研究不足与展望。

总体研究设计如图 3-6 所示。

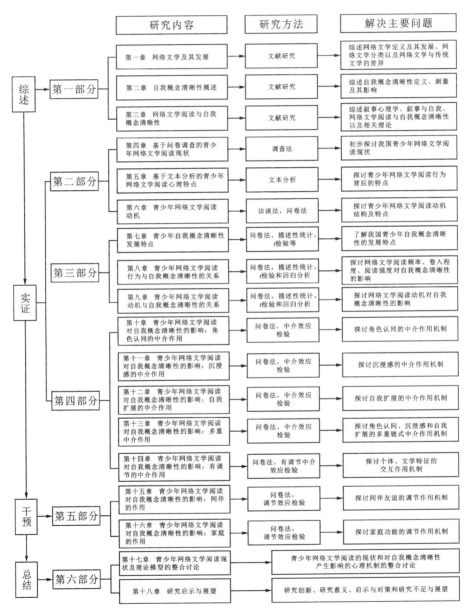

图 3-6　总体研究设计图

第二部分

青少年网络文学阅读现状及心理特点

随着互联网技术的不断发展和进步，人们使用互联网的广度和深度急剧拓展。网络文学处在整个泛娱乐产业的最上游，以多元化的表现形式及开发方式满足青少年的个性化需求。根据中国互联网中心（CNNIC，2021）的调查，截至2020年12月，我国网络文学用户规模达到4.6亿，较2020年3月增加450万，占网民总体的46.5%，其中手机网络文学用户规模为4.59亿，占手机网民总量的46.5%。网络文学依托于网络多媒体传播渠道迅速发酵和扩张，在极大程度上满足了青少年娱乐放松的需要。与此同时，网络文学的年轻化现象得到了广大研究者的重视，包括学校、家庭在内的社会各方面持续关注网络文学的不良影响，力求减少和消除网络文学对青少年的不利因素，让青少年在一个积极、健康、文明的网络文学氛围中成长。但是由于网络文学的海量性、迭代快速性和类型变化的多样性，关于我国青少年网络文学阅读的研究并不多。特别是缺乏关于网络文学阅读与青少年自我发展的研究。同时，以往关于网络文学的研究多属于现状描述，量化研究较少，这样很难理解青少年网络文学阅读背后的具体机制。量化的研究必须在了解基本情况的基础上展开，才能保证科学性和规范性，因此亟须展开关于青少年网络文学阅读的量化研究。第四章通过调查研究了解我国青少年网络文学阅读的一般现状。

另外，Bainbridge在美国《科学》杂志上撰文指出虚拟世界存在科学研究的价值。这种价值对于社会、行为和经济科学及以人为中心的计算机科学都具有适用性。如前所述，网络文学具有海量性、开放性、互动性的互联网传播特点，每一个网民登录网络文学网站或者使用与网络文学相关的软件，会发现各种类型的小说琳琅满目，数量巨大，可以说包罗万象、应有尽有。第四章主要运用调查法了解青少年网络文学阅读的基本情况。结合网络赋予文学的创作和传播特色，针对网络文学的研究应该采用大数据方法对更大范围、更广跨度的信息进行采集、整理和分析，从而更加全面客观地了解青少年网络文学阅读行为。第五章通过挖掘网络上青少年喜爱类型的网络小说内容，对网络小说相关文本进行整理和分析，进一步了解我国青少年网络文学阅读行为背后反映的心理特点。第六章采用访谈法和问卷调查的方法，考察大学生阅读动机的结构及其特点。

第四章 基于问卷调查的青少年网络文学阅读现状

第一节 研究思路及方法

一、研究目的

本章研究的目的在于了解我国青少年网络文学阅读的一般现状,采取调查法量化了解我国青少年网络文学阅读的基本情况,并为后续的研究设计和心理机制探索提供准确、可靠的事实依据。

二、研究方法

1. 研究被试

关于青少年的年龄阶段划分,心理学上一般认为青少年期是指从达到社会所规定的青少年期开始的年龄(12~13岁)到达到社会所规定的成年期开始的年龄(20~22岁)。目前国内研究认为包括初中生和高中生在内的中学生,乃至大学阶段的大学生都属于青少年的范畴。因此,本书被试包括来自湖北武汉市、恩施土家族苗族自治州和广东中山市的初中生、高中生和来自湖北武汉市的大学生。笔者共发放问卷4070份,有效问卷为3743份,有效回收率为91.97%。如表4-1所示,其中男生1711人(45.71%),女生1996人(53.33%),缺失36人(0.96%);初中生945人(25.25%),高中生1945人(51.96%),大学生853人(22.79%);独生子女 1624 人（43.39%），非独生子女 1839 人（49.13%），缺失 280 人（7.48%）；平均年龄为（15.92±2.43）岁，其中初中生平均年龄为（13.03±0.97）岁，高中生平均年龄为（15.73±0.77）岁，大学生平均年龄为（19.48±1.27）岁。

表 4-1 被试基本信息一览表

	类别	人数/人	百分比/（%）		类别	人数/人	百分比/（%）
性别	男生	1711	45.71	年级	七年级	392	10.50
	女生	1996	53.33		八年级	359	9.60
	缺失值	36	0.96		九年级	186	5.00
学段	初中生	945	25.25		高一	1039	27.80
	高中生	1945	51.96		高二	906	24.30
	大学生	853	22.79		大一	250	6.70
独生子女与否	是	1624	43.39		大二	279	7.50
	否	1839	49.13		大三	240	6.40
	缺失值	280	7.48		大四	84	2.20
总计	—	3743	100		—	3743	100

2. 研究工具

根据以往关于网络文学使用的研究工具（郭红雪，2015；牛更枫等，2016），笔者自编《青少年网络文学阅读现状调查问卷》，该问卷包括两部分内容：第一部分为被试的基本信息，包括年龄、性别、学段、年级、独生子女与否；第二部分为正式问卷，对青少年网络文学（网络小说）阅读的经验（年数、本数）、周阅读时间、阅读方式、阅读地点、阅读类型、阅读时段和最喜欢网络文学（小说）的名字等进行调查。

三、研究程序

在征得学校领导和青少年本人的知情同意后，以班级为单位进行团体施测。每个班级配备两名主试，主试向被试详细讲解指导语和样例。在指导语中说明本次调查的意义，并强调对结果保密，要求被试根据自己的实际情况独立作答。被试完成全部问卷约需要 25 分钟。

第二节 青少年网络文学阅读的调查分析结果

一、青少年网络文学阅读的基本情况

1. 青少年网络文学阅读比例分析

根据描述性统计分析结果可知，3743 名被试中有 2343 人阅读网络小说，网络文学的平均接触率为 62.60%。具体而言，如表 4-2 所示。卡方检验学段间的差异显著（$\chi^2=46.50$，$p<0.001$），随着学段升高，青少年网络文学阅读的接触率增加，其中初中生接触率为 54.79%，高中生为 64.44%，大学生为 70.07%；就性别差异而言，卡方检验性别间的差异显著（$\chi^2=68.78$，$p<0.001$），女生比男生更加喜欢阅读网络文学，女生接触率为 69.34%，男生为 56.30%；就独生子女与否变量进行的差异检验不显著（$\chi^2=1.67$，$p>0.05$）。

表 4-2 网络文学阅读比例的人口学差异检验表

	类别	阅读人数/人	总人数/人	占总人数比例	χ^2（df）
学段	初中生	503	918	54.79%	46.50（2）***
	高中生	1243	1929	64.44%	
	大学生	597	852	70.07%	
性别	男生	960	1705	56.30%	68.78（1）***
	女生	1377	1986	69.34%	
	缺失值	6	8	—	
独生子女与否	独生子女	976	1617	60.36%	1.67（1）
	非独生子女	1133	1835	61.74%	
	缺失值	234	247	—	
总计		2343	3699	63.34%	

注：* 表示 $p<0.05$，** 表示 $p<0.01$，*** 表示 $p<0.001$。

2. 青少年网络文学阅读强度的基本情况分析

青少年网络文学阅读强度包括阅读年限、阅读数量和每周阅读时间。

描述性统计分析结果显示，青少年网络文学平均阅读经验为 3.04 年，平均阅读网络文学 72.50 本，平均每周花 3.39 小时阅读网络文学。

采用单因素方差分析检验网络文学阅读年限、阅读数量和每周阅读时间在学段上的差异，结果表明，网络文学阅读年限在学段上的差异显著（$F=55.30$，$p<0.001$），事后检验发现随着学段升高显著增加（$p<0.001$）；网络文学阅读数量的学段差异显著（$F=157.09$，$p<0.001$），事后检验发现大学生显著高于初中生和高中生（$p<0.001$）；每周阅读时间学段差异显著（$F=55.30$，$p<0.001$），事后检验发现大学生每周阅读时间显著高于初中生和高中生（$p<0.001$）。

采用独立样本 t 检验检验网络文学阅读年限、阅读本数和每周阅读时间在性别上的差异，结果表明，阅读年限上不存在显著性别差异（$t=-2.43$，$p>0.05$）；阅读本数上存在显著性别差异，表现为女生阅读本数显著高于男生（$t=-3.78$，$p<0.001$）；每周阅读时间上存在显著性别差异，表现为男生的阅读时间显著高于女生（$t=1.47$，$p<0.05$）。

采用独立样本 t 检验检验网络文学阅读年限、阅读数量和每周阅读时间在独生子女与否上的差异，结果表明，网络文学阅读年限在独生子女与否上存在显著差异（$t=3.77$，$p<0.001$），表现为非独生子女阅读网络文学年限显著高于独生子女；阅读数量和每周阅读时间在独生子女与否上差异不显著（$p>0.05$）。具体分析结果如表 4-3 所示。

表 4-3 青少年网络文学阅读频率的人口学差异检验表

	类别	阅读年限/年 $M\pm SD$①	阅读数量/本 $M\pm SD$	每周阅读时间/小时 $M\pm SD$
学段	初中生	2.10±1.92	45.89±206.65	2.98±7.95
	高中生	2.74±2.14	44.59±199.57	2.33±5.07
	大学生	4.68±3.67	157.06±470.16	6.45±10.63
	F (df$_1$/df$_2$)	55.30 (2/2139)***	157.09 (2/2161)***	29.41 (2/2141)***
性别	男	2.88±2.48	44.19±177.96	3.67±8.63
	女	3.16±2.70	93.03±355.34	3.19±6.54
	t (df)	−2.43 (214)	−3.78 (213)***	1.47 (213)*

① M 表示算数平均数，SD 为标准差，后文不再赘述。

续表

	类别	阅读年限/年 $M\pm SD$	阅读数量/本 $M\pm SD$	每周阅读时间/小时 $M\pm SD$
独生子女与否	独生子女	3.42±2.59	82.67±311.43	3.53±8.26
	非独生子女	2.96±2.68	79.40±312.33	3.76±7.50
	t (df)	3.77（1920）***	0.23（1908）	−0.62（1907）

注：* 表示 $p<0.05$，** 表示 $p<0.01$，*** 表示 $p<0.001$。

二、青少年网络文学阅读方式的基本情况

根据描述性统计分析结果可知，手机是青少年阅读网络文学的主要设备，放长假、日常周末和睡觉前是青少年阅读网络文学的主要时间。

具体来看，在阅读设备上，第一，手机是青少年从事网络文学阅读的主要设备，表现为80.20%的青少年选择使用手机阅读网络文学，随着学段升高，手机的普及率升高，同时女生比男生更加偏爱使用手机阅读网络文学；第二，纸质书是青少年阅读网络文学的第二种方式，表现为46.20%的青少年使用纸质书，高中生更加偏爱使用纸质书进行阅读，大学生的使用率相对降低，女生更加喜爱用纸质书阅读网络文学；第三，电脑是青少年第三喜爱使用的阅读设备，学段上差别不显著，男生更喜欢用电脑看小说；第四，15.90%的青少年喜爱使用电子书看网络文学，大学生的电子书使用率显著高于中学生，女生更加喜爱使用电子书阅读网络文学；第五，12.70%的青少年选择使用平板电脑看网络文学，初中生的使用率相对较高，性别上不存在差异；第六，5.60%的青少年使用其他设备阅读网络文学。具体如表4-4所示。

表4-4 青少年网络文学阅读方式的人口学差异分析　　　　单位：%

阅读方式	初中生	高中生	大学生	男生	女生	独生子女	非独生子女	总计
手机	71.07	79.11	90.46	75.13	83.89	81.42	83.00	80.20
纸质书	44.81	49.11	40.49	37.17	52.04	47.12	46.30	46.20
电脑	19.62	18.73	19.01	20.15	18.28	22.34	17.75	19.10
电子书	13.84	13.25	23.24	13.24	17.59	17.09	15.01	15.90

续表

阅读方式	初中生	高中生	大学生	男生	女生	独生子女	非独生子女	总计
平板电脑	14.46	12.94	10.74	12.38	12.93	16.47	9.76	12.70
其他	7.01	5.93	3.70	6.99	4.68	3.71	4.25	5.60

在阅读时间点上，青少年最常在放长假的时候看网络文学，其中56.50%的青少年在放长假的时候看网络文学；54.73%的青少年在日常周末看网络文学；34.40%的青少年在睡觉前看网络文学；20.30%的青少年在上厕所时看网络文学；11.40%的青少年选择在课间看网络文学；还有6.20%的青少年在上课的时候看网络文学。具体来看，大学生最常在睡觉前（64.84%）和日常周末看网络文学（52.29%），高中生最常在放长假（62.51%）和日常周末（53.49%）看网络文学，初中生最常在日常周末（62.28%）和放长假（51.13%）的时候看网络文学；在选择网络文学阅读时间上，性别和独生子女与否差异不显著。具体如表4-5所示。

表4-5 青少年网络文学阅读时间点的人口学差异分析　　单位:%

阅读时间	初中生	高中生	大学生	男生	女生	独生子女	非独生子女	总计
放长假	51.13	62.51	47.35	52.67	58.81	58.34	54.58	56.50
日常周末	62.28	53.49	52.29	52.96	56.07	51.22	60.53	54.73
睡觉前	20.00	25.92	64.84	29.34	37.77	38.58	34.18	34.40
上厕所时	10.52	17.52	34.45	18.77	21.26	22.00	20.22	20.30
课间	6.19	6.51	26.97	10.68	11.97	11.90	11.51	11.40
上课时	4.23	2.36	16.25	5.96	6.45	6.78	6.39	6.20

三、青少年网络文学阅读类型的现状分析

1. 青少年网络文学阅读类型的整体情况

通过对青少年对10种网络文学类型的喜爱程度进行5点评分，将评分结果进行描述性统计分析可知，青少年对网络文学的喜欢程度为2.02（5为最大值），属于中等水平，青少年最喜欢的网络文学前三名为玄幻奇幻、言情情感和青春校园类。具体而言，玄幻奇幻（2.38）是青少年最喜欢的小说类型，其次为言情情感类小说（2.35），接下来依次为青春校园

类小说（2.28）、科幻悬疑类小说（2.24）、武侠修真类小说（2.07）、恐怖灵异类小说（1.96）、穿越宫廷类小说（1.93）、N次元小说（1.81）、军事历史类小说（1.80）和都市职场类小说（1.76）。具体如表4-6所示。

表4-6 青少年网络文学阅读类型基本情况

类别	数量	极小值	极大值	M	SD
玄幻奇幻	2244	1	5	2.38	1.35
言情情感	2263	1	5	2.35	1.26
青春校园	2260	1	5	2.28	1.25
科幻悬疑	2244	1	5	2.24	1.29
武侠修真	2239	1	5	2.07	1.24
恐怖灵异	2248	1	5	1.96	1.24
穿越宫廷	2245	1	5	1.93	1.18
N次元	2248	1	5	1.81	1.24
军事历史	2239	1	5	1.80	1.10
都市职场	2241	1	5	1.76	1.04
总计	2132	1	5	2.02	0.68

2. 青少年网络文学喜爱类型的学段差异分析

对青少年网络文学阅读类型进行学段上的差异分析，从喜爱小说排序上来看，初中生和高中生更加喜爱玄幻、科幻等虚构类小说，大学生更加喜爱情感类小说。具体来看，初中生喜爱的网络文学类型排序分别为：奇幻玄幻、青春校园、科幻悬疑、武侠修真、恐怖灵异、言情情感、穿越宫廷、N次元、都市职场和军事历史；高中生喜爱的网络文学类型排序分别为：玄幻奇幻、言情情感、科幻悬疑、青春校园、武侠修真、恐怖灵异、N次元、穿越宫廷、军事历史、都市职场；大学生喜爱的网络文学类型排序分别为：言情情感、青春校园、奇幻玄幻、科幻悬疑、穿越宫廷、武侠修真、都市职场、军事历史、恐怖灵异、N次元，如图4-1所示。

青少年喜爱的网络文学类型随学段升高变化显著，整体而言，高中生对网络文学的整体喜爱程度显著低于初中生和大学生的（$F=12.38$，$p<0.001$）。具体表现为对玄幻奇幻和N次元类小说随着学段升高喜爱程度显著下降（玄幻奇幻类 $F=5.09$，$p<0.05$），而对言情情感、都市职场和

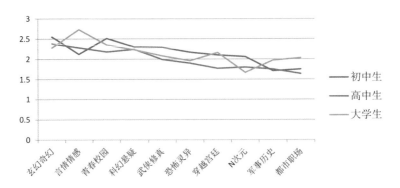

图 4-1　青少年网络文学喜爱类型图

军事历史类小说随学段升高喜爱程度显著增加（言情情感类 $F=36.52$，$p<0.001$），对青春校园、武侠修真、恐怖灵异和穿越宫廷类小说，初中和大学阶段喜爱程度显著高于高中阶段（$p<0.001$），对科幻悬疑类小说的喜爱程度随学段变化不显著（$p>0.05$），如表 4-7 所示。

表 4-7　青少年网络文学喜爱类型的学段差异分析

类别	初中 $M±SD$	高中生 $M±SD$	大学生 $M±SD$	F
玄幻奇幻	2.55±1.46	2.38±1.33	2.28±1.27	5.09*
言情情感	2.12±1.28	2.28±1.20	2.73±1.29	36.52***
青春校园	2.51±1.44	2.18±1.19	2.35±1.17	12.72***
科幻悬疑	2.30±1.45	2.24±1.24	2.23±1.24	0.37
武侠修真	2.29±1.39	1.99±1.17	2.08±1.21	9.93***
恐怖灵异	2.17±1.47	1.90±1.17	1.96±1.19	8.01***
穿越宫廷	2.10±1.34	1.77±1.06	2.16±1.22	25.73***
N 次元	2.06±1.44	1.80±1.21	1.67±1.10	12.82***
军事历史	1.71±1.15	1.75±1.05	1.97±1.15	9.41***
都市职场	1.75±1.15	1.64±0.94	2.03±1.10	27.30***
总计	2.09±0.79	1.95±0.61	2.10±0.94	12.38***

注：* 表示 $p<0.05$，** 表示 $p<0.01$，*** 表示 $p<0.001$。

3. 青少年网络文学喜爱类型的性别和独生子女与否差异分析

采用独立样本 t 检验对青少年网络文学阅读类型的性别和独生子女与否差异进行数据分析，如表 4-8 所示。

首先，从性别上看，整体来说，女生对网络文学的喜爱程度显著高于男生（$t=3.71$，$p<0.001$），而从类型上来看，男生更加喜欢玄幻奇幻、武侠修真和科幻悬疑类小说，更加追求感官刺激，女生更加喜欢情感类小说。具体表现为：男生对玄幻奇幻（$t=16.49$，$p<0.001$）、科幻悬疑（$t=2.69$，$p<0.001$）、武侠修真（$t=14.28$，$p<0.001$）以及军事历史（$t=3.72$，$p<0.001$）类网络文学的喜爱程度显著高于女生；女生对言情情感（$t=-25.93$，$p<0.001$）、青春校园（$t=-17.12$，$p<0.001$）、穿越宫廷（$t=-15.94$，$p<0.001$）和都市职场（$t=-4.65$，$p<0.001$）等类网络文学的喜爱程度显著高于男生。

其次，从独生子女与否变量上来看，整体上来看独生子女与非独生子女对网络文学的总体喜爱程度不存在显著差异，而从具体类型上看，独生子女更加喜爱言情情感（$t=-3.82$，$p<0.001$）、青春校园（$t=-4.56$，$p<0.001$）和穿越宫廷类（$t=-2.95$，$p<0.01$）小说，非独生子女更加喜爱武侠修真（$t=1.98$，$p<0.05$）和 N 次元（$t=4.99$，$p<0.001$）类网络文学。

表 4-8　青少年网络文学喜爱类型的性别和独生子女的差异分析

类别	男生 $M\pm SD$	女生 $M\pm SD$	t	独生子女	非独生子女	t
玄幻奇幻	2.93±1.44	2.02±1.14	16.49***	2.47±1.36	2.38±1.36	1.43
言情情感	1.63±0.97	2.86±1.19	−25.93***	2.26±1.24	2.48±1.30	−3.82***
青春校园	1.77±1.12	2.64±1.21	−17.12***	2.17±1.20	2.43±1.30	−4.56***
科幻悬疑	2.34±1.37	2.19±1.22	2.69***	2.29±1.31	2.22±1.29	1.12
武侠修真	2.51±1.39	1.78±1.02	14.28***	2.16±2.05	2.05±1.25	1.98*
恐怖灵异	2.02±1.35	1.94±1.17	1.42	1.97±1.26	1.97±1.26	−0.02
穿越宫廷	1.49±0.98	2.25±1.20	−15.94***	1.87±2.03	2.03±1.22	−2.95**
N 次元	1.84±1.29	1.82±1.22	0.41	1.98±1.70	1.70±1.16	4.99***
军事历史	1.91±1.24	1.73±0.99	3.72***	1.84±1.15	1.77±1.07	1.26
都市职场	1.64±1.05	1.85±1.02	−4.65***	1.75±1.05	1.77±1.05	−0.32
总计	1.96±0.71	2.07±0.65	3.71***	2.03±0.68	2.03±0.67	0.11

注：* 表示 $p<0.05$，** 表示 $p<0.01$，*** 表示 $p<0.001$。

四、青少年喜爱网络文学提名

1. 整体情况

从提名的频次来看，排名前五的小说是《斗罗大陆》《斗破苍穹》《盗墓笔记》《十宗罪：中国十大恐怖凶杀案》和《三体》。青少年喜爱的网络文学以玄幻奇幻和科幻悬疑类为主，其次是青春言情类文学作品。排名前20的网络文学中有7部玄幻奇幻类小说，6部校园言情类小说，4部科幻悬疑类小说，1部军事历史类小说，1部N次元小说，1部都市言情类小说。具体提名列表如表4-9所示。

表4-9 青少年最喜爱网络文学提名的排序表

排序	作品名称	频次	类型	排序	作品名称	频次	类型
1	《斗罗大陆》	188	玄幻奇幻	11	《何以笙箫默》	26	校园言情
2	《斗破苍穹》	153	玄幻奇幻	12	《致我们单纯的小美好》	26	校园言情
3	《盗墓笔记》	87	科幻悬疑	13	《最好的我们》	25	校园言情
4	《十宗罪：中国十大恐怖凶杀案》	65	科幻悬疑	14	《全职高手》	23	N次元
5	《三体》	64	科幻悬疑	15	《武动乾坤》	23	玄幻奇幻
6	《微微一笑很倾城》	55	校园言情	16	《哑舍》	23	玄幻奇幻
7	《大主宰》	42	玄幻奇幻	17	《魔道祖师》	21	都市言情
8	《明朝那些事儿》	40	军事历史	18	《十年一品温如言》	21	校园言情
9	《龙族》	33	玄幻奇幻	19	《夏至未至》	21	校园言情
10	《完美世界》	29	玄幻奇幻	20	《白夜行》	19	科幻悬疑

2. 学段差异

从学段上来看，对初中生喜爱的网络文学进行排名，表明初中生在阅读网络文学时，追求新奇性和刺激性，所提名网络文学以玄幻奇幻和科幻悬疑两大类小说为主。如表4-10所示，初中生喜爱的网络文学排名前五的分别是《斗罗大陆》《斗破苍穹》《盗墓笔记》《微微一笑很倾城》和《十宗罪：中国十大恐怖凶杀案》。

表 4-10　最喜爱网络文学提名的学段排序表（初中）

排序	作品名称	频次	百分比/（%）
1	《斗罗大陆》	32	8.51
2	《斗破苍穹》	25	6.64
3	《盗墓笔记》	7	1.86
4	《微微一笑很倾城》	7	1.86
5	《十宗罪：中国十大恐怖凶杀案》	6	1.60
6	《花千骨》	5	1.33
7	《龙王传说》	4	1.06
8	《查理九世》	4	1.06
9	《名侦探柯南》	4	1.06
10	《完美世界》	4	1.06

对高中生喜爱的网络文学进行排名，发现高中生除了喜爱玄幻奇幻类网络文学外，还喜爱言情和历史相关的网络文学，开始关注情感和谋略成长类相关主题。如表 4-11 所示，高中生喜爱的网络文学排名前五的分别是《斗罗大陆》《斗破苍穹》《十宗罪：中国十大恐怖凶杀案》《盗墓笔记》和《三体》。

表 4-11　最喜爱网络文学提名的学段排序表（高中）

排序	作品名称	频次	百分比/（%）
1	《斗罗大陆》	138	7.80
2	《斗破苍穹》	110	6.22
3	《十宗罪：中国十大恐怖凶杀案》	50	2.83
4	《盗墓笔记》	45	2.54
5	《三体》	44	2.49
6	《大主宰》	37	2.09
7	《微微一笑很倾城》	34	1.92
8	《明朝那些事儿》	31	1.75
9	《完美世界》	23	1.30
10	《龙族》	19	1.07

对大学生喜爱的网络文学进行排名，发现大学生喜爱的网络文学更加丰富，在排名前十的网络文学中，玄幻、言情和悬疑类小说均分，玄幻类有 4 本，言情类有 4 本，悬疑类有 2 本。具体如表 4-12 所示，大学生喜爱的网络文学排名前五的分别是《盗墓笔记》《何以笙箫默》《三体》《斗罗大陆》《斗破苍穹》。

表 4-12　最喜爱网络文学提名的学段排序表（大学）

排序	作品名称	频次	百分比/（%）
1	《盗墓笔记》	35	5.99
2	《何以笙箫默》	19	3.25
3	《三体》	19	3.25
4	《斗罗大陆》	18	3.08
5	《斗破苍穹》	18	2.08
6	《十年一品温如言》	15	2.57
7	《微微一笑很倾城》	14	2.40
8	《龙族》	13	2.22
9	《十宗罪：中国十大恐怖凶杀案》	9	1.54
10	《步步惊心》	8	1.37

3. 性别差异

从性别上来看，排名前 10 的网络文学中，男生和女生都比较喜欢玄幻悬疑类网络文学，男生和女生排名前十的网络文学中都有《斗罗大陆》《斗破苍穹》《盗墓笔记》《三体》《十宗罪：中国十大恐怖凶杀案》《明朝那些事儿》这 6 本网络文学作品，具体如表 4-13 所示。其次，女生除了玄幻和悬疑类网络文学外，还比较喜欢言情类网络文学，提名包括《微微一笑很倾城》《何以笙箫默》和《十年一品温如言》。

表 4-13　最喜爱网络文学提名的性别排序表

排序	男生			女生		
	作品名称	频次	百分比/（%）	作品名称	频次	百分比/（%）
1	《斗罗大陆》	125	10.59	《斗罗大陆》	63	4.09
2	《斗破苍穹》	107	9.07	《盗墓笔记》	51	3.32

续表

排序	男生			女生		
	作品名称	频次	百分比/（%）	作品名称	频次	百分比/（%）
3	《盗墓笔记》	36	3.05	《斗破苍穹》	46	2.99
4	《三体》	34	2.88	《微微一笑很倾城》	45	2.92
5	《大主宰》	25	2.12	《十宗罪：中国十大恐怖凶杀案》	42	2.73
6	《十宗罪：中国十大恐怖凶杀案》	23	1.95	《三体》	30	1.95
7	《龙族》	22	1.86	《何以笙箫默》	25	1.63
8	《完美世界》	21	1.77	《明朝那些事儿》	20	1.30
9	《明朝那些事儿》	20	1.69	《十年一品温如言》	19	1.24
10	《武动乾坤》	16	1.36	《致我们单纯的小美好》	19	1.24

第三节　基于问卷调查的网络文学阅读特点

本章旨在了解青少年网络文学阅读的基本现状。本章研究结果表明，我国62.60%青少年阅读网络文学，接触网络文学的青少年平均每人阅读了72.50本网络文学作品，并且每周平均花3.39小时进行网络文学阅读。第十四次全国国民阅读调查报告显示，我国18岁以下未成年人人均阅读量高达8.34本，远高于国民平均阅读水平。本章研究结果进一步说明网络文学作为网络流行文化中的重要亚型，已经成为青少年阅读形式中的重要内容，并且阅读频率较高，也进一步说明了青少年网络文学阅读行为研究的重要性。

就阅读频率和方式来看，随着学段升高，青少年网络文学阅读比例和阅读频率（阅读年限、阅读数量、每周阅读时间）也随之升高，阅读行为也越来越日常化。这可能与青少年掌握网络资源、设备有关。随着学段升高，青少年越来越多地使用手机、电脑、平板等设备阅读网络文学，初中和高中阶段的大部分学生选择在放长假的时候看小说，大学生基本上以日常睡觉前和周末为主要网络文学阅读时间。女生比男生的阅读比例高、阅读数量大和投入时间长，这与以往研究相一致，女生对文字形式的理解和投入会更高，对文字的敏感性更强，更加愿意通过文字形式来感知世界和认识自我。

从阅读类型和题材上看，校园题材是各学段青少年一致热爱的小说类型，这与青少年希望通过阅读小说来体验各种校园生活以帮助自我成长的愿望相一致。当然我们还发现随着学段变化，青少年的阅读类型从最初追求刺激和感官体验，逐步转变为追求情感体验和情绪放松的小说类型，表现为玄幻修仙类网络文学阅读比例显著下降，而言情情感类小说阅读量显著升高。一方面，刚接触网络文学的青少年容易被新鲜刺激的故事情节所吸引，所以更多地阅读玄幻、修仙、悬疑类小说，但是随着年龄的增长，他们对文字的需求不再是简单地追求刺激，更希望能够通过阅读网络文学抒发个人情感和解决自我成长的困惑。另一方面，处于青春期的青少年由于受到认知发展的局限，很难客观地进行自我评价和设定自我发展目标，所以他们需要从与自己生活紧密相关的校园网络文学中体验主人公的自我成长路线，有些青少年甚至会将小说中的主人公设定为自己的理想自我。

就性别上的差异来看，女生更加喜欢情感类小说，而男生更加喜欢玄幻武侠类小说，这也与以往的研究相一致，女生的情感体验需求旺盛，男生更加具有冒险精神，喜欢接触新奇刺激的事物。我们还发现独生子女更加喜欢阅读情感相关题材的网络文学，而非独生子女更加关注武侠修真和异次元小说，这可能与独生子女在情感世界上同伴需求的缺失有关，由于家庭中兄弟姐妹的缺失，所以他们更加关注与个体成长紧密结合的校园题材和情感类题材的小说，在这类小说中寻找自我和体验成长。非独生子女则更多地喜爱看武侠修真和异次元小说，这也与父母的监管力度和个人追求自由、个性化的需求相一致。

综上所述，结合以往研究结果，本章研究的结果不仅对当前青少年文学阅读的基本情况有了大致的了解，丰富了国内关于青少年网络文学阅读的量化研究，也能为后续的研究设计提供思路和依据。

第四节 小　　结

　　青少年阅读网络文学比例过半，阅读呈现日常化趋势，且以手机阅读为主。青少年喜欢的网络文学类型主要集中于玄幻奇幻、言情情感和科幻悬疑三大类；随着年龄的增长，青少年喜爱的网络文学类型从单一的玄幻奇幻类，逐渐走向丰富多样。青少年网络文学阅读类型偏好存在性别差异，主要表现在男生喜欢玄幻奇幻类网络文学，而女生更加喜欢言情情感类网络文学。独生子女更加喜欢言情情感类网络文学，非独生子女则钟情于玄幻奇幻类网络文学。

第五章　基于文本分析的青少年网络文学阅读心理特点

第一节　研究思路及方法

一、研究目的

本研究旨在通过文本分析的方法了解我国青少年网络文学阅读的心理特点。

二、研究方法

本研究包括词频分析和语义分析两部分，分析方法具体如下。

1. 词频分析

研究采用文本资料分析软件 NVivo11.0 的词频分析功能进行词频分析。该软件可以根据算法对文本中的词汇进行分析，对各词的使用频率进行排序，并且生成词汇云图片。

2. 语义分析

研究采用计算机辅助内容分析软件 LIWC 进行语义分析。该软件能根据不同的分类计算出文本中各种词汇的百分比，进而通过词类的变化对人们的心理变化做出预测。目前的 LIWC 包含 4 个一般描述性类别（总词数、每句词数、超过六字母字词、抓取率）、22 个语言特性类别（如人称代词、助动词、连词、介词等)、32个心理特性类别(社会过程词、情感过程词、认知过程词、生理过程词和感知词等)、7个个人化类别(如工作、休闲、家庭、金钱等)、3个副语言学类别(如应和词、停顿赘词、填充赘词等)以及12个标点符号类别(如句号、逗号、冒号、分号等),总计拥有80个字词类别、约4500个字词(张信勇,2015)。LIWC 具有良好的内部效度和外部效度,探测词汇意义的能力已经在大量研究中得到了验证,包括注意力的焦点、情绪性、社会关系、思想风格和个体差异等,并在国内外得到了广泛应用(Pennebaker, Booth, Francis, 2007; Tauszik, Pennebaker, 2010; Back, Kufner, Egloff, 2011)。本书主要研究7个语言指标,选取32个心理特征类别和7个个人化类别上的指标,共计46个指标类别。

三、研究步骤

文本分析是建立在大量文本的基础上的,因此根据研究目的,研究主要按以下步骤来进行材料的搜集与分析。

首先是对网络文学名字的筛选,由于之前的研究缺乏对青少年喜爱的网络文学的量化研究,研究材料相对缺乏。本研究根据第四章研究的结果,抓取青少年最爱的三种题材的小说:玄幻奇幻(玄幻、奇幻)、言情情感(青春浪漫、古代言情、现代言情)和科幻悬疑(科幻、悬疑、推理)三类网络文学的相关文本。

其次,在确定网络小说抓取内容和原则后,以"起点中文网"为目标网站进行文本内容抓取,共抓取36007本完结网络小说的名字、类别、性别(男生、女生)、字数、总点击量,共计184375条数据。其中奇幻玄幻类小说有12053本,言情情感小说有18411本,科幻悬疑小说有5543本,总计36007本网络小说。

最后,对抓取文本材料进行编码和整理,用 NVivo 和 LIWC 进行词频和语义分析。LIWC 的分析统计指标如表5-1所示。

表5-1 本研究中的 LIWC 统计指标

类别	指标	示意	指标	示意	指标	示意
语言	PPron	特定人称	I	第一人称单数	We	第一人称复数
	You	第二人称	She, He	第三人称单数	They	第三人称复数
	iPron	非特定人称				

续表

类别	指标	示意	指标	示意	指标	示意
心理特征	**Social**	**社会词**	**CogMech**	**认知词**	**Percept**	**感知词**
	Family	家庭词	Insight	洞察词	See	视觉词
	Friend	朋友词	Cause	因果词	Hear	听觉词
	Humans	人类词	Discrep	差距词	Feel	感觉词
	Affect	**情感词**	Tentat	暂订词	**Bio**	**生理词**
	PosEmo	正向情绪词	Certain	确切词	Body	身体词
	NegEmo	负向情绪词	Inhibition	限制词	Health	健康词
	Anx	焦虑词	Inclusive	包含词	Sexual	性词
	Anger	生气词	Exclusive	排除词	Ingest	摄食词
	Sad	悲伤词	**Relative**	**相对词**	Space	空间词
			Time	时间词	Motion	移动词
个人化	Money	金钱词	Religion	宗教词	Death	死亡词
	Home	家庭词	Leisure	休闲词	Achieve	成就词
	Work	工作词				

第二节 青少年网络文学阅读的文本分析结果

一、青少年喜爱网络文学的词频分析

1. 词频使用情况的整体分析

对青少年喜爱的各类型的网络文学的名字进行词频分析，结果发现使用比较多的词汇依次为：穿越、王妃、天下、总裁、王爷、世界、系统、小姐、豪门和末世。从高频词汇使用上来看，这些词语表现出远离现实生活、偏离社会主要价值的特点。具体数据分析结果如表 5-2 和图 5-1 的词频云所示。

表 5-2　网络文学作品名字词汇使用频率表（前二十）

排序	单词	计数	相似词	排序	单词	计数	相似词
1	穿越	739	穿越	11	老公	283	老公
2	王妃	688	公主，王妃	12	恶魔	288	恶魔，魔鬼
3	天下	502	天下	13	霸道	243	霸道
4	总裁	473	总裁	14	爱情	228	爱情，感情，好感
5	王爷	469	王爷	15	末日	222	末日
6	世界	445	地球，世界	16	无限	213	巨大，无限
7	系统	416	体系，系统	17	青春	209	青春
8	小姐	426	夫人，小姐	18	大人	199	大人
9	豪门	310	豪门	19	少女	240	夫人，姑娘，闺女，少女
10	末世	283	末世	20	传奇	193	传奇

图 5-1　网络文学词汇使用频率示意图

（注：图中字的大小代表了词汇使用频次多少，下同）

2. 词频使用的性别差异

从性别上分别进行词频分析，男性网络文学主要与世界、末日相关，女性网络文学主要与穿越和总裁相关。其中男性主题网络文学使用频率前十的词汇依次为世界、系统、末世、末日、无限、穿越、天下、超级、传奇和传说；女性主题网络文学使用频率前十的词汇依次为王妃、穿越、总裁、王爷、小姐、天下、豪门、老公、恶魔和霸道。具体数据分析结果如表 5-3、图 5-2 和图 5-3。

表 5-3 不同性别取向网络文学的词汇使用频率表（前十）

排序	男性			女性		
	单词	计数	相似词	单词	计数	相似词
1	世界	376	地球，世界	王妃	652	公主，王妃
2	系统	375	体系，系统	穿越	550	穿越
3	末世	252	末世	总裁	472	总裁
4	末日	207	末日	王爷	446	王爷
5	无限	200	巨大，无限	小姐	401	夫人，小姐
6	穿越	189	穿越	天下	353	天下
7	天下	149	天下	豪门	310	豪门
8	超级	148	超级	老公	281	老公
9	传奇	140	传奇	恶魔	250	恶魔，魔鬼
10	传说	131	传说	霸道	233	霸道

图 5-2 男性网络文学词频示意图

图 5-3　女性网络文学词频示意图

3. 词频使用的主题类型差异

从主题类型上进行词频分析,玄幻类网络文学使用排名前十的词汇依次为系统、世界、天下、穿越、小姐、传说、阴阳、大陆、传奇、魔法;悬疑类网络文学使用排名前十的词汇依次为末世、世界、末日、无限、系统、阴阳、星际、超级、穿越、进化;言情类网络文学使用排名前十的词汇依次为王妃、穿越、总裁、王爷、小姐、天下、豪门、老公、恶魔和霸道。具体数据分析结果如表 5-4、图 5-4、图 5-5 及图 5-6。

表 5-4　不同主题类型网络文学的词汇使用分析表

排序	玄幻			悬疑			言情		
	单词	计数	相似词	单词	计数	相似词	单词	计数	相似词
1	系统	252	体系,系统	末世	251	末世	王妃	652	公主,王妃
2	世界	192	地球,世界	世界	207	地球,世界	穿越	548	穿越
3	天下	192	天下	末日	191	末日	总裁	465	总裁

续表

排序	玄幻			悬疑			言情		
	单词	计数	相似词	单词	计数	相似词	单词	计数	相似词
4	穿越	184	穿越	无限	169	巨大,无限	王爷	444	王爷
5	小姐	142	夫人,小姐	系统	140	系统	小姐	400	夫人,小姐
6	传说	137	传说	阴阳	131	阴阳	天下	353	天下
7	阴阳	130	阴阳	星际	77	星际	豪门	305	豪门
8	大陆	126	大陆	超级	76	超级	老公	257	老公
9	传奇	125	传奇	穿越	75	穿越	恶魔	247	恶魔,魔鬼
10	魔法	121	魔法	进化	75	成长,进化,开发	霸道	230	霸道

图 5-4　玄幻类网络文学词频示意图

图 5-5 悬疑类网络文学词频示意图

图 5-6 言情类网络文学词频示意图

二、青少年喜爱网络文学的语义分析

1. 整体语义分析的描述性统计分析

对所有网络文学的作品名称进行语义分析。如表 5-5 所示，从整体上来看，人称代词使用上特定人称代词的使用显著多于非特定人称代词使用，每 1000 字中有 18.35 个特定人称代词，只有 5.16 个非特定人称代词。其次，每 1000 字中有 11.11 个"我""我们"，6.18 个"你""你们"，1.06 个"他""她""他们""她们"。

表 5-5 人称代词语义分析表

类别	指标	M	SD
特定人称	特定人称代词	18.35	45.25
	我	10.01	45.24
	我们	1.10	15.37
	你，你们	6.18	33.97
	他，她	0.99	16.99
	他们，她们	0.07	4.18
非特定人称	非特定人称代词（它，它们）	5.16	37.56

如表 5-6 所示，在个人化相关指标上的分析结果显示：每 1000 字中与休闲相关的词汇最多，有 28.34 个词；其次为宗教相关词汇，有 21.33 个词；然后是工作，有 18.67 个词。

表 5-6 个人化指标语义分析表

指标	M	SD	指标	M	SD
休闲	28.34	94.10	死亡	6.42	4.65
宗教	21.33	8.10	家庭	3.23	31.13
工作	18.67	77.40	金钱	2.39	27.60
成就	14.97	71.26			

如表 5-7 所示，在心理过程指标上的分析结果显示：每 1000 字中相对性相关的词汇最多，有 91.14 个；其次为情感相关的词汇，有 49.99 个；再次为认知历程相关的词汇，有 49.12 个；接下来依次是社会历程相关的

词汇，有44.43个；生理相关的词汇有19.12个；感知历程相关的词汇有18.92个。从各维度的具体指标来看，与空间、时间、洞察、正情绪、人类相关的词汇较多。

表5-7 心理过程指标语义分析表

类别	指标	M	SD	类别	指标	M	SD
相对性		91.14	162.75	认知历程		49.12	118.42
	移动	23.76	78.70		洞察	39.04	35.27
	空间	47.19	78.69		因果	1.90	23.96
	时间	32.61	101.03		差距	5.53	36.89
情感		49.99	117.37		暂定	5.13	36.96
	正向情绪	25.52	83.65		确定性	5.95	44.10
	负向情绪	16.90	68.48		限制	3.61	33.21
	焦虑	11.12	19.24		包含	12.36	54.73
	愤怒	38.22	33.87		排除	8.71	45.76
	悲伤	14.65	22.02	社会历程		44.43	108.46
生理		19.12	72.56		家庭	5.35	24.75
	身体	4.47	37.00		朋友	2.58	34.76
	健康	3.67	33.55		人类	14.37	26.10
	性	7.85	42.59	感知历程		18.92	78.22
	摄食	3.10	31.03		视觉	10.54	60.63
					听觉	2.29	27.12
					感觉	3.88	33.61

2. 性别差异上的语义分析

（1）个人化类别上的性别差异分析。

就个人化类别的7个指标进行性别差异检验，结果显示：男性网络文学在工作、成就、休闲、宗教和死亡方面的词汇数目显著高于女性网络文学（$p<0.001$），而在家庭和金钱指标词汇使用量上的差异不显著（$p>0.05$），如表5-8所示。

表 5-8　不同性别在个人化指标上的语义分析 t 检验结果

维度	分类	N	M	SD	t
工作	男性	14285	24.77	95.45	12.15***
	女性	21722	14.66	62.45	
成就	男性	14285	23.36	94.88	18.21***
	女性	21722	94.48	49.29	
休闲	男性	14285	29.82	102.84	3.47***
	女性	21722	27.36	87.87	
宗教	男性	14285	24.65	94.29	6.32***
	女性	21722	19.14	70.91	
死亡	男性	14285	10.47	62.49	13.44***
	女性	21722	3.75	31.64	

注：* 表示 $p<0.05$，** 表示 $p<0.01$，*** 表示 $p<0.001$。

（2）心理指标上的性别差异分析。

就心理指标进行语义分析的性别差异检验，结果显示：在情感、认知历程、感知历程、社会历程和生理上性别差异显著，均表现为女性网络文学在这 5 个指标上词频数显著高于男性网络文学（$p<0.001$），但是在相对性指标上差异不显著（$p>0.05$），如表 5-9 所示。

表 5-9　不同性别在心理指标上的语义分析 t 检验结果

维度	分类	N	M	SD	t
相对性	男性	14285	92.35	177.68	1.14
	女性	21722	90.35	152.14	
情感	男性	14285	38.32	115.05	−15.35***
	女性	21722	57.66	118.24	
认知历程	男性	14285	43.02	119.87	−7.92***
	女性	21722	53.12	117.29	
感知历程	男性	14285	13.74	72.60	−10.20***
	女性	21722	22.33	81.52	
社会历程	男性	14285	22.53	87.25	−31.49***
	女性	21722	58.82	118.20	

续表

维度	分类	N	M	SD	t
生理	男性	14285	10.49	61.39	-18.38***
	女性	21722	24.79	78.54	

注：* 表示 $p<0.05$，** 表示 $p<0.01$，*** 表示 $p<0.001$。

进一步对情感、认知历程和感知历程类别里的各具体指标进行性别差异检验，结果显示：在情感维度上，女性网络文学的正负向情绪词频显著高于男性文学 [$t=-17.59$，$p<0.001$（正向情绪）；$t=-8.27$，$p<0.001$（负向情绪）]，男性网络文学在焦虑指标上的词频显著高于女性（$t=7.55$，$p<0.001$），女性网络文学在愤怒指标上的词频显著高于男性（$t=-3.21$，$p<0.001$）；在认知历程上，男性网络文学在确定性指标上词频显著高于女性（$t=11.50$，$p<0.001$），女性网络文学在暂定性（$t=-6.89$，$p<0.001$）、差距（$t=-11.97$，$p<0.001$）、包含（$t=-13.86$，$p<0.001$）和排除（$t=-11.60$，$p<0.001$）等指标上的词频显著高于男性；在感知历程上，女性网络文学三个指标上的词频均显著高于男性网络文学（$p<0.001$）。具体分析如表 5-10 所示。

表 5-10 不同性别在情感、认知历程和感知历程维度上的语义分析 t 检验结果

维度	指标	分类	M	SD	t
情感	正向情绪	男性	16.00	73.02	-17.59***
		女性	31.79	89.41	
	负向情绪	男性	13.22	69.28	-8.27***
		女性	19.32	67.85	
	焦虑	男性	20.63	27.43	7.55***
		女性	4.98	10.87	
	愤怒	男性	1.00	18.50	-3.21***
		女性	1.77	24.06	
认知历程	暂定性	男性	3.48	34.32	-6.89***
		女性	6.22	38.57	
	确定性	男性	9.23	58.33	11.50***
		女性	3.78	31.21	

续表

维度	指标	分类	M	SD	t
认知历程	差距	男性	26.65	27.99	−11.97***
		女性	74.13	41.62	
	包含	男性	7.44	44.19	−13.86***
		女性	15.59	60.45	
	排除	男性	5.27	38.60	−11.60***
		女性	1.10	49.78	
感知历程	视觉	男性	60.54	60.54	−3.31***
		女性	11.39	60.68	
	听觉	男性	17.16	25.03	−3.22***
		女性	26.61	28.40	
	感觉	男性	28.86	32.61	−4.57***
		女性	45.40	34.24	

注：* 表示 $p<0.05$，** 表示 $p<0.01$，*** 表示 $p<0.001$。

3. 类型上的语义分析

（1）言语特征类别上的类型差异分析。

就言语特征类别的类型差异进行单因素方差（F）分析，分析结果显示：在代词使用上，类别差异显著（$F=277.69$，$p<0.001$；$F=32.38$，$p<0.001$），进一步的最小显著差异法（Least-Significant Difference，LSD）检验发现，言情和悬疑类网络文学的特定代词和非特定代词的词频均显著高于玄幻类网络文学（$p<0.001$）。就特定代词中的第一人称代词的词频语义分析结果显示，言情和悬疑类网络文学的第一人称代词使用词频显著高于玄幻类网络文学（$p<0.001$）。具体分析结果如表 5-11 所示。

表 5-11 言语特征类别上的类型差异分析

维度	分类	M	SD	平方和	均方	F
特定代词	言情	25.80	76.60	2.32	1.16	277.69***
	玄幻	8.42	45.81			
	悬疑	13.87	55.60			

续表

维度	分类	M	SD	平方和	均方	F
我	言情	11.69	46.69	0.23	011	55.41***
	玄幻	6.49	39.63			
	悬疑	12.11	51.03			
我们	言情	1.97	20.74	0.03	0.02	62.26***
	玄幻	1.36	4.88			
	悬疑	2.33	7.03			
非特定代词	言情	6.56	41.66	0.09	0.06	32.38***
	玄幻	3.02	29.79			
	悬疑	5.15	38.12			

注：* 表示 $p<0.05$，** 表示 $p<0.01$，*** 表示 $p<0.001$。

（2）个人化类别上的类型差异分析。

就个人化类别的类型差异进行单因素方差分析，分析结果显示：个人化指标上词频间的类别差异显著（$p<0.001$）。进一步 LSD 分析结果显示，悬疑类网络文学在各指标上的得分词频显著高于言情和玄幻类网络文学（$p<0.001$）。言情类网络文学在家庭和金钱上的词频显著高于玄幻类网络文学，但是在成就和死亡指标上的词频显著低于玄幻类网络文学（$p<0.001$），但是这两类网络文学在工作、休闲和宗教上的词频使用差异不显著（$p>0.05$）。具体分析结果如表 5-12 所示。

表 5-12 个人化类别上的类型差异分析

维度	分类	M	SD	平方和	均方	F
工作	言情	15.27	62.66	1.79	0.89	150.31***
	玄幻	16.29	76.66			
	悬疑	35.15	113.10			
成就	言情	9.24	47.69	1.27	0.63	125.41***
	玄幻	20.10	87.45			
	悬疑	22.85	92.60			
休闲	言情	26.80	86.04	0.15	0.07	8.28***
	玄幻	28.73	100.34			
	悬疑	32.61	104.96			

续表

维度	分类	M	SD	平方和	均方	F
家庭	言情	3.43	30.45	0.04	0.02	19.77***
	玄幻	2.04	26.53			
	悬疑	5.15	40.95			
金钱	言情	2.33	26.15	0.02	0.01	11.14***
	玄幻	1.78	24.99			
	悬疑	3.89	36.30			
宗教	言情	19.49	70.81	0.64	0.32	49.07***
	玄幻	19.57	81.93			
	悬疑	31.22	106.30			
死亡	言情	3.10	27.89	0.85	0.43	199.01***
	玄幻	6.50	49.12			
	悬疑	17.24	77.94			

注：* 表示 $p<0.05$，** 表示 $p<0.01$，*** 表示 $p<0.001$。

（3）心理特征类别上的类型差异分析。

就心理特征类别的类型差异进行单因素方差分析，分析结果显示：心理特征指标上存在显著类别差异（$p<0.001$）。具体来看：言情类网络文学在社会历程、情感、认知历程、感知历程和生理指标上词频显著高于其他两类文学（$p<0.001$），悬疑类网络文学在相对性指标上显著高于其他两类文学（$p<0.001$）。具体分析结果如表 5-13 所示。

表 5-13 心理特征类别上的类型差异分析

维度	分类	M	SD	平方和	均方	F
社会历程	言情	62.11	120.65	12.126	6.06	530.56***
	玄幻	22.93	85.07			
	悬疑	32.41	100.71			
情感	言情	61.30	120.89	6.43	3.22	236.50***
	玄幻	31.67	100.89			
	悬疑	52.23	132.85			

续表

维度	分类	M	SD	平方和	均方	F
认知历程	言情	55.76	119.34	2.81	1.41	100.81***
	玄幻	36.67	108.97			
	悬疑	54.09	132.16			
感知历程	言情	23.55	8.32	0.82	0.41	67.49***
	玄幻	13.43	7.03			
	悬疑	15.51	7.63			
生理	言情	26.52	8.04	2.13	1.07	204.95***
	玄幻	10.03	5.72			
	悬疑	14.29	7.237			
相对性	言情	93.38	15.06	1.97	0.99	37.29***
	玄幻	8.19	16.69			
	悬疑	103.65	18.35			

注：* 表示 $p<0.05$，** 表示 $p<0.01$，*** 表示 $p<0.001$。

针对情感、认知历程和感知历程三个维度具体指标进行类别差异的单因素方差分析。结果显示：在情感维度上，言情类网络文学在正向情绪、负向情绪和悲伤上的词频显著高于其他两类文学，玄幻类网络文学在焦虑上的词频显著高于其他两类文学；在认知历程维度上，言情类网络文学在暂定性指标上的词频显著高于其他两类文学；悬疑类网络文学在确定性指标上显著高于其他两类网络文学；在感知历程维度上，言情类和悬疑类网络文学在视觉和感觉两个指标上的词频显著高于玄幻类文学。具体分析结果如表 5-14 所示。

表 5-14 情感、认知历程和感知历程维度上的类型差异分析

维度	指标	分类	M	SD	平方和	均方	F
情感	正向情绪	言情	34.63	92.63	3.16	1.58	228.43***
		玄幻	15.05	68.96			
		悬疑	18.06	77.74			
	负向情绪	言情	19.96	68.30	0.47	0.23	49.71***
		玄幻	11.99	63.20			
		悬疑	17.42	78.76			

续表

维度	指标	分类	M	SD	平方和	均方	F
情感	焦虑	言情	4.37	10.05	0.06	0.03	82.88***
		玄幻	7.65	15.92			
		悬疑	4.15	38.47			
	悲伤	言情	1.94	25.34	0.01	0.01	9.76***
		玄幻	0.8	15.48			
		悬疑	1.32	22.23			
认知历程	暂定	言情	6.70	40.01	0.11	0.06	40.27***
		玄幻	2.82	28.84			
		悬疑	4.97	4.16			
	确定性	言情	3.90	3.13	0.52	0.26	133.59***
		玄幻	5.02	43.56			
		悬疑	17.74	71.89			
感知历程	视觉	言情	11.86	61.77	0.11	0.06	15.47***
		玄幻	8.04	55.53			
		悬疑	11.60	66.97			
	听觉	言情	2.85	29.24	0.01	0.06	8.22***
		玄幻	1.71	24.57			
		悬疑	1.67	34.96			
	感觉	言情	4.85	35.23	0.04	0.02	17.05***
		玄幻	2.59	30.37			
		悬疑	3.48	34.70			

注：* 表示 $p<0.05$，** 表示 $p<0.01$，*** 表示 $p<0.001$。

第三节　基于文本分析的网络文学阅读特点

一、青少年网络文学阅读的心理特点

青少年时期，个体在身体上、认知上和社会情感上都会经历巨大的变化。这个时期的青少年对自己非常关注，自我意识显著提高。网络文学的快速传播、人物自我化、故事情节情绪化、强卷入等特点都吸引着青少年越来越多地参与这项活动。根据文本分析结果，我国青少年网络文学阅读行为有如下特点。

首先，青少年喜爱的网络文学有超现实倾向。从喜爱的小说名字的词频分析结果来看，使用比较多的词汇依次为：穿越、王妃、天下、总裁、王爷、世界、系统、小姐、豪门和末世。从高频词汇使用上来看，这些词语表现出远离现实生活，偏离社会主要价值的特点。语义分析的结果也显示相对性词汇使用最多，每1000字中有91.14个相对性词语，特别是空间与时间相关的词汇。在青少年喜爱的网络文学提名中，《斗破苍穹》《明朝那些事儿》等穿越玄幻题材的作品从名字上就可以看出超现实的阅读倾向。这一特点与青少年渴望脱离现实生活，对新异世界的新奇事物关注的心理特点相吻合。这一阶段青少年的特点是崇尚自由，追求个性，而网络阅读正契合了青少年这一特点，在海量的网络资源中，青少年作为阅读的主体是自由的、个体化的，青少年阅读的空间是自由的，可任意发挥自我的想象力和创造力，网络阅读成为个性化阅读方式，成为青少年彰显个性的一个途径。

其次，青少年喜爱的网络文学体现强卷入的特点。从语义分析的结果来看，网络文学作品名称中特定人称代词显著高于非特定人称代词，尤其是第一人称单数"我"和第一人称复数"我们"的使用显著高于其他人称。以往研究认为，以第一人称"我"的视角展开的故事自我卷入程度显著高于第三人称"他/她"，以"我"的视角讲述故事会降低自我加工，更加容易认同故事中表达的观念（Brunyé，et al，2009）。第一人称代词使用会显著提升个体在叙事中的卷入程度，这与网络文学双向交互性的传播特

点和定制化的行文特点相一致。网络文学作者为了追求大量且持续的点击量，从小说命名上就开始吸引读者卷入。另外，从传播与消费角度所做的研究也证明，网络文化用户具有较强的用户黏度，而卷入在中间起着非常关键的作用（田晓丽，2016；CNNIC，2017）。

再次，青少年喜爱的网络文学体现了情绪发泄性的特点。语义分析的结果显示，情绪相关词汇的使用频率较高，特别是正向情绪的使用，而以往研究认为，正向情绪与放松、娱乐等心理活动显著相关。青少年在成长过程中，其心理是矛盾的，一方面感受到来自社会、人际和家庭的压力，希望寻找自由，无拘无束，摆脱现实的生活，另一方面面对外面的世界时又充满不安。互联网技术的发展，给了青少年一个自由、放松和娱乐的轻松环境。通过网络资源，青少年即可按照自己的喜好，寻找自我喜欢的网络文学作品，娱乐心理得到大大满足。然而，正是这种娱乐、放松的特点，导致青少年在自我与网络文学的交互中过分放飞自我，体验各种非凡人生所带来的快感并难以自拔，最后迷失自我。

最后，青少年喜爱的网络文学体现了浅阅读的特点。语义分析的结果显示，与认知相关的词汇（比如洞察、反思、感悟、回味等）使用频率处于一般水平。这与网络阅读的浅阅读倾向特点相一致。网络文学的流行，在较大程度上体现了浅阅读的流行，读者不再深入思考文学作品中的逻辑性，而是将关注点放在某些刺激性文字的描述上。浅阅读作为人们获取信息的一种方式，不利于个体自我思考。依赖和沉迷浅阅读是有害的，浅阅读的流行在一定程度上正在摧毁人类建立在书写印刷文化之上的怀疑精神、思考能力、理性思维，人类文化的深度模式被这种所谓的浅阅读所取代。

二、不同性别青少年网络文学阅读的心理特点

从词频分析的结果来看，男性网络文学主要与世界、末日等抽象空间相关，女性网络文学主要与王妃、穿越、总裁、王爷等描述状态和与人有关的词汇相关。表现出女性的人际取向，她们更加关注人与人的关系，例如《霸道总裁爱上我》，而男生则更加关注与抽象空间相关的主题，例如《斗破苍穹》。

进一步的语义分析结果显示出不同性别青少年网络文学阅读的几个显

著的特征。首先，男性网络文学作品命名范围更广一些，集中在工作、成就、休闲、宗教和死亡等与个体特征相关的主题上，女性网络文学相对局限在金钱和家庭这些与个人生活相关的主题上。其次，女性网络文学在情感、认知历程、社会历程、感知历程和生理上的词汇使用高于男性。具体来看，情感维度上，女性网络文学的正负向情绪词频显著高于男性网络文学，负向情绪中的女性在愤怒指标上的词频显著高于男性；认知历程维度上，女性网络文学在暂定、差距、包含和限制等指标上的词频也显著高于男性网络文学；感知历程维度上，女性网络文学三个指标上的词频均显著高于男性网络文学。女性网络文学相关题材主要集中于言情情感类，即使是玄幻和悬疑类的作品也以两性关系为基础展开，所以更多地表现出在认知和感知历程上词汇比较多。与此同时，女性网络文学更多表现出正向情绪，这也是女性更多在文学阅读中寻找美好爱情的原因，很多小白文、爽文等在命名上就表现出极强的娱乐取向，例如《十年一品温如言》《致我们单纯的小美好》，都明显地显示正向情绪的认知和感知更多。当然我们还发现女性网络文学在愤怒指标上的词频显著高于男性网络文学，这可能与女性题材文学作品比较关注两性关系有关，特别是形容分手、感情破裂的文学作品，例如《步步惊心》《重生八零：军嫂的彪悍人生》。再次，男性网络文学在焦虑指标上的词频显著高于女性网络文学，在认知历程上，男性网络文学在确定性指标上的词频显著高于女性网络文学，这可能与男性网络文学主要为玄幻题材有关。玄幻和悬疑类网络文学更加关注在一个全新的世界里，主人公如何成长，主题上也更多是对个人成就的追求，例如《择天记》《斗罗大陆》《武动乾坤》等青少年喜爱的网络文学都是与抽象空间、争斗和表现个人意志相关的词汇。

三、不同类型网络文学的特点

不同类型的网络文学作品在语频和语义上的差异也很明显，表现出典型性的类型化趋势。

具体来看，从主题类型上进行词频分析的结果显示，玄幻类网络文学作品的命名主要使用与空间相关的词汇，悬疑类网络文学作品的命名更多使用与死亡和命运相关的词汇，言情类网络文学作品的命名则更多使用与两性关系和身份地位相关的词汇。

语义分析的结果也显示各类型之间的差异极大。言情类网络文学体现社交取向，关注两性关系，玄幻类网络文学体现自我成长取向，关注个人成就，悬疑类网络文学则关注个体与个人生存相关的体验。具体来看，首先，从人称代词使用上来看，言情和悬疑类的网络文学比玄幻类网络文学更多的是与"我"和"我的"身份相关的主题，所以言情类和悬疑类网络文学自我代入性相对较强。其次，就个人化指标上来看，悬疑类网络文学在个人化指标上的词频显著高于言情和玄幻类网络文学，即悬疑类网络文学更加有个人化倾向，与人相关的描述比较多，例如《盗墓笔记》《我当道士那些年》，言情类网络文学更加关注家庭和工作，例如《杜拉拉升职记》，玄幻类网络文学作品更加关注成就和死亡，如《武动乾坤》。就心理指标类别而言，言情类网络文学在社会历程、情感、认知历程、感知和生理指标上的词频显著高于其他两类网络文学，悬疑类网络文学在相对性指标上显著高于其他两类网络文学。再次，从心理指标上来看，言情类网络文学在正向情绪、负向情绪、悲伤和暂定性以及感知历程（视觉、听觉和感觉）上的词频显著高于玄幻类网络文学。这说明言情类网络文学情感比重较多，关于状态的描述以暂定性和模糊性的描述为主，更多地通过感知指标来吸引读者。这也从侧面验证了言情网络文学在主题上偏向于关系的发生及发展的状态变化描述，例如《闪婚100分》《重生军嫂养成记》《凤求凰》等。玄幻类网络文学在焦虑上的词频显著高于其他两类网络文学，这与玄幻类网络文学作品关注主题密切相关，玄幻类网络文学更多以个人主义和个人成就为主线，在故事展开中，会因为要获得成就和提升自己成为王者、霸者的压力，必然伴随着焦虑的负向情绪，例如《无敌真寂寞》《暴虎》《斗罗大陆》等。

　　综上所述，通过对青少年喜爱的网络文学作品的名字进行词频和语义分析，结果显示了青少年阅读网络文学的超现实取向、强卷入、情绪发泄性和浅阅读的特点。在进一步的性别和类型差异研究上也发现，网络文学呈现性别化和类型化的特点，不同性别取向和类型的网络文学差异显著。

第四节　小　　结

　　青少年阅读网络文学呈现超现实、强卷入、情绪发泄性和浅阅读的特点。不同性别取向网络文学差异显著：女性向网络文学作品更加注重人际关系，满足情感体验需求，男性向网络文学作品则更加注重个人成长，满足自我发泄的需要。不同类型网络文学差异显著：言情类网络文学体现社交取向，关注两性关系；玄幻类网络文学体现自我成长取向，关注个人成就；悬疑类网络文学则关注个人生存相关的体验。

第六章　青少年网络文学阅读动机

随着信息技术和数字技术的发展,特别是移动互联网的迅速普及,人们通过阅读来了解世界的方式也发生了质的变化。网络小说是网络与文学的深度结合,作品类型、创作群体与阅读方式的改变推动了网络文学产业的兴起,也拓展了大众阅读的深度和广度。截至 2020 年 12 月,我国网络文学用户量达到 4.6 亿(较 2020 年 3 月增加 450 万),占网民总量的 46.5%,其中手机网络文学用户规模为 4.59 亿,占手机网民总量的 46.5%(CNNIC,2021)。成长于数字化环境下的青少年群体,不仅是网络小说的主要消费群体,也是网络小说的生产者,并且以网络小说为代表的网络流行文化日益成为影响年轻一代发展的重要环境因素(竺立军,杨迪雅,2017)。

需求满足理论认为个体会根据自己的需求,自主选择某些媒介与内容进行相应的网络行为,以满足个体发展过程中从低层次的生理需要到高层级的自我实现的系列心理需要。而动机是个体行为产生的内在动力和原因,是直接推动个体进行阅读的心理动因。因此,动机是研究网络小说阅读行为背后心理特点及其作用机制不可忽视的重要变量。阅读动机是指由与阅读有关的目标所引导、激发和维持的个体阅读活动的内在心理过程和内部动力过程(耿雅津,2013)。不同学者对于阅读动机的构成有着不同认识,虽然阅读动机的划分是多维的,但也呈现出一定程度的普遍互通性。大量研究发现青少年移动阅读动机主要包括娱乐性动机、功能性动机、社交性动机、资讯性动机和专业学习动机,其中娱乐性动机是中学生乃至大学生最主要的动机类型(李武,刘宇,张博,2014)。

同时,阅读动机的结构划分也比较多。根据阅读内容不同,有三因素、四因素和五因素等不同的结构划分（陈晓莉，2010），其中 Wigfield 和 Guthrie（1997）制定的阅读动机量表被广泛修订和使用，量表包括四个层面：社会交往动机、阅读外在动机、阅读内在动机和阅读自我效能感（Wigfield，1997）。我国学者欧继花等人（2015）对其进行了中文版的修订。网络小说阅读与传统小说阅读以及移动阅读（或网络阅读）均存在极大的差异，网络小说的生动性和丰富性使得阅读过程变得有趣，且网络小说自身具有出版迅速、题材多样等特点，从而阅读的性质也朝着享乐化和实用化发展，阅读深度也变得更为浅显和碎片化（王晓光，刘晶，2018）。因此，网络小说阅读动机结构与传统阅读动机结构可能存在一定的差异性，需要结合其特点再建构。

目前国内关于青少年网络小说的研究尚处于起步阶段，相关研究以现状描述为主，深入系统地探讨青少年网络小说阅读问题，需要标准而量化的工具来更进一步地挖掘阅读行为背后的心理特点及其作用机制。同时，家庭、社会和国家相关部门也非常关注青少年网络小说阅读所引发的小说成瘾、不良适应等问题（张冬静等，2017），在综合考虑青少年阅读习惯及心理需求的基础上，编制青少年网络小说阅读动机量表非常重要，这也是青少年网络阅读相关研究开展必须完成的研究内容。因此，本章拟探讨我国青少年网络小说阅读动机的结构，编制量表，验证其信效度，以期为规范青少年网络阅读行为和健康阅读提供有益参考。

第一节　研究思路及方法

一、研究目的

本章研究的目的在于编制青少年网络文学阅读动机问卷，并了解我国青少年网络文学阅读动机的特点。

二、研究方法

本章研究采用访谈法和问卷调查的方法，考察大学生阅读动机的结构及其特点。

三、研究被试

本章研究中被试包括三个部分，即访谈被试、初测问卷被试和正式施测问卷被试。

1. 访谈被试

在湖北省武汉市一所普通初中、一所普通高中和一所大学中各选取 5 名网络文学阅读经验丰富的学生，其中男生 6 人，女生 9 人，平均网络文学阅读年限为 4.5 年，阅读网络文学数量均超过 100 本。

2. 初测问卷被试

初测问卷被试是在初中生和高中生中采用随机取样方式抽取的。本次研究抽取武汉市一所普通初中七年级、八年级及九年级各四个班共 540 名学生，一所普通高中的高一和高二年级各四个班共 305 名学生，一所普通高校大一、大二和大三学生 357 人，共计 1202 人，回收有效问卷 747 份，问卷回收率为 62.15%。其中，男生 268 人，女生 414 人，性别缺失 65 人；初中生 309 人，平均年龄为（13.31±0.96）岁，高中生 170 人，平均年龄为（15.75±0.69）岁，大学生 268 人，平均年龄为（19.73±1.33）岁。

3. 正式施测问卷被试

正式施测问卷被试也采用随机取样方法，被试共计 2920 名青少年，来自湖北省武汉市两所初中的 945 人（540 人来自一所在市区的普通初中，405 人来自一所在城乡接合部的初中），武汉市市区一所普通高中的 305 人，恩施市一所县城高中的 475 人，中山市一所普通高中的 342 人，武汉市四所重点大学的普通大学生 853 人。获得有效问卷 1648 份，网络文学阅读比例为 56.44%。其中男生 709 人，女生 939 人；初中生 503 人，平均年龄为（13.07±0.94 岁），高中生 548 人，平均年龄为（15.76±1.02）岁，大学生 597 人，平均年龄为（19.45±1.29）岁。

第二节　青少年网络文学阅读动机的概念与结构

一、访谈提纲

访谈提纲为结合前人关于阅读动机相关的研究结果编制的半结构式访谈提纲。在访谈实施的过程中，首先对 3 名中学生进行预访谈，根据预访谈过程中的反馈对访谈提纲初稿进行修改，修改内容包括问题的表述及文字的清晰性等。另外，在访谈开始前，向被访谈者介绍网络文学（网络小说）的定义，以防学生混淆概念。

本章研究的访谈提纲包括两个部分：第一部分为访谈被试的一些基本信息，包括年龄、年级、网络阅读年限、阅读方式、阅读数量等基本信息。第二部分为正式访谈内容，主要包括三个部分的内容。

问题一：你什么时候开始阅读网络文学（网络小说）？谈谈你对网络小说的看法。

问题二：你一般在什么情况下阅读网络文学（网络小说）？

问题三：你觉得你阅读网络文学（网络小说）的目的是什么？请具体谈谈你的感受并举例说明。

二、数据收集与整理

从本书第四章的调查被试中选取网络小说阅读频率较高的被试 15 名，由 5 名培训过的心理学系研究生分别进行半结构式访谈，访谈时间在 10～15 分钟。

采用研究者协同一致质性研究方法（consensual qualitative research，CQR）对访谈数据进行分析。首先，将访谈被试的访谈录音进行文字转录，整合梳理后从中提取与本章研究主题网络文学阅读动机相关的内容；其次，在此基础上，将初步抽取的与本章研究主题相关的内容做进一步的整理，将其合成为更加相互独立的阈（domain，核心主题）；再次，再将处于同一阈中的信息概括为几个核心观点（core idea）；最后，将所有被试的访谈结果中处于同一个阈中的核心观点做进一步整理分析，并找出其中的共同点，进而整理综合不同类别，完成最后的研究结果。

三、访谈结果

对 15 名青少年访谈结果进行编码和整理，得出青少年网络文学阅读动机主要包括 3 个阈，所有阈和下属类的结果如表 6-1 所示。

表 6-1 访谈整理表格

阈	类	核心观点
1. 情绪放松	情绪发泄	为了排解消极情绪如无聊、空虚、郁闷； 参与式快感，例如修仙、打怪升级
	消磨时间	没事做就看小说； 不让生活枯燥； 打发无聊
	调节心情	放松； 调节心情； 精神寄托
2. 自我成长	信息获取	增长见识； 开拓视野； 扩充知识面
	自我提升	成为更好的自己； 清楚自我追求； 提升个人品位
3. 社会交往	同伴分享	和同学聊天； 分享和推荐网络小说
	结交朋友	结交了志同道合的朋友； 和同学一起买小说周边

如上所述，青少年网络文学阅读动机主要包括情绪发泄、打发和消磨时间、调节心情、寻找精神寄托，增长知识、开拓视野、了解其他领域知识和信息，与同学、兄弟姐妹分享、讨论等需要。将各种动机进行整理后，合并子类得到：青少年网络文学阅读动机包括情绪放松、自我成长和社会交往三个维度。

第三节　青少年网络文学阅读动机测量工具

在前一节青少年网络文学阅读动机结构确立基础上，本小节结合陈晓莉在 2010 年编制的大学生阅读动机量表，编制青少年网络文学阅读动机的初始问卷。最后由两名心理学专业研究生和两名心理学专业博士生对问卷的题目进行纠正、修改、精简和整合，经过多次修正后形成青少年网络文学阅读动机问卷。

经过以上步骤，最终确定初测版本问卷，该问卷包括 19 个题目，采用李克特 5 点计分方法（1 完全不符合，2 比较不符合，3 一般，4 比较符合，5 完全符合），得分越高表明青少年阅读网络文学的动机越强。

一、初测问卷的施测与正式问卷编制

1. 探索性因素分析

根据理论构想初步编制的 19 题量表，收取 747 份数据进行量表编制的探索性因素分析。首先，将被试动机总分处于前 27% 的人作为高分组，处于后 27% 的人作为低分组，确定题目的临界分数，对高低分两组被试在每个题目上的得分进行平均数差异显著性检验，考察各个题目的鉴别能力，将未达到显著性的题目删除，发现 19 个题目均差异显著。具体如表 6-2 所示。

表 6-2　题目鉴别能力检验

题目	t	题目	t	题目	t
V1	-15.58^{***}	V8	-19.43^{***}	V15	-28.20^{***}
V2	-22.65^{***}	V9	-27.61^{***}	V16	-25.36^{***}
V3	-18.74^{***}	V10	-26.59^{***}	V17	-30.43^{***}
V4	-13.46^{***}	V11	-24.11^{***}	V18	-30.00^{***}
V5	-19.00^{***}	V12	-31.77^{***}	V19	-18.42^{***}
V6	-23.11^{***}	V13	-18.03^{***}		
V7	-26.72^{***}	V14	-23.20^{***}		

注：* 表示 $p<0.05$，** 表示 $p<0.01$，*** 表示 $p<0.001$。

其次，为了不使修正的量表在结构上受到先验概念的干扰，分析前并不对量表的因子结构进行分类，仅暂且对数据实施探索性因素分析。将预测数据用来进行探索性因素分析，确定因素模型。在不限定因素数量的条件下对样本进行主成分因素分析和直交旋转因素分析。

KMO 是 Kaiser-Meyer-Olkin 的取样适当性量数，KMO 值越大，表示变量间的共同因素越多，根据学者 Kasier 的观点，如果 KMO 的值大于 0.80，表示题项变量间的关系极佳，非常适合做因素分析。如表 6-3 所示，大学生网络文学阅读动机的 KMO 和 Bartlett's 球形检验结果表明，KMO 值为 0.94，说明变量中的共同因素较多，适合做因素分析；Bartlett's 球形检验结果方差为 7137.55，自由度 df 为 171，显著性 sig. 为 0.000，拒绝零假设，也说明检验数据适合做因素分析。

表 6-3　KMO 和 Bartlett's 球形检验结果

KMO		0.94
Bartlett's 球形检验	方差值（Approx. Chi-Square）	7137.55
	df	171
	sig.	0.000

利用主成分分析法进行因子萃取，提取特征值大于 1 的因子，共提取 3 个因子来代表原量表 19 个题目，如表 6-4 所示，三个因子的特征值分别为 8.27、1.61 和 1.27，转轴后的特征值分别为 4.19、3.75 和 3.21，三个因素构念解释个别的变异量分别为 22.06%、19.72% 和 16.87%，联合解释变异量为 58.65%。

表 6-4　青少年网络文学阅读动机量表的主成分分析表（初步）

成分	初始特征值			提取平方和载入			旋转平方和载入		
	合计	方差的（%）	累积（%）	合计	方差的（%）	累积（%）	合计	方差的（%）	累积（%）
1	8.27	43.52	43.52	8.27	43.52	43.52	4.19	22.06	22.06
2	1.61	8.46	51.98	1.61	8.46	51.98	3.75	19.72	41.78
3	1.27	6.67	58.65	1.27	6.67	58.65	3.21	16.87	58.65
4	<以下数据略>								

然后，根据因素分析因子筛选标准对旋转后的题目进行修订，标准有以下几条。

① 排除题目负荷值小于 0.40 的题目。

② 排除虽对同一公因子影响显著，但明显与其他题目不属于同一种类的个别题目。

③ 排除同时与几个因素高负荷的个别题目。

④ 每个因素中至少有 3 个题项。

我们发现题目 5、16、17 同时在两个因素上负荷比较高，所以对这三题进行逐个题目删除后，再进行因素分析，最终得到 16 题的网络文学阅读动机量表。

最终的动机量表初步探索性因素分析结果如下所示。

分析青少年网络文学阅读动机量表的 KMO 和 Bartlett's 球形检验结果，如表 6-5 所示，KMO 值为 0.92，大于 0.9，说明变量中的共同因素较多，适合做因素分析；Bartlett's 球形检验结果方差为 5556.20，自由度 df 为 120，显著性 sig. 为 0.000，拒绝零假设，也说明检验数据适合做因素分析。

表 6-5 KMO 和 Bartlett's 球形检验结果

KMO		0.92
Bartlett's 球形检验	方差值（Approx. Chi-Square）	5556.20
	df	120
	sig.	0.000

运用主成分分析法进行因子萃取，提取特征值大于 1 的因子，共提取三个因子来代表原量表 16 个题目，如表 6-6 所示，三个因子的特征值分别为 6.89、1.55 和 1.16，转轴后的特征值分别为 3.52、3.32 和 2.76，三个因素构念解释个别的变异量分别为 22.00%、20.76% 和 17.25%，联合解释变异量为 60.01%。

表 6-6 大学生网络文学阅读动机量表的主成分分析表（最终）

成分	初始特征值			提取平方和载入			旋转平方和载入		
	合计	方差的（%）	累积（%）	合计	方差的（%）	累积（%）	合计	方差的（%）	累积（%）
1	6.89	43.09	43.09	6.89	43.09	43.09	3.52	22.00	22.00

续表

成分	初始特征值			提取平方和载入			旋转平方和载入		
	合计	方差的/(%)	累积/(%)	合计	方差的/(%)	累积/(%)	合计	方差的/(%)	累积/(%)
2	1.55	9.66	52.75	1.55	9.66	52.75	3.32	20.76	42.76
3	1.16	7.26	60.01	1.16	7.26	60.01	2.76	17.25	60.01
4	<以下数据略>								

对因子矩阵采取最大变异法（Varimax）进行直交转轴，从转轴的矩阵中可以发现，因子一包含3、8、9、14、18、19题，共6题，因子二包括2、6、7、12、13题，共5题，因子三包括1、4、10、11、15题，共5题，如表6-7所示。

表6-7 因子旋转矩阵

题目	成分		
	因子一	因子二	因子三
V14	0.75	—	—
V8	0.73	—	—
V19	0.71	—	—
V18	0.70	—	—
V3	0.65	—	—
V9	0.64	—	—
V7	—	0.84	—
V6	—	0.81	—
V2	—	0.73	—
V12	—	0.70	—
V13	—	0.52	—
V11	—	—	0.79
V10	—	—	0.77

续表

题目	成分		
	因子一	因子二	因子三
V15	—		0.69
V4	—		0.54
V1	—		0.51

提取方法：主成分分析法。

旋转法：具有 Kaiser 标准化的正交旋转法，旋转在 6 次迭代后收敛。

对调整后的各因子进行整理，然后对三个因子进行命名。因子一为"情绪放松"，题目包括"我心情不好时会选择看网络小说"，"看网络小说让我从日常琐事中解脱出来"等 6 个题目；因子二为"自我成长"，题目包括"看网络小说可以帮我掌握各种实用信息"，"看网络小说能够帮助自我提升"等 5 个题目；因子三为"社会交往"，题目包括"我喜欢和同学讨论当下热门的网络小说"，"我喜欢和同学一起购买网络小说的周边产品"等 5 个题目。最终的青少年网络文学阅读动机量表的结构与理论构想吻合较好，经探索性因素分析抽取 3 个因子，根据上述筛选标准筛选题目，保留 16 个项目（详见附录）。

二、验证性因素分析

正式施测时，使用修订后生成的 16 题问卷进行大样本测试，共发放 2920 份问卷，使用 Amos7.0 软件进行验证性因素分析，以验证大学生网络文学阅读动机问卷的结构效度。本书采用 χ^2/df、近似误差均方根（RMSEA）、残差均方根（RMR）、拟合优度检验（GFI）、非规范拟合指数（NNFI）、比较拟合指数（CFI）和简约基准拟合指标（PNFI）等对模型进行评价。经过分析得知青少年网络文学阅读动机的三因子模型和各项参数与拟合指标良好，其中 RMSEA 小于 0.08，RMR 小于 0.05，GFI 大于 0.8，NNFI 和 CFI 大于 0.9，PNFI 大于 0.5，拟合指数各水平均表示模型拟合很好，问卷结构效度比较好。具体情况如表 6-8 所示。

表 6-8　验证性因素分析拟合指数表

拟合指数	χ^2	df	χ^2/df	RMSEA	RMR	GFI	NNFI	CFI	PNFI
	945.8	101	9.36	0.07	0.04	0.93	0.92	0.93	0.78

对三维度模型用极大似然法进行参数估计，所有题目的标准化因子负荷为 0.48~0.84，各因子负荷都具有统计显著性，说明该模型对参数负荷的估计是比较精确的；3 个潜变量即公共因子与 16 个观察变量的测量误差值均为正数，且达到 0.05 的显著水平，表示没有模型界定问题。具体如图 6-1 所示。

三、量表信度分析

针对三个因子进行信度分析，分别计算三个因子和总量表的一致性系数，Cronbach's α 一致性系数分别为 0.83、0.86、0.81 和 0.91，均大于 0.80，说明量表三因子的一致性较高并且内部结构良好。对三个因子和总量表进行 Pearson 积差相关分析，三个因子彼此之间的相关系数为 0.5~0.6，中等程度相关，说明三因子的信度较好。具体如表 6-9 所示。

表 6-9　青少年网络文学阅读动机的各维度相关和信度分析

维度	情绪放松	自我成长	社会交往	总量表
情绪放松	(0.83)	—		
自我成长	0.55***	(0.86)	—	
社会交往	0.59***	0.59***	(0.81)	—
总量表	0.84***	0.85***	0.83***	(0.91)

注：* 表示 $p<0.05$，** 表示 $p<0.01$，*** 表示 $p<0.001$。

经过探索性因素分析以及验证性因素分析，笔者验证了青少年网络文学阅读动机量表的三因素结构模型，编制出正式的青少年网络文学阅读动机量表，正式调查问卷由 3 个因素 16 个选项组成，三个因素分别为情绪放松、自我成长和社会交往。随后，笔者通过使用信度分析对问卷进行了信效度的检验，检验结果表明问卷构型有效且稳定，适合后续的实证研究。

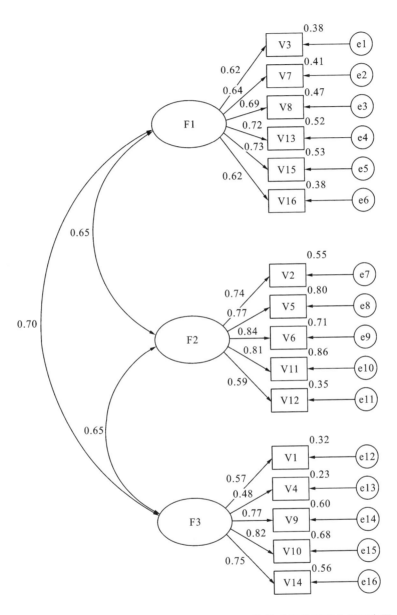

图 6-1 青少年网络文学阅读动机量表的三因子结构验证性因素分析示意图

第四节 青少年网络文学阅读动机特点

一、青少年网络文学阅读动机的整体情况分析

对青少年网络文学阅读情况进行分析,如表 6-10 所示,描述性统计分析结果显示,青少年网络文学阅读动机处于中等水平。具体来看,情绪放松得分最高,为 2.87,其次为自我成长,得分为 2.67,最后是社会交往,得分为 2.35。

表 6-10 青少年网络文学阅读动机的整体水平

维度	最小值	最大值	M	SD
情绪放松	1.00	5.00	2.87	0.99
自我成长	1.00	5.00	2.67	1.013
社会交往	1.00	5.00	2.35	0.94
总分	1.00	5.00	2.63	0.84

二、青少年网络文学阅读动机的人口学差异分析

1. 不同学段青少年网络文学阅读动机的差异分析

单因素方差分析结果显示,阅读动机总分在学段变量上差异显著 ($F=6.78$,$p<0.001$)。进一步分析结果显示,高中生阅读动机显著高于初中生和大学生 ($t_{高中-大学}=0.18$,$p<0.001$;$t_{高中-初中}=0.33$,$p<0.001$)。情绪放松维度上,学段差异显著 ($F=15.55$,$p<0.001$),事后分析结果显示,高中生和大学生情绪放松阅读动机显著高于初中生 ($t_{高中-初中}=0.26$,$p<0.001$;$t_{大学-初中}=0.15$,$p<0.001$)。自我成长维度上,学段差异显著 ($F=11.56$,$p<0.001$),事后分析结果显示,自我成长阅读动机在高中达到最高值后,在大学阶段又下降,即高中生阅读动机显著高于初中生和大学生 ($t_{高中-大学}=0.30$,$p<0.001$;$t_{高中-初中}=0.40$,$p<0.001$)。社会交往维度上,学段差异显著 ($F=14.30$,$p<0.001$),事后分析结果显示,高中生和大学生社会交往阅读动机显著高于初中生

($t_{高中-初中}=0.32$，$p<0.001$；$t_{大学-初中}=0.20$，$p<0.001$）。具体分析结果如表 6-11 所示。

表 6-11　不同学段青少年网络文学阅读动机的单因素方差检验结果

维度	学段	N	得分	SD	F
情绪放松	初中	424	2.74	1.07	6.78***
	高中	340	3.00	1.02	
	大学	580	2.89	0.89	
自我成长	初中	422	2.53	1.06	15.55***
	高中	338	2.93	1.00	
	大学	580	2.63	0.96	
社会交往	初中	422	2.18	1.01	11.56***
	高中	339	2.50	0.95	
	大学	580	2.39	0.87	
总分	初中	420	2.49	0.89	14.30***
	高中	334	2.82	0.85	
	大学	580	2.64	0.77	

注：* 表示 $p<0.05$，** 表示 $p<0.01$，*** 表示 $p<0.001$。

2. 不同性别青少年网络文学阅读动机的差异分析

如表 6-12 所示，独立样本 t 检验结果显示，在网络文学阅读动机总分上的性别差异显著（$t=-2.42$，$p<0.05$），女生阅读动机显著高于男生。在情绪放松和自我成长动机维度上性别差异不显著（$p>0.05$），但是在社会交往动机维度上性别差异显著（$t=-2.55$，$p<0.05$），表现为女生社会交往动机显著高于男生。

表 6-12　不同性别青少年网络文学阅读动机的 t 检验结果

维度	性别	N	M	SD	t
情绪放松	男生	515	2.81	1.03	-1.18
	女生	814	2.92	0.96	
自我成长	男生	515	2.62	1.04	-1.68
	女生	810	2.71	0.99	

续表

维度	性别	N	M	SD	t
社会交往	男生	512	2.27	0.97	-2.55*
	女生	814	2.40	0.93	
总分	男生	511	2.57	0.86	-2.42*
	女生	808	2.68	0.82	

注：* 表示 $p<0.05$，** 表示 $p<0.01$，*** 表示 $p<0.001$。

3. 独生子女与否变量上的青少年网络文学阅读动机的差异分析

如表6-13所示，独立样本 t 检验结果显示，在网络文学阅读动机总分上的差异不显著（$p>0.05$）。具体来看，在情绪放松和自我成长动机维度上独生子女与否差异不显著（$p>0.05$），但是在社会交往动机维度上独生子女与否差异显著（$t=2.43$，$p<0.05$），表现为独生子女在社会交往动机上显著高于非独生子女。

表6-13 独生子女与否青少年网络文学阅读动机的 t 检验结果

维度	分类	N	M	SD	t
情绪放松	独生子女	581	2.89	0.99	0.71
	非独生子女	741	2.86	0.99	
自我成长	独生子女	580	2.67	0.99	-0.04
	非独生子女	738	2.68	1.02	
社会交往	独生子女	581	2.42	0.94	2.43*
	非独生子女	738	2.30	0.94	
总分	独生子女	577	2.67	0.84	1.20
	非独生子女	735	2.61	0.84	

注：* 表示 $p<0.05$，** 表示 $p<0.01$，*** 表示 $p<0.001$。

4. 不同家庭经济地位的青少年网络文学阅读动机的差异分析

根据单因素方差分析结果，青少年网络文学阅读动机总分在家庭经济地位变量上差异显著（$F=4.32$，$p<0.05$），分析结果显示，随着家庭经济地位增高，青少年网络文学阅读动机显著高于经济地位低的青少年（$t_{高-低}=0.17$，$p<0.05$）。具体来看，在情绪放松维度上，家庭经济地位差异不显著（$F=0.77$，$p>0.05$）。在自我成长维度上，家庭经济地位差异显著（$F=5.78$，$p<0.01$），分析结果显示，中高家庭经济地位青少年自我成长维度的阅读动机显著高于低家庭经济地位青少年（$t_{高-低}=0.42$，$p<0.01$；$t_{中-低}=0.31$，$p<0.01$）。在社会交往维度上，家庭经济地位差异显著（$F=6.39$，$p<0.01$），分析结果显示，高家庭经济地位青少年社会交往维度的网络文学阅读动机显著高于中低家庭经济地位青少年（$t_{高-中}=0.27$，$p<0.01$；$t_{高-低}=0.43$，$p<0.001$）。具体分析结果如表 6-14 所示。

表 6-14 不同家庭经济地位青少年网络文学阅读动机的单因素方差检验结果

维度	SES	N	M	SD	F
情绪放松	低	114	2.86	0.94	0.77
	中	1051	2.87	0.98	
	高	114	2.99	1.057	
自我成长	低	114	2.40	0.98	5.78**
	中	1047	2.71	1.00	
	高	114	2.82	1.10	
社会交往	低	114	2.18	0.83	6.39**
	中	1048	2.34	0.94	
	高	114	2.61	1.02	
总分	低	114	2.48	0.77	4.32*
	中	1041	2.64	0.83	
	高	114	2.81	0.93	

注：* 表示 $p<0.05$，** 表示 $p<0.01$，*** 表示 $p<0.001$。

综上所述，本书采用问卷调查法了解我国青少年网络文学阅读动机特点。研究结果显示，青少年网络文学阅读动机处于中等水平，情绪放松动机得分最高，其次为自我成长动机，最后是社会交往动机。这说明青少年阅读网络文学主要是为了情绪放松，这与网络文学的定位相一致，网络文学又叫"快餐文学"，创作的目的即为娱乐大众。以往研究也发现青少年网络文学阅读的主要目的是获得情绪体验上的快感（田晓丽，2016；王明亮，2015；竺立军，杨迪雅，2017），而这种情绪体验上的快感也进一步说明了沉浸体验在网络文学阅读中的重要作用。

第五节 小　　结

本章在结合青少年访谈和前人研究基础上编制青少年网络小说阅读动机量表，并进一步考察了青少年网络文学阅读动机特点，具体结论有如下几项。

① 青少年网络文学阅读动机量表包括16个题目，包括三个维度，即"情绪放松""自我成长"和"社会交往"。

② 验证性因素分析和信度分析结果显示，青少年网络文学阅读动机量表的信效度良好，表明该量表适合用来测量青少年网络文学阅读动机的特点。

③ 青少年网络文学阅读动机处于中等水平，情绪放松阅读动机得分最高，其次为自我成长动机，最低为社会交往动机。

④ 青少年网络文学阅读动机在学段上差异显著，表现为高中生在总分和各维度上得分显著高于初中生和大学生。

⑤ 青少年网络文学阅读动机在性别上差异显著，表现为女生在总分和社会交往动机上显著高于男生。

⑥ 青少年网络文学阅读动机在独生子女与否上差异显著，表现为独生子女在交往动机上显著高于非独生子女。

⑦ 青少年网络文学阅读动机在家庭经济地位上差异显著，表现为高家庭经济地位青少年在总分、自我成长和社会交往动机上高于中低家庭经济地位青少年。

第三部分

青少年网络文学阅读对自我概念清晰性的影响：分化还是统一？

网络文学究竟如何影响青少年自我概念清晰性，是好还是坏？网络使用与自我概念清晰性的关系在以计算机为媒介的交流模式兴起之后也得到很多研究的关注。Valkenburg 和 Peter（2008；2011）提出两个相反的假说："自我概念统一假说"和"自我概念分化假说"，来解释网络使用对自我概念清晰性可能产生的影响。分化假说认为，网络给个体提供了与各种不同的人进行互动的机会，个体也可以轻松地探索并尝试自我的不同方面，这不仅会使个体面临自我不同方面无法统合的风险，还会瓦解个体已经形成的统一稳定的自我，造成自我概念混乱（牛更枫等，2016）；而自我概念统一假说则认为，网络给个体提供的与来自不同背景的人进行交流的机会比其他任何时候都要多，这为个体提供了诸多检验自我认同的机会，并能接收他人的反馈和验证，这有利于个体澄清和统一对自我的认识。相关实证研究发现，互联网、手机使用确实与青少年自我概念发展、自我概念清晰性密切相关（牛更枫等，2016；王超群，2016；杨秀娟等，2017）。

就网络文学而言，一方面，青少年可以根据自己的意愿自由地选择喜爱的文学作品，不管人物的年龄、性别还是外貌、性格，乃至人物生活的时代和空间，个体都可以按照自己的喜好进行挑选，他们可以轻松地了解自我发展的各种可能，在阅读的过程中进行自我对标，从而有利于青少年更好地自我认识，支持了自我概念统一假说。但另一方面，青少年在阅读网络文学的时候，他们在文学作品中找到各种自我发展可能（理想自我）的同时，也会代入跨时空、跨性别的多重身份，沉溺于小说角色跌宕起伏的人生中，这样的多重身份和经历也有可能会分化个体的自我概念，似乎又支持了自我概念分化假说。那么网络文学到底对青少年自我概念清晰性的影响如何？

动机是个体行为产生的内在动力和原因，是直接推动人进行阅读的心理动因。需求满足理论认为个体会根据自己的需求，自主选择某些媒介与内容进行相应的网络行为，以满足个体发展过程中从低层次的生理需要到高层次的自我实现的系列心理需要。研究青少年网络文学阅读行为及其影响，需要在了解青少年网络文学阅读动机的基础上展开。关于阅读动机的结构，主要是与个体成长、社会交往、信息获取与情绪放松相关的四个维度，阅读动机会随着读者属性（生活形态、个体特质）和需求的变化而变化。目前关于我国青少年网络文学阅读动机的研究相对较少，因此在结合青少年发展特点及心理需求的基础上，编制青少年网络文学阅读动机量表非常重要，也是本书必须完成的研究内容。

综上所述，为了厘清网络文学阅读与青少年自我概念清晰性的关系，支持统一假说还是分化假说，本书第三部分通过三章内容来讨论这一问题，其中第七章讨论了我国青少年自我概念清晰性的发展特点，第八章集中探讨青少年网络阅读行为与自我概念清晰性的关系，第九章集中探讨青少年网络文学阅读动机与自我概念清晰性之间的关系。

第七章 青少年自我概念清晰性发展特点

第一节 研究思路及方法

一、研究目的

本章的研究旨在了解我国青少年自我概念清晰性的发展特点。

二、研究方法

1. 研究被试

本章研究的被试是来自湖北省武汉市和广东省中山市的初中生、高中生和大学生,共计3743人。如表7-1所示,其中男生1711人,女生1996人,缺失36人;初中生945人,高中生1945人,大学生853人;独生子女1624人,非独生子女1839人,缺失280人;平均年龄为(15.92±2.43)岁。

表7-1 被试一览表

类别		人数/人	比例/(%)
性别	男生	1711	45.71
	女生	1996	53.33
	缺失值	36	0.96

续表

类别		人数/人	比例/（%）
学段	初中生	945	25.25
	高中生	1945	51.96
	大学生	853	22.79
独生子女与否	独生子女	1624	43.39
	非独生子女	1839	59.13
	缺失值	280	7.48

2. 研究工具

① 基本人口学变量，包括性别、年级、年龄、独生子女与否和学段等。

② 家庭经济状况，采用 Currie，Elton 和 Todd 等（1997）编制的家庭社会经济地位量表（family affluence scale，FAS）测量学龄期青少年家庭社会经济地位，采取青少年自我报告形式。青少年自我报告可以解决传统自尊量表（self-esteem scale，SES）测量中父母职业和教育水平数据缺失问题。量表包括以下 4 个题目。

你家里有几辆小汽车？（没有 0，一辆 1，两辆以上 2）

你拥有属于你的卧室吗？（没有 0，有 1）

在过去的 12 个月（一年）中，你和家人出去旅行了几次？（没有 0，一次 1，两次 2，两次以上 3）

你家里有几台电脑？（没有 0，一台 1，二台 2，二台以上 3）

4 个题目得分之和表示家庭社会经济地位高低，得分越高，家庭社会经济地位越高。该量表在本研究中的 Cronbach's α 系数为 0.53。

③ 青少年自我概念清晰性量表：采用 Campbell 等人（1996）编制的自我概念清晰性量表（量表包括 12 个题目），测量个体自我概念清晰性和一致性程度。该量表在我国青少年群体中广泛使用，具有良好的信效度（刘庆奇等，2017；牛更枫等，2016；杨秀娟等，2017），可以作为我国青少年自我概念清晰性的有效测量工具。该问卷采用李克特 5 点计分（1"完全不符合"—5"完全符合"），除了第 6 题外，其他题目反向计分，得分越高表明个体自我概念清晰性水平越高。在本研究中，验证性因素分析结果的拟合指数良好：$\chi^2/df = 17.23$、$RMSEA = 0.07$、$GFI =$

0.93、NFI＝0.93、CFI＝0.93，该问卷具有良好的结构效度，且在本研究中内部一致性系数为 0.81。

三、研究步骤

本研究以班级为单位进行团体施测，每个班级配备两名主试。主试向被试详细讲解指导语和样例。在指导语部分说明本次调查的意义，并强调对结果保密，要求被试根据个人实际情况作答。作答时间为 45 分钟左右，作答完毕后统一回收问卷。

四、统计分析

采用 SPSS19.0 软件对数据进行整理和分析，采用的分析方法包括描述性分析、t 检验和方差分析。

第二节　青少年自我概念清晰性的人口学分析

一、青少年自我概念清晰性年龄发展趋势

对青少年自我概念清晰性做描述性统计分析，分析结果显示：随着年龄的增长，青少年自我概念清晰性呈逐渐下降趋势，10～15 岁下降趋势明显，15～20 岁相对平稳，20 岁以后青少年自我概念清晰性又有所上升。年龄与青少年自我概念清晰性的皮尔逊积差相关系数为 $r=-0.08$，$p<0.001$，相关性较低。青少年自我概念清晰性随年龄变化状况详见图 7-1。

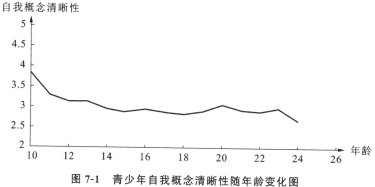

图 7-1　青少年自我概念清晰性随年龄变化图

二、不同学段青少年自我概念清晰性的发展特点

关于青少年自我概念清晰性的学段分析,进行描述性统计分析和方差分析。分析结果显示:青少年自我概念清晰性随着学段的增加,呈下降趋势。方差分析结果显示三个学段之间差异显著($F=24.88$,df=2,$p<0.001$)。进一步用最小显著差异法检验,结果显示:初中生自我概念清晰性显著高于高中生和大学生($t_{初中-高中}=0.21$,$p<0.001$;$t_{初中-大学}=0.19$,$p<0.001$),高中生自我概念清晰性和大学生差异不显著($t_{高中-大学}=-0.02$,$p>0.05$)。结果如表7-2所示。

表7-2 青少年自我概念清晰性的学段差异分析

类别	N	M	SD	F(df)	p
初中	822	3.11	0.78		
高中	1084	2.90	0.67	24.88(2)	<0.001
大学	831	2.92	0.60		

三、不同性别的青少年自我概念清晰性的发展特点

关于青少年自我概念清晰性的性别分析,采用描述性统计分析和独立样本t检验。分析结果显示:青少年自我概念清晰性在性别上差异显著,表现为男生自我概念清晰性显著高于女生($t=7.59$,$p<0.001$)。结果如表7-3所示。

表7-3 青少年自我概念清晰性的性别差异分析

类别	N	M	SD	t	p
男生	1245	3.07	0.72	7.59	<0.001
女生	1257	2.87	0.64		

四、不同家庭经济地位青少年的自我概念清晰性的发展特点

关于青少年自我概念清晰性的家庭经济地位差异分析,首先根据家庭经济状况量表得分将被调查青少年分为高、中、低三个组,得分前27%为高分组,后27%为低分组,然后进行描述性统计分析和方差分析。分析结

果显示：三种家庭经济地位青少年自我概念清晰性不存在显著差异（$F=0.73$，$df=2$，$p>0.05$）。结果如表 7-4 所示。

表 7-4 青少年自我概念清晰性的家庭经济地位差异分析

类别	N	M	SD	F（df）	p
低家庭经济地位	513	2.94	0.65		
中等家庭经济地位	1628	2.94	0.68	0.73（2）	0.48
高家庭经济地位	438	2.98	0.70		

五、独生子女与否的青少年自我概念清晰性的发展特点

关于青少年自我概念清晰性在独生子女与否变量上的差异分析，采用描述性统计分析和独立样本 t 检验。分析结果显示：青少年自我概念清晰性在独生子女与否变量上差异显著，表现为独生子女自我概念清晰性显著高于非独生子女（$t=2.24$，$p<0.05$）。结果如表 7-5 所示。

表 7-5 青少年自我概念清晰性的独生子女与否差异分析

类别	N	M	SD	t	p
独生子女	1081	3.01	0.69		
非独生子女	1386	2.94	0.69	2.24	0.03

第三节 基于调查的青少年自我概念清晰性的发展特点

根据上一节数据分析结果，青少年自我概念清晰性无论在初中、高中还是大学阶段，得分都不高，略高于测量理论均值（2.5）。青少年自我概念清晰发展水平处于中等水平，青春期是个体自我发展的关键期，是自我同一性的完成阶段，在这一阶段，青少年会不断地问自己是谁，自己将要成为谁，出现一定程度的自我矛盾和分化状态，势必会影响个体的自我概念清晰性，即对自己是谁这一问题的确定性和一致性。因此，处于青少年期的学生自我概念尚处于发展与建构中，呈现稳定性不高和清晰性不明确的特点。

首先，关于自我概念清晰性的发展特点结果分析显示，年龄与自我概

念清晰性的相关系数为-0.08，并且显著，即青少年自我概念清晰性随年龄的增长呈缓慢下降趋势。另外，青少年自我概念清晰性在学段变量上的单因素方差分析结果显示，初中生得分显著高于高中生和大学生，高中生和大学生差异不显著。这说明青少年在高中生和大学生阶段的自我概念清晰性处于相对稳定的状态。有研究表明，自我概念清晰性作为一个较为稳定的人格特质，其水平会随着年龄的增长而略有提高。一项针对12～21岁香港青少年进行的为期一年的纵向研究结果表明，从发展的角度看，自我概念清晰性是一个相对稳定的人格特质，由于认知逐渐成熟和社会互动逐渐增多，随着年龄的增长，自我概念清晰性水平缓慢提高。针对大学生群体的大量研究表明随着年龄的增长（Campbell, et al, 1996；Kim, et al, 1998；Matto, et al, 2001；胡强辉，2009；冯泽雨，2012），大学生到成人阶段自我概念清晰性显著提高，这与个体自我同一性完成显著相关。自我同一性的完成有利于个体对自我概念的确定性和一致性认同。同时随着年龄的增长，个体从青春期进入成年期，自我发展的任务从自我同一性建立转向为亲密和孤独感的建立，自我概念到达成年期后，会更加稳定。

其次，关于自我概念清晰性的性别差异检验结果表明我国青少年女生自我概念清晰性显著低于男生。这与Campbell等人（1996）对美国大学生，Matto等人（2001）对爱沙尼亚大学生的研究结果相一致。然而胡强辉（2009）对香港大学生的研究发现，自我概念清晰性不存在性别差异。冯泽雨（2012）对中国大陆的大学生的研究表明，女性在自我概念清晰性的两个维度——内部一致性和稳定性上都比男生拥有更高的水平。这可能与研究被试的年龄特征有关，大学生的自我发展处于相对稳定状况，而青少年阶段的个体更加容易受到性别差异的困扰。而且研究者认为自我概念清晰性与文化有着极大关系（Campbell, et al, 1996；Quinones, Kakabadse, 2015）。中国文化背景下的性别差异研究也表明，中国女性相对男性在成长过程中遭受更多压力，压力会破坏自我概念的统一，使自我不和谐，从而有损自我管理和自我监控有效性。中国传统文化要求女性贤良淑德，而青春期女生比男生更加敏感多疑，社会探索和人际互动中的压力和自我怀疑有损个体自尊心，从而降低女生的自我概念清晰性。

最后，关于家庭变量上差异分析的结果显示，不同家庭经济地位的青少年自我概念清晰性差异不显著，但是独生子女与否在自我概念清晰性上差异显著，表现为非独生子女的自我概念清晰性显著低于独生子女。这可能与非独生子女在家庭中承担的角色更多，获得的家庭生活压力更大有关。Alysson和Penny（2013）的研究表明，社会角色获得会影响个体自我概念清晰性水平，非独生子女在父母的孩子、爷爷奶奶的孙子的基础上，还扮演姐妹弟兄的角色，承担一些父母养育中的责任，例如照顾年幼弟妹或者帮助年长的哥姐，都需要承担扮演更多角色所对应的行为。也就是说，非独生子女的自我复杂程度更高，容易出现自我混乱和自我概念不确定的倾向，导致个体自我概念清晰性降低。

第四节 小 结

① 青少年自我概念清晰性处于中等水平。
② 青少年自我概念清晰性和年龄显著负相关，相关性较低。
③ 青少年自我概念清晰性在性别上差异显著，表现为男性比女性自我概念清晰性水平高。
④ 青少年自我概念清晰性在家庭经济地位上差异不显著。
⑤ 青少年自我概念清晰性在独生子女与否上差异显著，表现为非独生子女自我概念清晰性水平比独生子女低。

第八章 青少年网络文学阅读行为与自我概念清晰性的关系

第一节 研究思路与方法

一、研究目的

本章的研究旨在探讨我国青少年网络文学阅读行为对自我概念清晰性的影响。

二、研究方法

1. 研究被试

本章研究的被试是来自湖北省武汉市和广东省中山市的初中生、高中生和大学生，共计 3743 人，如表 8-1 所示，其中有小说阅读经验的为 2343 人，占总人数的 62.60%。其中男生 960 人，女生 1377 人，缺失 6 人；初中生 503 人，高中生 1243 人，大学生 597 人；独生子女 876 人，非独生子女 1133 人，缺失 334 人。

表 8-1 被试一览表

类别		人数/人	比例/（%）
性别	男生	960	40.97
	女生	1377	58.77
	缺失值	6	0.26
学段	初中生	503	21.47
	高中生	1243	53.05
	大学生	597	25.48

续表

类别		人数/人	比例/（%）
独生子女与否	独生子女	876	37.39
	非独生子女	1133	48.36
	缺失值	334	14.26

2. 研究工具

① 基本人口学变量，包括性别、年级、年龄、学段和家庭经济状况。

② 青少年网络文学阅读强度量表，包括两部分，一部分为研究青少年网络文学阅读年限、阅读数量、阅读类型，将得分先分别进行中心化后再求和，总分越高，表示阅读频率越高。第二部分为网络小说卷入程度量表，改编自 Lin, Sung 和 Chen 在 2016 年编制的综艺节目卷入程度量表（TV-program Investment Questioner），将综艺节目改为网络文学（网络小说）。量表一共五题，例如"我在看网络小说这件事情上，投入很多时间和精力"，采用 5 点计分，从完全不符合到完全符合。网络文学卷入量表的验证性因素分析，指标拟合良好，$\chi^2/df = 2.55$，RMSEA = 0.05，RMR = 0.02，CFI = 0.99，GFI = 0.99，NFI = 0.99，内部一致性系数为 0.90，说明量表信效度良好。量表得分总分越高，表示青少年网络文学卷入程度越强。

③ 青少年自我概念清晰性量表：采用 Campbell 等人（1996）编制的自我概念清晰性量表。

三、研究步骤

本研究以班级为单位进行团体施测，每个班级配备两名主试。主试向被试详细讲解指导语和例题。在指导语部分说明本次调查的意义，并强调对结果保密，要求被试根据个人实际情况作答。作答时间为 45 分钟左右，作答完毕后统一回收问卷。

四、统计分析

采用 SPSS19.0 软件对数据进行整理和分析，采用的分析方法包括相关分析和回归分析。

五、共同方法偏差检验

本研究采用自我报告法收集数据，结果可能受到共同方法偏差的影响。为了尽可能减少该问题造成的影响，本研究进行了事先的程序控制，如将不同问卷分开编排、强调数据匿名性和保密性等。在事后统计控制中采用 Harman 单因子检验，结果表明，探索性因子未转轴的情况下得到 6 个特征根大于 1 的因子，其中第一个因子解释的变异为 20.25%，远远小于 40% 的临界标准。这表明本研究数据不存在严重的共同方法偏差问题。

第二节　青少年网络文学阅读与自我概念清晰性之间的关系

一、青少年网络文学阅读行为与自我概念清晰性的相关分析

将青少年网络文学阅读频率、卷入程度、阅读强度与自我概念清晰性得分进行相关分析，分析结果表明，各变量之间两两相关显著。具体表现为：自我概念清晰性与阅读频率（$r=-0.10$，$p<0.001$）、卷入程度（$r=-0.21$，$p<0.001$）、阅读强度（$r=-0.20$，$p<0.001$）均显著负相关。具体结果如表 8-2 所示。

表 8-2　阅读频率、卷入程度和阅读强度与自我概念清晰性的相关分析

	1	2	3	4
1. 阅读频率	1	—	—	—
2. 卷入程度	0.39***	1	—	—
3. 阅读强度	0.90***	0.62***	1	—
4. 自我概念清晰性	−0.10***	−0.21***	−0.20***	1

注：所有相关均达到显著性水平；* 表示 $p<0.05$，** 表示 $p<0.01$，*** 表示 $p<0.001$。

二、青少年网络文学类型偏好与自我概念清晰性的相关分析

对网络文学类型（10 个类型）的偏好与青少年自我概念清晰性得分进行皮尔逊积差相关分析，结果显示，自我概念清晰性与言情情感（$r=-0.15$，$p<0.001$）、青春校园（$r=-0.09$，$p<0.001$）、科幻悬疑（$r=-0.05$，$p<0.05$）、恐怖灵异（$r=-0.06$，$p<0.05$）、穿越宫廷（$r=-0.16$，$p<0.001$）和 N 次元（$r=-0.10$，$p<0.001$）等类型偏好显著负相关。结果如表 8-3 所示。

表 8-3 网络文学类型偏好与自我概念清晰性的相关分析

	1	2	3	4	5	6	7	8	9	10	11
1. 玄幻奇幻	1	—	—	—	—	—	—	—	—	—	—
2. 言情情感	−0.06***	1	—	—	—	—	—	—	—	—	—
3. 青春校园	0.01	0.58***	1	—	—	—	—	—	—	—	—
4. 科幻悬疑	0.32***	0.08***	0.20***	1	—	—	—	—	—	—	—
5. 武侠修真	0.65***	−0.00	0.05***	0.30***	1	—	—	—	—	—	—
6. 恐怖灵异	0.24***	0.09***	0.18***	0.63***	0.27***	1	—	—	—	—	—
7. 穿越宫廷	0.14***	0.49***	0.47***	0.22***	0.16***	0.22***	1	—	—	—	—
8. N 次元	0.26***	0.09***	0.20***	0.39***	0.27***	0.35***	0.19***	1	—	—	—
9. 都市职场	0.22***	0.36***	0.43***	0.22***	0.28***	0.21***	0.44***	0.17***	1	—	—
10. 军事历史	0.25***	0.08***	0.17***	0.40***	0.32***	0.27***	0.21***	0.26***	0.28***	1	—
11. 自我概念清晰性	0.02	−0.15***	−0.09***	−0.05*	0.03	−0.06*	−0.16***	−0.10***	−0.04	−0.01	1

注：所有相关均未达到显著性水平；* 表示 $p<0.05$，** 表示 $p<0.01$，*** 表示 $p<0.001$。

三、回归分析

根据相关分析，网络文学阅读频率、卷入程度、阅读强度和自我概念清晰性显著负相关，所以采用回归分析来考察网络文学阅读行为对青少年自我概念清晰性的影响。以网络文学阅读频率、卷入程度、阅读强度和类型偏好为自变量，控制性别、年龄和独生子女与否等人口学变量，以自我概念清晰性为因变量进行分层回归分析。回归分析结果表明：第一步，将网络文学阅读频率纳入回归方程，回归分析结果显示，阅读频率显著负向预测自我概念清晰性（$\beta=-0.15$，$p<0.001$）；第二步，将阅读频率和卷入程度都纳入回归方程，回归分析结果显示，阅读频率（$\beta=-0.05$，$p>0.05$）不能显著预测自我概念清晰性，卷入程度（$\beta=-0.24$，$p<0.001$）显著负向预测自我概念清晰性；第三步，将阅读频率、卷入程度和阅读强度三维度都纳入回归方程，卷入程度（$\beta=-0.18$，$p<0.001$）和阅读强度（$\beta=-0.22$，$p<0.05$）显著负向预测青少年自我概念清晰性，阅读频率的预测作用不显著。从阅读频率、卷入程度和阅读强度对青少年自我概念清晰性的解释率上来看，卷入程度最大（相对 $R^2=0.10$），也就是说卷入程度的负向预测作用最大。综上所述，在将网络文学阅读频率、卷入程度、阅读强度都纳入回归方程中，网络文学卷入程度和阅读强度可以显著负向预测青少年自我概念清晰性。具体分析如表 8-4 所示。

表 8-4 青少年网络文学阅读频率、卷入程度和阅读强度对自我概念清晰性的回归分析

		B	β	R^2	t	F (df)
第一层	年龄	0.01	0.01	0.21	1.35	9.516 (4, 803)***
	性别	−0.17	−0.13		−3.65**	
	独生子女与否	−0.09	−0.07		−2.00*	
	阅读频率	−0.14	−0.15		−4.15***	
第二层	年龄	0.01	0.06	0.31	1.79	3.75 (5, 802)***
	性别	−0.20	−0.15		−4.31***	
	独生子女与否	−0.10	−0.07		−2.09*	
	阅读频率	−0.05	−0.05		−1.40	
	卷入程度	−0.16	−0.24		−6.49***	

续表

		B	β	R^2	t	F (df)
第三层	年龄	0.02	0.07	0.31	1.87	16.66 (6, 801)***
	性别	-0.19	-0.14		-4.08***	
	独生子女与否	-0.10	-0.07		-2.11*	
	阅读频率	-0.10	-0.08		-1.34	
	卷入程度	-0.12	-0.18		-3.92***	
	阅读强度	-0.22	-0.22		-2.26*	

注：* 表示 $p<0.05$，** 表示 $p<0.01$，*** 表示 $p<0.001$。

第三节 基于数据的关系特点讨论

网络文学阅读频率、卷入程度、阅读强度均与自我概念清晰性显著负相关。关于类型的分析上，相关分析结果显示青少年网络文学类型偏好中言情情感、青春校园、科幻悬疑、恐怖灵异、穿越宫廷和 N 次元与自我概念清晰性显著负相关。在控制人口学变量的基础上，进行多层回归分析，结果表明：卷入程度和阅读强度显著负向预测青少年自我概念清晰性，并且卷入程度的负向预测效应最大。

从阅读行为上来看，网络文学卷入不利于青少年自我概念清晰性的发展，这与网络文学创作性质相关。以往的研究认为过于偏激化的设定不利于青少年自我概念的确立（畅军亮，李居铭，2015；何凡等，2016；王佑镁，2014）。研究一的结果显示，青少年阅读网络文学以玄幻奇幻、科幻悬疑和校园言情类小说为主，这些文学作品的内容往往与现实生活差异巨大，在情节设置上更加追求刺激的碎片化，整体故事塑造的人物缺乏逻辑性，以夸张情节和刺激性体验来吸引读者。

第四节 小　　结

本章致力于探讨青少年网络文学阅读行为与自我概念清晰性的关系，研究结果有如下几点。

① 青少年网络文学阅读频率、卷入程度和阅读强度均与自我概念清晰性显著负相关。

② 青少年网络文学类型偏好中言情情感、青春校园、科幻悬疑、恐怖灵异、穿越宫廷和 N 次元与自我概念清晰性显著负相关。

③ 在控制年龄、性别和独生子女与否的情况下，青少年网络文学卷入程度和阅读强度显著负向预测自我概念清晰性。

第九章 青少年网络文学阅读动机与自我概念清晰性的关系

第一节 研究思路与方法

一、研究目的

本章研究旨在探讨我国青少年网络文学阅读动机对自我概念清晰性的影响。

二、研究方法

1. 研究被试

本章研究的被试是来自湖北省武汉市和广东省中山市的初中生、高中生和大学生，共计3743人，如表9-1所示，其中有阅读小说阅读经验的2343人，占总人数的62.60%。其中男生960人，女生1377人，缺失6人；初中生503人，高中生1243人，大学生597人；独生子女876人，非独生子女1133人，缺失334人。

表9-1 被试一览表

类别		人数/人	比例/（%）
性别	男生	960	40.97
	女生	1377	58.77
	缺失值	6	0.26

续表

类别		人数/人	比例/（%）
学段	初中生	503	21.47
	高中生	1243	53.05
	大学生	597	25.48
独生子女与否	独生子女	876	37.39
	非独生子女	1133	48.36
	缺失值	334	14.26

2. 研究工具

① 基本人口学变量，包括性别、年级、年龄、学段和家庭经济状况。

② 青少年网络文学阅读动机量表：采用本书第六章中编制的青少年网络文学阅读动机量表，在本章研究中的内部一致性信度系数为 0.93，量表信效度良好。得分越高，表示个体在该维度上的阅读动机越强。

③ 青少年自我概念清晰性量表：采用 Campbell 等人（1996）编制的自我概念清晰性量表。

三、研究步骤

本研究以班级为单位进行团体施测，每个班级配备两名主试。主试向被试详细讲解指导语和样例。在指导语部分说明本次调查的意义，并强调对结果保密，要求被试根据个人实际情况作答。作答时间为 45 分钟左右，作答完毕后统一回收问卷。

四、统计分析

采用 SPSS19.0 软件对数据进行整理和分析，采用的分析方法包括相关分析和回归分析。

五、共同方法偏差检验

本研究采用自我报告法收集数据，结果可能受到共同方法偏差的影响。为了尽可能减少该问题造成的影响，本研究进行了事先的程序控制，如将不同问卷分开编排、强调数据匿名性和保密性等。在事后统计控制中采用 Harman 单因子检验，结果表明，探索性因子未转轴的情况下得到 6 个特征根大于 1 的因子，其中第一个因子解释的变异为 20.25%，远远小于 40% 的临界标准。这表明本研究数据不存在严重的共同方法偏差问题。

第二节 青少年网络文学阅读动机与自我概念清晰性的关系分析

一、相关分析

在本研究中，将青少年网络文学阅读动机各维度和自我概念清晰性得分进行相关分析，结果表明，各变量之间两两相关显著。具体表现为：自我概念清晰性与情绪放松（$r=-0.32$，$p<0.001$）、自我成长（$r=-0.28$，$p<0.001$）和社会交往（$r=-0.22$，$p<0.001$）均显著负相关。具体结果如表 9-2 所示。

表 9-2 描述性统计结果及各变量间的相关分析

	$M±SD$	1	2	3	4
1. 情绪放松	2.88±1.00	1	—	—	—
2. 自我成长	2.68±1.02	0.73***	1	—	—
3. 社会交往	2.35±0.94	0.67***	0.61***	1	—
4. 自我概念清晰性	3.01±0.74	−0.32***	−0.28***	−0.22***	1

注：所有相关均达到显著性水平；* 表示 $p<0.05$，** 表示 $p<0.01$，*** 表示 $p<0.001$。

二、回归分析

根据相关分析，网络文学情绪放松、自我成长和社会交往阅读动机均和自我概念清晰性显著负相关，所以采用回归分析来考察青少年网络文学阅读动机对自我概念清晰性的影响。以网络文学阅读动机的三个维度为自变量，控制性别、年龄和独生子女与否等人口学变量，以自我概念清晰性为因变量进行分层回归分析。回归分析结果表明：第一步，将自我成长阅读动机纳入回归方程，回归分析结果显示，自我成长阅读动机显著负向预测自我概念清晰性（$\beta=-0.22$，$p<0.001$）；第二步，将自我成长和社会交往阅读动机都纳入回归方程，回归分析结果显示，社会交往（$\beta=-0.06$，$p>0.05$）不能显著预测自我概念清晰性，自我成长（$\beta=-0.18$，$p<0.001$）显著负向预测自我概念清晰性；第三步，将阅读动机三维度都纳入回归方程，情绪放松阅读动机（$\beta=-0.27$，$p<0.001$）显著负向预测青少年自我概念清晰性，自我成长和社会交往阅读动机的预测作用都不显著。具体分析如表9-3所示。

表9-3 青少年网络文学阅读动机对自我概念清晰性的回归分析

		B	β	R^2	t	F (df)
第一层	年龄	−0.00	−0.01	0.18	−0.36	13.35*** (3,1267)
	性别	−0.23	−0.16		−5.78***	
	独生子女与否	−0.07	−0.05		−1.87	
第二层	年龄	−0.00	−0.01	0.28	−0.32	27.53 (4,1266)***
	性别	−0.22	−0.15		−5.56***	
	独生子女与否	−0.08	−0.06		−2.15*	
	自我成长	−0.16	−0.22		−8.24***	
第三层	年龄	−0.00	−0.00	0.28	−0.17	22.61 (5,1265)***
	性别	−0.21	−0.15		−5.48***	
	独生子女与否	−0.08	−0.06		−2.26*	
	自我成长	−0.13	−0.18		−4.48***	
	社会交往	−0.05	−0.06		−1.65	
第四层	年龄	−0.00	−0.00	0.35	−0.10	12.00 (6,1264)***
	性别	−0.21	−0.14		−5.49***	
	独生子女与否	−0.08	−0.06		−2.25*	
	自我成长	−0.05	−0.06		−1.58	
	社会交往	0.01	0.03		0.42	
	情绪放松	−0.18	−0.27		−7.41***	

注：* 表示 $p<0.05$，** 表示 $p<0.01$，*** 表示 $p<0.001$。

第三节　基于数据的关系特点讨论

青少年网络文学阅读动机与青少年自我概念清晰性的回归分析结果表明，情绪放松动机显著负向预测自我概念清晰性。

首先，阅读动机中的情绪体验倾向对自我概念清晰性的影响最大，个体会因沉溺于小说故事情节中而无法自拔（张杏杏等，2012），个体对沉浸感的追求会导致成瘾（张冬静等，2017），从而影响个体成长。网络文学属于被动接受式网络行为，以往研究认为被动网络社交不利于个体自我概念清晰性的建立（刘庆奇等，2017；牛更枫等，2016），上行社会比较导致个体抑郁、焦虑等负面情绪产生（徐欢欢等，2017；杨秀娟等，2017），从而不利于青少年自我成长。绝大多数青少年通过阅读网络文学来排解生活和学习中的压力，但是这种单相被动接受的行为，会导致青少年在追求情感刺激的前提下，忽略文学作品的逻辑性和真实性，从而接受了故事人物的一系列违反常规的行为模式，并且这种模式会潜移默化地影响个体现实自我概念的建构。

其次，自我成长阅读动机也与个体自我概念清晰性负相关，青少年可能通过阅读网络文学来找到"我是谁"这一问题的答案，他们容易将网络文学中的主人公形象等同于理想自我，并在现实生活中模仿主人公待人接物的方式。因此，青少年如果沉溺于在网络文学的世界中追寻自我价值和自我定位，必然会导致个体自我概念混乱。例如玄幻小说《斗破苍穹》的故事背景是一个练气的世界，主人公修炼升级打怪，走向人生巅峰。《花千骨》的故事背景也是一个修仙的世界作品，主人公通过修仙、拜师，并与师父产生恋情。这些深受青少年喜爱的网络文学作品，都存在极大的与现实生活背离的问题，同时人物的塑造缺乏逻辑性，主角总是自带光环，人生成功。如果青少年以这些故事中的主人公为自己的榜样或者理想自我标杆，必然导致理想自我与现实自我的冲突与矛盾，使他们在故事世界中迷失自我，为成为一个不可能实现的自己而遭受挫折。

最后，自我成长和社会交往阅读动机对青少年自我概念清晰性的回归不显著，可能是因为网络文学的互动更多体现在主人公与读者之间的互动,这种交互模式的影响比较缓慢,需要通过其他中介变量起到作用,例如对角色的认同和自我扩展等,因此它们的直接效应并不显著。

第四节 小 结

本章致力于探讨青少年网络文学阅读动机对自我概念清晰性的影响,研究结果有如下几点。

① 网络文学阅读动机的三个维度均与青少年自我概念清晰性显著负相关。

② 在控制年龄、性别和独生子女与否的情况下,情绪放松阅读动机显著负向预测青少年自我概念清晰性。

第四部分
青少年网络文学阅读对自我概念清晰性的影响机制

第三部分的研究证实了网络文学阅读对青少年自我概念清晰性的负向影响,但是青少年网络文学阅读影响自我概念清晰性的机制尚不清楚。上一研究结果表明,青少年网络文学阅读频率、卷入程度、阅读强度和阅读动机均与自我概念清晰性负相关,并且卷入程度和情绪放松显著负向预测青少年自我概念清晰性,卷入程度的预测作用最大。在此基础上,本部分的研究进一步分析网络文学阅读行为是如何和怎样影响青少年自我概念清晰性的。

大量研究发现,个体在听故事或者看小说的时候会进入叙事世界中,并且将叙事世界中的态度带到现实世界中来,造成一种"迷失在故事中"的感觉(Green, Brock, 2000;严进, 杨珊珊, 2013)。这种叙事传输的心理过程具有脱离现实世界、产生情绪波动和保留与故事一致性态度等特点(Green, Brock, 2000; Green, Brock, Kaufman, 2004;王妍, 2015),高峰体验和态度改变是叙事传输的重要结果。有关叙事如何影响个体阅读行为的研究,主要从沉浸感和沉浸体验两个角度展开(Van, Hoeken, Sanders, 2017)。

故事角色认同是指个体在阅读故事时,通过想象体验故事主人公的身份、目标和观点的过程(Cohen, 2000)。认同发生时,个体沉浸于虚拟世界之中,幻想自己就是角色本身,与角色产生情绪和认知上的联系,使得故事里的角色替代了个体的真实自我,表现在阅读过程中失去自我意识

(Cohen, 2006)。以往研究认为角色认同是叙事传输作用的重要结果之一（Green, 2004; Taylor, 2015; Van, Hoeken, Sanders, 2017），对故事角色的喜爱和认同可以增加故事的说服效果，并且可以加强或减弱人们已有的态度（Graaf, et al, 2012）。

沉浸感也叫作沉醉感，是故事叙事传输过程中的另一个重要输出结果（Glaser, Garsoffky, Schwan, 2012; Richter, Appel, Calio, 2014; Shen, Ahern, Baker, 2014）。沉浸感是一种独特而强烈的情绪巅峰体验，表现为个体愿意为获得这种高峰体验而承担巨大的风险和牺牲个人利益，是"一种将大脑注意力毫不费力地集中起来的状态——这种状态可以使人忘却时间概念，忘掉自己，也忘掉自身的问题"（Csikszentmihalyi, 1990）。

情绪认知交互作用模型认为：认知与情绪的交互作用影响着人们日常生活的方方面面（刘烨，付秋芳，傅小兰，2009）。以往研究也认为角色依恋和认同会导致青少年更加沉浸于网络游戏活动中（魏华等，2012），那么角色认同—沉浸感可能在网络文学阅读与青少年自我概念清晰性之间起到链式中介作用。

因此本部分研究假设角色认同、沉浸感在网络文学阅读与青少年自我概念清晰性之间起到中介作用，分别在第十章和第十一章探讨角色认同和沉浸感的中介作用机制。

自我扩展模型认为，个体在日常生活中会通过获取新的知识、能力、视角、身份、角色和资源来获得自我成长和自我提升（Aron, Aron, 1997; Aron, Aron, Norman, 2001, 1998）。Mattingly 和 Lewandowski（2014）采用三个嵌套实验也证实了新奇体验有助于提升个体自我概念。Shedlosky-Shoemaker, Costabile 和 Arkin（2014）探讨了小说阅读带来的自我扩展，个体对小说角色的认同为理想自我的建构提供了资源。那么网络文学的阅读行为是否通过自我扩展来影响个体的自我概念清晰性是第十二章的研究主题。

既然角色认同、沉浸感和自我扩展三者都在网络文学阅读和青少年自我概念清晰性之间起到了重要的作用，那么这三者之间又是如何相互作用，进而影响青少年自我概念清晰性是本部分研究需要回答的问题。角色认同和沉浸感有可能通过自我扩展影响个体的自我概念清晰性。因此，角色认同—自我扩展、沉浸感—自我扩展、角色认同—沉浸感—自我扩展可能在网络文学阅读与青少年自我概念清晰性之间起到链式多重中介作用，这是本部分第十三章的研究问题。

根据技术生态系统理论，个体在网络中的行为应该重点考虑个体、技术和环境因素的交互作用（Johnson，Puplampu，2008）。个体因素包括阅读动机、人格等因素，环境因素则包括网络阅读环境（阅读内容）以及家庭、学校和同伴等多重环境因素的影响。个体特征（年龄、性别）和网络文学特征（人物相似性）是否调节了上一研究中的多重中介效应，这是本部分第十四章的研究问题。

第十章 青少年网络文学阅读对自我概念清晰性的影响：角色认同的中介作用

第一节 研究思路及方法

一、研究目的

本章研究旨在探讨角色认同在我国青少年网络文学阅读与自我概念清晰性之间起到的中介作用。

二、研究假设

如图10-1所示，本章的研究提出以下两个假设。

假设1：青少年网络文学阅读、角色认同与自我概念清晰性显著负相关。

假设2：角色认同在青少年网络文学阅读与自我概念清晰性之间起到中介作用。

三、研究方法

1. 研究被试

研究被试包括来自湖北省武汉市两所普通初中、两所普通高中和两所全日制本科大学的有网络文学阅读经验的学生1501人。如表10-1所示，

图 10-1　中介假设模型图

其中初中生 446 人（29.71%），高中生 529 人（35.24%），大学生 526 人（35.04%）；男生 633 人（42.17%），女生 868 人（57.83%）；平均年龄为（16.19±2.79）岁，平均看网络文学（3.04±2.44）年，平均看（83.18±317.18）本网络文学作品。

表 10-1　被试一览表

类别		人数/人	比例/（%）
性别	男生	633	42.17
	女生	868	57.83
学段	初中生	446	29.71
	高中生	529	35.24
	大学生	526	35.04
独生子女与否	是	527	35.11
	否	743	49.50
	缺失	231	15.39

2. 研究工具

① 青少年网络文学阅读强度量表：采用本书第八章的测量工具，在本章节研究中，网络文学卷入程度量表的内部一致性系数为 0.90，量表信效度良好。

② 网络文学角色认同量表：量表参考 van Looy 等人（2012）编制的游戏化身认同量表，根据网络文学阅读的特点适当改编，量表包括三个维度（相似性认同、理想化认同和同感性认同），这一结构在很多研究中得到检验。本量表要求被试根据个人阅读网络文学（网络小说）时情况对 11 个项目进行自我评定，采用 5 点计分（1＝完全不符合，5＝完全符合）。在本研究中，网络文学阅读认同量表的验证性因素分析指标较好：$\chi^2/df=10.53$，$RMSEA=0.08$，$RMR=0.04$，$CFI=0.96$，$GFI=0.95$，

NFI＝0.96，量表的 Cronbach's α 内部一致性系数为 0.93，说明量表的信效度良好。

③ 青少年自我概念清晰性量表：采用本书第七章中的量表，即 Campbell 等人（1996）编制的自我概念清晰性量表。在本研究中，量表的 Cronbach's α 内部一致性系数为 0.81。

四、研究程序

在征得学校领导和青少年本人知情同意后，以班级为单位进行团体施测。每个班级配备两名主试，主试向被试详细讲解指导语和样例。在指导语中说明本次调查的意义，并强调对结果保密，要求被试根据自己的实际情况独立作答。被试完成全部问卷约需要 25 分钟。

五、共同方法偏差检验

本研究采用自我报告法收集数据，结果可能受到共同方法偏差的影响。为了尽可能减少该问题带来的影响，本研究进行了事先的程序控制，如将不同问卷分开编排、强调数据匿名性和保密性等。在事后统计控制中采用 Harman 单因子检验，结果表明，探索性因子未转轴的情况下得到 10 个特征根大于 1 的因子，其中第一个因子解释的变异为 23.12%，小于 40% 的临界标准。这表明本研究数据不存在严重的共同方法偏差问题。

第二节 角色认同的中介机制分析

一、青少年网络文学阅读、角色认同与自我概念清晰性的相关分析

对青少年网络文学阅读、角色认同和自我概念清晰性进行积差相关分析。分析结果如表 10-2 所示，青少年网络文学阅读和角色认同显著正相关（$r=0.35$，$p<0.001$），与自我概念清晰性显著负相关（$r=-0.18$，$p<0.001$），且角色认同与自我概念清晰性也显著负相关（$r=-0.31$，$p<0.001$）。

表 10-2 青少年网络文学阅读和角色认同与自我概念清晰性的相关分析

	1	2	3
1. 网络文学阅读	1	—	—
2. 角色认同	0.35***	1	—
3. 自我概念清晰性	−0.18***	−0.31***	1

注：所有相关均达到显著性水平；* 表示 $p<0.05$，** 表示 $p<0.01$，*** 表示 $p<0.001$。

二、角色认同的中介机制分析

相关分析结果显示，网络文学阅读、角色认同和自我概念清晰性两两显著相关。在相关分析结果的基础上，进一步进行中介效应检验。本研究采用 Hayes（2012）编制的 SPSS 宏，在控制性别、年龄的条件下，对角色认同在网络文学阅读与自我概念清晰性之间的中介效应进行检验。回归分析结果如表 10-3 所示，在控制年龄、性别的基础上，网络文学显著负向预测青少年自我概念清晰性（$\beta=-0.04$，$p<0.001$），且显著正向预测角色认同（$\beta=0.11$，$p<0.001$）；将角色认同和网络文学阅读同时作为自变量纳入方程后，网络文学阅读显著负向预测青少年自我概念清晰性（$\beta=-0.02$，$p<0.01$），角色认同显著负向预测青少年自我概念清晰性（$\beta=-0.22$，$p<0.001$）。

表 10-3 模型中变量的回归分析

回归方程		整体拟合指数			回归系数显著性	
结果变量	预测变量	R	R^2	F	β	t
自我概念清晰性	性别	0.22	0.05	22.84***	−0.18	−4.91***
	年龄				0.00	0.27
	网络文学阅读				−0.04	−5.84***
角色认同	性别	0.34	0.12	59.31***	−0.01	−0.30
	年龄				0.01	1.45
	网络文学阅读				0.11	12.20***

续表

回归方程		整体拟合指数			回归系数显著性	
结果变量	预测变量	R	R^2	F	β	t
自我概念清晰性	性别	0.35	0.12	45.56***	−0.18	−5.06***
	年龄				0.01	0.69
	网络文学阅读				−0.02	−2.72**
	角色认同				−0.22	−10.28***

注：代入方程之前，模型中各变量均经过标准化处理；*表示 $p<0.05$，**表示 $p<0.01$，***表示 $p<0.001$。

根据回归分析结果进一步分析发现：角色认同在网络文学阅读与青少年自我概念清晰性之间起到部分中介效应，效应值为−0.02，占总效应的57.34%。中介效应模型图如图10-2所示。

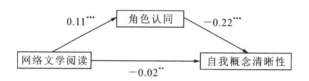

图 10-2　角色认同的中介效应模型图

第三节　基于数据的关系模型讨论

上一节数据分析结果显示，网络文学阅读、角色认同与青少年自我概念清晰性显著负相关，且角色认同在二者之间起到部分中介作用。首先，传统媒体的角色认同主要强调对角色相似性的认同和临场性的认同，但是网络文学呈现游戏化这一新媒体特征，使得网络文学的角色认同与网络游戏角色认同存在极大的相似之处。van Looy 等人（2012）在传统媒体角色认同理论的基础上提出游戏角色认同的三维结构理论，增加了理想化认同这一维度。具体来看：① 相似性认同（similarity identification）指人们喜欢和认同与其相似的虚构角色（Konijn，Hoorn，2005），它可以促进个体和化身之间的心理融合；② 自我临场感（embodied presence）反映了个体与故事角色之间的心理联系，反映了故事主人公与现实自我融合的程度

(Lee，2004)；③ 理想化认同（wishful identification）是对理想化身（榜样）的认同（Konijn，Bijvank，Bushman，2007），即将故事人物纳入个体理想化自我的设定中，理想化认同有可能改变现实生活中个体的自我概念。本研究中使用网络文学角色认同的量表，正是基于此三维结构理论，在结合网络文学特点的基础上，对游戏身份认同量表进行适当改编而成。

其次，研究结果显示网络文学阅读、角色认同与青少年自我概念清晰性之间显著相关，并且角色认同能够在青少年网络文学阅读与自我概念清晰性之间起部分中介效应，且中介效应量占总效应的 57.34%。这说明角色认同在青少年网络文学阅读与自我概念清晰性之间起到非常重要的作用，这也是家长和教师禁止学生看网络文学的原因之一。

社会学习理论认为：个体（尤其是儿童和青少年）是通过观察其他人的行为来学习的（班杜拉，1973）。网络文学为青少年提供了充足的观察学习机会。无论青少年阅读什么类型的网络文学，总会看到媒体推介的人物或被强化，或被惩罚，或其行为没有什么后果。网络媒体的榜样作用在以往研究中得到证实，电影中对吸烟主角更大的认同会使自我和吸烟之间产生更大的潜在联系（Dal Cin，et al，2007），这会导致吸烟者产生更强的吸烟意图。此外，榜样的特征以及榜样行为的特征也会影响观察到的行为被模仿的可能性。例如，儿童和青少年更有可能去模仿那些被媒体展示的且已被渲染的行为（使其看起来很"酷"或获褒奖的）。尤其是当网络文学中的榜样行为由青少年所喜爱的人（比如年龄相当的人）完成时，观察学习效果明显。

同时，对人物角色的认同与喜爱也会进一步影响个体自我成长，对重要他人的情感投入和认同会加深个体的阅读行为（Graaf，et al，2012）。群体动力学认为个体感知到的相似性，会吸引个体为了成为同样群体的人而改变自我形象、自我价值和观念，这在网络社交和游戏等研究中均得到证实（Taylor，2015；Reijmersdal，et al，2013）。当青少年在阅读网络文学作品时，作者对故事主人公的描述和刻画往往难以避免有对容貌、性格的过度渲染，同时网络文学往往以第一人称视角展开，这种渲染必然会引起读者（青少年）自我的深度卷入。例如，《微微一笑很倾城》里对贝微微的游戏少女设定和《择天记》中对林长生的逆袭角色设定，都满足了青少年对理想自我的幻想，引起他们进行深度的自我代入。他们在认同故事主人公的身世、容貌、性格乃至人生经历的同时,希望自己可以像故事主人公那样生活,出现故事的说服效应(Green,Sestir,2010;Green,2004)。然而非常可惜的是,故事中的人物角色往往是夸大化的,也可以说是广大读者理想化的自我化身,这种理想化的自我并不能在现实生活中实现。青少年在将网络文学中习得的自我理念和行为方式在现实生活中实施的时候,必然会带来一系列的问题。例如对自我控制能力欠缺的青少年而言,玩好网络游戏的同时保持很好的学习成绩的自我设定是一种极大的挑战,可以说是不可能的任务。一旦在现实生活中受到挫败,青少年可能会更加沉溺在网络文学所营造的虚幻世界中,想象自己成为故事主人公,拒绝现实中的自我探索,规避现实自我与理想自我的矛盾。

第四节 小 结

本章旨在探讨角色认同在青少年网络文学阅读与自我概念清晰性之间起到的中介效应。以 1501 名青少年学生为研究对象,调查研究结果有以下几点。

① 网络文学阅读、角色认同与青少年自我概念清晰性显著负相关。

② 角色认同在网络文学阅读和青少年自我概念清晰性之间起到部分中介作用,中介效应占总效用的 57.34%。

第十一章 青少年网络文学阅读对自我概念清晰性的影响:沉浸感的中介作用

第一节 研究思路及方法

一、研究目的

本章研究旨在探讨沉浸感在我国青少年网络文学阅读与自我概念清晰性之间起到的中介作用。

二、研究假设

如图 11-1 所示,本章的研究提出以下两个假设。

假设 1:青少年网络文学阅读、沉浸感与自我概念清晰性显著负相关。

假设 2:沉浸感在青少年网络文学阅读与自我概念清晰性之间起到中介作用。

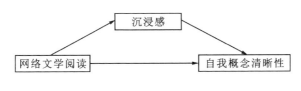

图 11-1 中介假设模型图

三、研究方法

1. 研究被试

研究被试包括来自湖北省武汉市两所普通初中、两所普通高中和两所全日制本科大学的有网络文学阅读经验的学生1011人。其中初中生363人（35.91%），高中生328人（32.44%），大学生320人（31.65%）；男生448人（44.31%），女生557人（55.09%），缺失6人（0.60%）；平均年龄为（16.22±2.98）岁，平均看网络文学（3.29±2.45）年，平均看（101.36±381.38）本网络文学作品。具体数据如表11-1所示。

表11-1 被试一览表

类别		人数/人	比例/（%）
性别	男生	448	44.31
	女生	557	55.09
	缺失值	6	0.60
学段	初中生	363	35.91
	高中生	328	32.44
	大学生	320	31.65
独生子女与否	是	427	42.24
	否	575	56.87
	缺失	9	0.89

2. 研究工具

① 青少年网络文学阅读强度量表：采用第八章中青少年网络文学阅读的测量工具。

② 网络文学沉浸感量表：采用张冬静（2017）编制的网络文学沉浸感量表。量表根据小说特点适当改编，要求被试根据个人阅读网络小说时情况对5个项目进行自我评定，采用5点计分（1=完全不符合，5=完全符合）。在本研究中，网络小说沉浸感量表的验证性因素分析指标良好：$\chi^2/df=2.81$，RMSEA=0.05，RMR=0.02，CFI=0.99，GFI=0.99，NFI=0.99，量表的Cronbach's α内部一致性系数为0.87，说明量表的信效度良好。

③ 青少年自我概念清晰性量表：采用本书第七章中的量表，即 Campbell 等人（1996）编制的自我概念清晰性量表，量表包括 12 个题目，用来测量个体自我概念清晰性和一致性程度。在本研究中，量表的 Cronbach's α 内部一致性系数为 0.81。

四、研究程序

在征得学校领导和青少年本人知情同意后，以班级为单位进行团体施测。每个班级配备两名主试，主试向被试详细讲解指导语和样例。在指导语中说明本次调查的意义，并强调对结果保密，要求被试根据自己的实际情况独立作答。被试完成全部问卷约需要 25 分钟。

五、共同方法偏差检验

本研究采用自我报告法收集数据，结果可能受到共同方法偏差的影响。为了尽可能减少该问题带来的影响，本研究进行了事先的程序控制，如将不同问卷分开编排、强调数据匿名性和保密性等。在事后统计控制中采用 Harman 单因子检验，结果表明，在探索性因子未转轴的情况下，得到 9 个特征根大于 1 的因子，其中第一个因子解释的变异为 22.00%，小于 40% 的临界标准。这表明本研究数据不存在严重的共同方法偏差问题。

第二节 沉浸感的中介机制分析

一、青少年网络文学阅读、沉浸感与自我概念清晰性的关系分析

对青少年网络文学阅读、沉浸感和自我概念清晰性进行积差相关分析。分析结果显示：青少年网络文学阅读和沉浸感显著正相关（$r=0.45$，$p<0.01$），与自我概念清晰性显著负相关（$r=-0.18$，$p<0.001$），且沉浸感与自我概念清晰性也显著负相关（$r=-0.39$，$p<0.001$），如表 11-2 所示。

表 11-2　网络文学阅读、沉浸感与自我概念清晰性的相关分析

	1	2	3
1. 网络文学阅读	1	—	—
2. 沉浸感	0.45***	1	—
3. 自我概念清晰性	−0.18***	−0.39***	1

注：所有相关均达到显著性水平；* 表示 $p<0.05$，** 表示 $p<0.01$，*** 表示 $p<0.001$。

二、沉浸感的中介机制分析

相关分析结果显示：网络文学阅读、沉浸感和自我概念清晰性两两显著相关。在相关分析结果的基础上，进一步进行中介效应检验。本研究采用 Hayes（2012）编制的 SPSS 宏，在控制性别、年龄的条件下，对沉浸感在网络文学阅读与自我概念清晰性之间的中介效应进行检验。如表 11-3 所示，回归分析结果显示，在控制年龄、性别的基础上，网络文学显著负向预测青少年自我概念清晰性（$\beta=-0.04$，$p<0.001$），且显著正向预测沉浸感（$\beta=0.69$，$p<0.001$）；当将沉浸感和网络文学阅读同时作为自变量纳入方程后，网络文学阅读不能显著负向预测青少年自我概念清晰性（$\beta=-0.01$，$p>0.05$），沉浸感显著负向预测青少年自我概念清晰性（$\beta=-0.39$，$p<0.001$）。

表 11-3　模型中变量的回归分析

回归方程		整体拟合指数			回归系数显著性	
结果变量	预测变量	R	R^2	F	β	t
自我概念清晰性	性别	0.22	0.05	22.84***	−0.18	−4.91***
	年龄				0.00	0.27
	网络文学阅读				−0.04	−5.84***
沉浸感	性别	0.43	0.19	76.58***	−0.06	−1.41
	年龄				−0.03	−3.03**
	网络文学阅读				0.69	15.05***
自我概念清晰性	性别	0.42	0.17	51.26***	−0.18	−4.76***
	年龄				−0.00	−0.17

续表

回归方程		整体拟合指数			回归系数显著性	
结果变量	预测变量	R	R^2	F	β	t
自我概念清晰性	网络文学阅读				−0.01	−0.21
	沉浸感				−0.39	−12.18***

注：代入方程之前，模型中各变量均经过标准化处理；* 表示 $p<0.05$，** 表示 $p<0.01$，*** 表示 $p<0.001$。

根据回归分析结果进一步分析发现：沉浸感在网络文学阅读与青少年自我概念清晰性之间起到完全中介效应。中介效应模型图如图 11-2 所示。

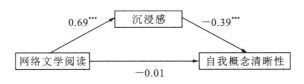

图 11-2　沉浸感的中介效应模型图

第三节　基于数据的关系模型讨论

研究结果显示，网络文学阅读、沉浸感与青少年自我概念清晰性之间两两显著相关，并且沉浸感能够在青少年网络文学阅读与自我概念清晰性之间起到完全中介作用。这说明沉浸感在青少年网络文学阅读与自我概念清晰性之间起到非常重要的作用，进一步证实了网络文学阅读沉浸感作为情感性因素对自我概念清晰性的负向影响。

沉浸感在个体娱乐性活动中起到非常重要的作用，是叙事传输机制的另一个重要输出结果（Glaser，Garsoffky，Schwan，2012；Richter，Appel，Calio，2014；Shen，Ahern，Baker，2014）。网络文学从撰写的初始，作者就会有意识地通过故事情节的设定和情绪渲染来吸引读者。校园类网络文学以写青年人恋情或自身情绪为主，其中充满了青春期的情感躁动，充满了那种孤独的苦涩、爱情的甜蜜与忧伤以及情欲流露的张狂。玄幻类网络文学中关于对战、打怪的描述，悬疑类网络文学对于恐怖和悬疑情节的刻画以及言情类小说里关于主人公错综复杂的感情的描述都是为了让读者沉浸在故事叙事中,忘记现实世界和自己,与主人公共同生活和成长。

绝大多数青少年选择阅读网络文学的目的是消遣娱乐,缓解平时生活中的压力,比如像小白文、种马文、无敌文、甜宠文等,它们都让受众读者内心产生愉悦感和刺激感,这种刺激感和愉悦体验(沉浸感)会在一定程度上影响个体自我概念的形成。这种影响一方面是因为青少年情绪监控和调节能力欠缺,处于青春期的青少年在情绪上体验极其深刻,容易进入故事所营造的情绪中出不来,迷失了自我。另一方面,青少年由于生活和学习中的压力,寄希望于阅读网络文学来自我发泄。而网络文学中塑造的世界往往充满了虚化的美好,例如学习成绩不好的学生通过穿越回古代,享受各种先机,成为人生的赢家。这与青少年逃避现实生活压力的需求相一致。

第四节 小 结

本章旨在探讨沉浸感在青少年网络文学阅读与自我概念清晰性之间起到的中介作用。以 1011 名学生为研究对象,调查研究结果有如下两点。

① 网络文学阅读、沉浸感与青少年自我概念清晰性两两显著相关。

② 沉浸感在网络文学阅读和青少年自我概念清晰性之间起到完全中介作用。

第十二章　青少年网络文学阅读对自我概念清晰性的影响：自我扩展的中介作用

第一节　研究思路及方法

一、研究目的

本章研究旨在探讨自我扩展在我国青少年网络文学阅读与自我概念清晰性之间起到的中介作用。

二、研究假设

如图 12-1 所示，本研究提出以下两点假设。

假设 1：青少年网络文学阅读、自我扩展与自我概念清晰性显著负相关。

假设 2：自我扩展在青少年网络文学阅读与自我概念清晰性之间起到中介作用。

三、研究方法

1. 研究被试

研究被试包括来自湖北省武汉市一所普通初中、一所普通高中和三所全日制本科大学的有网络文学阅读经验的学生 776 人。如表 12-1 所示，其

图 12-1　中介假设模型图

中初中生 302 人（38.92%），高中生 168 人（21.65%），大学生 306 人（39.43%）；男生 370 人（47.68%），女生 406 人（52.32%）；平均年龄为（16.34±3.03）岁，平均阅读网络文学（2.89±2.53）年，平均阅读（79.23±251.88）本网络文学作品。

表 12-1　被试一览表

类别		人数/人	比例/（%）
性别	男生	370	47.68
	女生	406	52.32
学段	初中生	302	38.92
	高中生	168	21.65
	大学生	306	39.43
独生子女与否	是	328	42.27
	否	439	56.57
	缺失	9	1.16

2. 研究工具

① 青少年网络文学阅读强度量表：采用第八章中青少年网络文学阅读的测量工具。

② 网络文学自我扩展量表：使用 Lewandowski 和 Aron（2002）编制的自我扩展问卷，针对网络文学进行改编后，获得 11 个题目的小说自我扩展量表，量表采用 5 点计分（1＝完全不符合，5＝完全符合）。这一问卷在其他研究中均得到证实（Shedlosky-Shoemaker, Costabile, Arkin, 2014）。在本研究中，网络文学自我扩展量表的验证性因素分析指标良好：$\chi^2/df=5.83$，RMSEA＝0.06，RMR＝0.04，CFI＝0.98，GFI＝0.96，NFI＝0.94，量表的 Cronbach's α 内部一致性系数为 0.94，说明量表的信效度良好。

③青少年自我概念清晰性量表：采用本书第七章中的量表，即 Campbell 等人（1996）编制的自我概念清晰性量表。在本研究中，量表的 Cronbach's α 内部一致性系数为 0.81。

四、研究程序

在征得学校领导和青少年本人知情同意后，以班级为单位进行团体施测。每个班级配备两名主试，主试向被试详细讲解指导语和样例。在指导语中说明本次调查的意义，并强调对结果保密，要求被试根据自己的实际情况独立作答。被试完成全部问卷约需要 25 分钟。

五、共同方法偏差检验

本研究采用自我报告法收集数据，结果可能受到共同方法偏差的影响。为了尽可能减少该问题带来的影响，本研究进行了事先的程序控制，如将不同问卷分开编排、强调数据匿名性和保密性等。在事后统计控制中采用 Harman 单因子检验，结果表明，在探索性因子未转轴的情况下，得到 9 个特征根大于 1 的因子，其中第一个因子解释的变异为 26.89%，远小于 40% 的临界标准。这表明本研究数据不存在严重的共同方法偏差问题。

第二节 自我扩展的中介机制分析

一、青少年网络文学阅读、自我扩展与自我概念清晰性的关系分析

对青少年网络文学阅读、自我扩展和自我概念清晰性进行积差相关分析。如表 12-2 所示，分析结果显示，青少年网络文学阅读和自我扩展显著正相关（$r=0.45$，$p<0.01$），与自我概念清晰性显著负相关（$r=-0.20$，$p<0.001$），且自我扩展与自我概念清晰性也显著负相关（$r=-0.37$，$p<0.001$）。

表 12-2　网络文学阅读、自我扩展与自我概念清晰性的相关分析

	1	2	3
1. 网络文学阅读	1	—	—
2. 自我扩展	0.45***	1	—
3. 自我概念清晰性	−0.20***	−0.37***	1

注：所有相关均达到显著性水平；* 表示 $p<0.05$，** 表示 $p<0.01$，*** 表示 $p<0.001$。

二、自我扩展的中介机制分析

相关分析结果显示：网络文学阅读、自我扩展和自我概念清晰性两两显著相关。在相关分析结果的基础上，进一步进行中介效应检验。本研究采用 Hayes（2012）编制的 SPSS 宏，在控制性别、年龄的条件下，对自我扩展在网络文学阅读与自我概念清晰性之间的中介效应进行检验。如表 12-3 的回归分析结果显示，在控制年龄、性别的基础上，网络文学阅读显著负向预测青少年自我概念清晰性（$\beta=-0.04$，$p<0.001$），且显著正向预测自我扩展（$\beta=0.74$，$p<0.001$）；当将自我扩展和网络文学阅读同时作为自变量纳入方程后，网络文学阅读不能显著负向预测青少年自我概念清晰性（$\beta=-0.10$，$p>0.05$），自我扩展显著负向预测青少年自我概念清晰性（$\beta=-0.33$，$p<0.001$）。

表 12-3　模型中变量的回归分析

回归方程		整体拟合指数			回归系数显著性	
结果变量	预测变量	R	R^2	F	β	t
自我概念清晰性	性别	0.22	0.05	22.84***	−0.18	−4.91***
	年龄				0.00	0.27
	网络文学阅读				−0.04	−5.84***
自我扩展	性别	0.45	0.20	67.98***	0.08	1.32
	年龄				−0.01	−0.37
	网络文学阅读				0.74	13.73***
自我概念清晰性	性别	0.41	0.17	37.92***	−0.30	−4.55***
	年龄				0.03	2.71**

续表

回归方程		整体拟合指数			回归系数显著性	
结果变量	预测变量	R	R^2	F	β	t
自我概念清晰性	网络文学阅读				−0.10	−1.65
	自我扩展				−0.33	−9.03***

注：代入方程之前，模型中各变量均经过标准化处理，*表示 $p<0.05$，**表示 $p<0.01$，***表示 $p<0.001$。

根据回归分析结果进一步分析发现：自我扩展在网络文学阅读与青少年自我概念清晰性之间起到完全中介效应。中介效应模型图如图12-2所示。

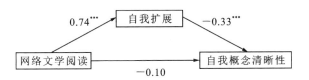

图 12-2　自我扩展的中介效应模型图

第三节　基于数据的关系模型讨论

研究结果显示，网络文学阅读、自我扩展与青少年自我概念清晰性之间两两显著相关，并且自我扩展能够在青少年网络文学阅读与自我概念清晰性之间起完全中介作用。这说明自我扩展在青少年网络文学阅读与自我概念清晰性之间起到非常重要的作用。

自我扩展模型认为，个体在日常生活中会通过获取新的知识、能力、视角、身份和角色和资源来获得自我成长和自我提升（Aron，Aron，1997；Aron，Aron，Norman，2001，1998）。青少年喜爱的网络文学主要集中在玄幻奇幻、科幻悬疑等主题，从主题来看，玄幻奇幻网络文学内容丰富多彩，题材写作较为随意，无论是在对世界的架构上，还是在人物的传奇经历上，它都表现出玄幻小说作者超前的想象力与创作力。科幻悬疑类小说以悬念、神秘、推理为主要元素，这类小说多以超自然的事件作为内容。也就是说，这类网络文学主要以全新的视角看待世界和在这个世界生成的个体，青少年通过阅读这些故事可以获得一种全新的身份，他们所经历的事情与现实自我完全不一样,他们通过阅读产生一种我就是"他"的错觉,这种错觉带给个体一种自我提升的感觉。以往研究也发现网络的使用会使得个体有一种自我成长的感觉,感受到较高自我扩展水平的个体会体验到问题解决效能感的提升以及更高的自尊水平,并会在困难任务中付出更多的努力(Aron, Paris, Aron, 1995; Mattingly, Lewandowski, 2013a, 2013b)。这一结果证实了网络文学自我扩展在网络文学阅读对青少年自我概念清晰性产生影响中的重要作用,为下一步研究的开展提供了可能。

第四节 小 结

本章节旨在探讨自我扩展在青少年网络文学阅读与自我概念清晰性之间起到的中介作用。以 776 名青少年学生为研究对象,调查研究结果有以下两点。

① 网络文学阅读、自我扩展与青少年自我概念清晰性显著负相关。

② 自我扩展在网络文学阅读和青少年自我概念清晰性之间起到完全中介作用。

第十三章 青少年网络文学阅读对自我概念清晰性的影响：多重中介作用

第一节 研究思路与方法

一、研究目的

本章研究旨在验证角色认同、沉浸感和自我扩展在网络文学阅读与青少年自我概念清晰性之间的多重中介作用。

二、研究假设

如图 13-1 多重中介模型所示，本研究提出以下四点假设。

假设 1：角色认同—沉浸感在青少年网络文学阅读与自我概念清晰性之间起到链式中介作用。

假设 2：角色认同—自我扩展在青少年网络文学阅读与自我概念清晰性之间起到链式中介作用。

假设 3：角色认同—沉浸感—自我扩展在青少年网络文学阅读与自我概念清晰性之间起到链式中介作用。

假设 4：沉浸感—自我扩展在青少年网络文学阅读与自我概念清晰性之间起到链式中介作用。

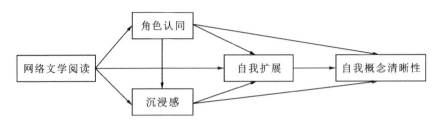

图 13-1　多重中介假设模型图

三、研究方法

1. 研究被试

研究包括来自湖北省武汉市一所普通中学、一所普通高中和三所全日制本科大学的有阅读经验的学生 777 人。其中初中生 302 人（38.87%），高中生 168 人（21.62%），大学生 307 人（39.51%）；男生 370 人（47.62%），女生 407 人（52.38%）；平均年龄为（16.34±3.03）岁，平均看网络文学（2.89±2.53）年，平均看网络小说（79.23±251.88）本。

2. 研究工具

① 青少年网络文学阅读强度量表：采用第八章中青少年网络文学阅读的测量工具。

② 角色认同量表：采用第十章中的角色认同量表，即 van Looy 等人（2012）编制的游戏化身认同量表，根据网络文学阅读的特点适当改编，量表包括三个维度（相似性认同、理想化认同和同感性认同），这一结构在很多研究中得到检验。在本研究中，量表的 Cronbach's α 内部一致性系数为 0.93。

③ 沉浸感量表：采用第十一章中的沉浸感量表，即张冬静（2017）编制的网络文学沉浸感量表。在本研究中，量表的 Cronbach's α 内部一致性系数为 0.89。

④ 网络文学自我扩展量表：采用第十二章中的自我扩展量表，即 Lewandowski 和 Aron（2002）编制的自我扩展问卷。在本研究中，量表的 Cronbach's α 内部一致性系数为 0.94。

⑤ 青少年自我概念清晰性量表：采用第七章中的量表，即 Campbell 等人（1996）编制的自我概念清晰性量表，量表包括 12 个题目，用来测量个体自我概念清晰性和一致性程度。在本研究中，量表的 Cronbach's α 内部一致性系数为 0.81。

四、研究程序

在征得学校领导和青少年本人知情同意后，以班级为单位进行团体施测。每个班级配备两名主试，主试向被试详细讲解指导语和样例。在指导语中说明本次调查的意义，并强调对结果保密，要求被试根据自己的实际情况独立作答。被试完成全部问卷约需要 45 分钟。

五、共同方法偏差检验

本研究采用自我报告法收集数据，结果可能受到共同方法偏差的影响。为了尽可能减少该问题带来的影响，本研究进行了事先的程序控制，如将不同问卷分开编排、强调数据匿名性和保密性等。在事后统计控制中采用 Harman 单因子检验，结果表明，探索性因子未转轴的情况下得到 9 个特征根大于 1 的因子，其中第一个因子解释的变异为 17.10%，远小于 40% 的临界标准。这表明本研究数据不存在严重的共同方法偏差问题。

第二节 多重中介效应分析

一、变量间的相关分析

在本研究中，对青少年网络文学阅读、网络文学自我扩展和自我概念清晰性的得分进行积差相关分析。结果如表 13-1 所示，青少年自我概念清晰性与网络文学阅读（$r=-0.20$，$p<0.001$）、自我扩展（$r=-0.36$，$p<0.001$）、角色认同（$r=-0.34$，$p<0.001$）和沉浸感（$r=-0.40$，$p<0.001$）显著负相关，网络文学阅读与自我扩展（$r=0.46$，$p<0.001$）、

角色认同（$r=0.35$，$p<0.001$）和沉浸感（$r=0.48$，$p<0.001$）显著正相关。

表 13-1　描述统计分析和相关分析表

	1	2	3	4	5
1. 网络文学阅读	1	—	—	—	—
2. 自我扩展	0.46***	1	—	—	—
3. 角色认同	0.35***	0.63***	1	—	—
4. 沉浸感	0.48***	0.67***	0.58	1	—
5. 自我概念清晰性	−0.20***	−0.36***	−0.34***	−0.40***	1

注：* 表示 $p<0.05$，** 表示 $p<0.01$，*** 表示 $p<0.001$。

二、中介效应分析

在相关分析的基础上，进一步进行多重中介效应检验。在控制年龄、性别的基础上，应用结构方程模型的分析技术，采用 AMOS18.0 软件建构多重中介模型，对网络文学强度对自我概念清晰性的影响，角色认同中介作用、沉浸感中介作用、自我扩展中介作用以及角色认同、沉浸感和自我扩展的多重链式中介作用进行分析，采用极大似然值估计的方法对假设模型进行检验。模型的各项拟合指数如下：$\chi^2/\mathrm{df}=0.34$，RMSEA=0.00，RMR=0.003，CFI=1.00，GFI=0.99，NFI=0.99。这表明本研究数据与假设模型拟合非常好（侯杰泰，2004）。多重中介检验模型图如图 13-2 所示。

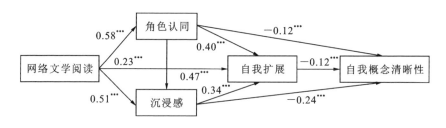

图 13-2　多重中介检验模型图

从该模型可以看出，网络文学阅读完全通过角色认同、沉浸感和自我扩展的多重中介作用影响青少年自我概念清晰性。在此基础上，对各条路径进行更加深入的分析,进一步采用偏差校正的 Bootstrap 法对 7 条中介路径进行检验和分析(方杰,张敏强,邱皓政,2012)。采用 Hayes(2012)编制的 SPSS 宏 PROCESS,通过抽取 5000 份样本,估计中介效应的 95% 置信区间,进行中介效应检验。在控制年龄和性别的基础上,对网络文学阅读与青少年自我概念清晰性之间的多重中介回归分析结果如表 13-2 所示:网络文学阅读显著正向预测角色认同($\beta=0.34$,$p<0.001$);当以沉浸感为结果变量时,网络文学阅读($\beta=0.34$,$p<0.001$)和角色认同($\beta=0.47$,$p<0.001$)显著正向预测沉浸感;当以自我扩展为结果变量时,网络文学阅读($\beta=0.13$,$p<0.001$)、角色认同($\beta=0.33$,$p<0.001$)和沉浸感($\beta=0.41$,$p<0.001$)显著正向预测自我扩展;当以自我概念清晰性为结果变量时,网络文学阅读($\beta=-0.01$,$p>0.05$)对自我概念清晰性的预测不显著,角色认同($\beta=-0.12$,$p<0.01$)、沉浸感（($\beta=-0.22$,$p<0.001$)）和自我扩展($\beta=-0.12$,$p<0.05$)显著预测自我概念清晰性。这表明网络文学阅读可能完全通过角色认同、沉浸感和自我扩展的多重中介作用影响青少年自我概念清晰性。进一步分析 7 条中介效应路径,发现中介效应量的 95% 置信区间不包括 0,也就是说各中介效应路径显著。具体如表 13-3 所示,沉浸感的单独中介效应量最大(38.10%),其次为角色认同的单独中介效应量(23.81%),然后是角色认同—沉浸感的中介效应量(19.05%),接下来依次为沉浸感—自我扩展的中介效应量(9.52%),自我扩展的单独中介效应(9.52%),最后是角色认同—自我扩展的中介效应(4.76%)和角色认同—沉浸感—自我扩展的中介效应(4.76%)。

表 13-2 模型中变量间的回归分析

回归方程		整体拟合指数			回归系数显著性	
结果变量	预测变量	R	R^2	F	β	t
角色认同	性别	0.35	0.12	36.25***	0.02	0.19
	年龄				0.01	0.63
	网络文学阅读				0.34	9.86***

续表

回归方程		整体拟合指数			回归系数显著性	
结果变量	预测变量	R	R^2	F	β	t
沉浸感	性别	0.66	0.44	150.15***	0.04	0.65
	年龄				-0.05	-5.04***
	网络文学阅读				0.34	11.64***
	角色认同				0.47	16.36***
自我扩展	性别	0.74	0.55	191.12***	0.06	1.32
	年龄				0.01	1.33
	网络文学阅读				0.13	4.53***
	沉浸感				0.33	11.44***
					0.41	12.75***
自我概念清晰性	性别	0.43	0.21	34.27***	-0.30	-4.78***
	年龄				0.02	2.03*
	网络文学阅读				-0.01	0.11
	角色认同				-0.12	-3.18**
	沉浸感				-0.22	-4.87***
	自我扩展				-0.12	-2.56*

注：模型中的各变量均经过标准化处理之后代入回归方程；* 表示 $p<0.05$，** 表示 $p<0.01$，*** 表示 $p<0.001$。

表 13-3　多重中介效应表

中介路径	中介效应	Boot 标准误	BootCI 下限	BootCI 上限	相对中介效应
总效应	−0.21	0.02	−0.26	−0.16	100%
路径 1	−0.05	0.02	−0.08	−0.01	23.81%
路径 2	−0.04	0.01	−0.06	−0.02	19.05%
路径 3	−0.01	0.01	−0.03	−0.01	4.76%
路径 4	−0.01	0.01	−0.02	−0.01	4.76%
路径 5	−0.08	0.02	−0.11	−0.04	38.10%
路径 6	−0.02	0.08	−0.03	−0.01	9.52%
路径 7	−0.02	0.01	−0.03	−0.01	9.52%

注：路径 1——网络文学阅读—角色认同—自我概念清晰性；

路径 2——网络文学阅读—角色认同—沉浸感—自我概念清晰性；

路径 3——网络文学阅读—角色认同—自我扩展—自我概念清晰性；

路径 4——网络文学阅读—角色认同—沉浸感—自我扩展—自我概念清晰性；

路径 5——网络文学阅读—沉浸感—自我概念清晰性；

路径 6——网络文学阅读—沉浸感—自我扩展—自我概念清晰性；

路径 7——网络文学阅读—自我扩展—自我概念清晰性。

第三节　基于数据的关系模型讨论

本研究旨在验证角色认同、沉浸感和自我扩展在网络文学阅读与青少年自我概念清晰性之间的多重中介作用。研究结果表明：当将网络文学阅读、角色认同、沉浸感和自我扩展同时纳入回归方程的时候，网络文学阅读对青少年自我概念清晰性的直接作用不显著，但是 7 条中介效应路径作用显著，这表明网络文学阅读可能完全通过角色认同、沉浸感和自我扩展的多重中介模型影响青少年自我概念清晰性。进一步分析 7 条中介效应路径发现：沉浸感的单独中介效应量最大（38.10%），其次为角色认同的单独中介效应量（23.81%），然后是角色认同—沉浸感的中介效应量（19.05%）、沉浸感—自我扩展的中介效应量（9.52%）、自我扩展的单独中介效应（9.52%），最后是角色认同—自我扩展的中介效应（4.76%）和角色认同—沉浸感—自我扩展的单独中介效应（4.76%）。

情绪认知交互作用模型认为：认知与情绪的交互作用影响着人们日常生活的方方面面（刘烨，付秋芳，傅小兰，2009）。以往研究者也证实了角色依恋和认同会加深沉浸体验（魏华等，2012）。本研究结果进一步说明青少年在阅读网络文学的时候，对主人公、角色的认同导致个体沉浸在文学故事中，更加容易随着主人公的大起大落而体验深刻，有一种感同身受的感觉。而这一心理过程是网络文学碎片化影响青少年自我概念的重要途径。

本研究进一步验证了角色认同、沉浸感和自我扩展的多重中介模型。青少年阅读网络文学在极大程度上受到角色认同和沉浸感的影响，青少年在阅读网络文学的时候，由于情绪抒发的阅读动机强烈，会导致自我扩展产生。当他们被"传输"进故事中时，现实世界将变得难以触及，他们的注意力会完全地集中于故事当中，对故事中描述的场景会产生近乎真实的心理表象，同时，会随着故事情节的发展体验到强烈的情绪反应，就好像完全离开了现实世界而迷失在故事世界中一样。青少年往往会表现为阅读完网络文学后，还是沉浸在故事当中出不来，从而迷失了自我。

综上所示，青少年网络文学阅读行为通过角色认同、沉浸感的单独中介作用，角色认同—沉浸感、角色认同—自我扩展、沉浸感—自我扩展和角色认同—沉浸感—自我扩展的链式中介作用影响个体自我概念清晰性，再次验证在网络文学阅读中，认知因素和情感因素互相影响，共同作用于青少年自我概念清晰性。

第四节 小 结

本章旨在探讨角色认同、沉浸感、自我扩展在网络文学阅读与青少年自我概念清晰性之间的多重中介效应，研究结果有如下几点。

① 网络文学阅读、角色认同、沉浸感、自我扩展与青少年自我概念清晰性显著负相关。

② 角色认同在网络文学阅读与青少年自我概念清晰性之间起到中介作用。

③ 角色认同—沉浸感在网络文学阅读与青少年自我概念清晰性之间起到链式中介作用。

④ 角色认同—沉浸感—自我扩展在网络文学阅读与青少年自我概念清晰性之间起到链式中介作用。

⑤ 沉浸感在网络文学阅读与青少年自我概念清晰性之间起到中介作用。

⑥ 沉浸感—自我扩展在网络文学阅读与青少年自我概念清晰性之间起到链式中介作用。

⑦ 自我扩展在网络文学阅读与青少年自我概念清晰性之间起到中介作用。

第十四章 青少年网络文学阅读对自我概念清晰性的影响：有调节的中介作用

第一节 研究思路及方法

一、研究目的

本章研究旨在探讨人物相似性、年龄和性别是否调节了角色认同、沉浸感和自我扩展在网络文学阅读与自我概念清晰性之间的多重中介作用。

二、研究假设

如图 14-1 至图 14-3 的多重中介模型所示，本研究提出以下三点假设。

假设 1：年龄、性别和人物相似性调节了角色认同在青少年网络文学阅读与自我概念清晰性之间的中介作用。

假设 2：年龄、性别和人物相似性调节了沉浸感在青少年网络文学阅读与自我概念清晰性之间的中介作用。

假设 3：年龄、性别和人物相似性调节了自我扩展在青少年网络文学阅读与自我概念清晰性之间的中介作用。

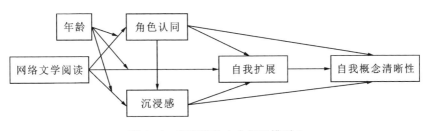

图 14-1　有调节的中介假设模型 1

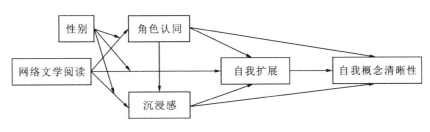

图 14-2　有调节的中介假设模型 2

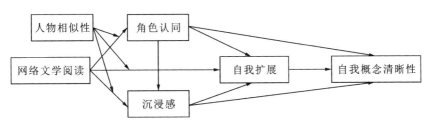

图 14-3　有调节的中介假设模型 3

三、研究方法

1. 研究被试

研究包括来自湖北省武汉市一所普通中学、一所普通高中和三所全日制本科大学的有阅读经验的学生 777 人。其中初中生 302 人（38.87%），高中生 168 人（21.62%），大学生 307 人（39.51%）；男生 370 人（47.62%），女生 407 人（52.38%）；平均年龄为（16.34±3.03）岁，平均看网络文学（2.89±2.53）年，平均看网络小说（79.23±251.88）本。

2. 研究工具

① 网络文学阅读强度量表、角色认同量表、沉浸感量表、自我扩展量表和自我概念清晰性量表同第十三章。

② 人物相似性：用来测量自我—他人表征的经典范式，最初用来测量恋人间的亲密关系（Aron，2012），后来延伸到对其他关系的测量。在人物相似性量表中，要求被试从一系列类似维恩图的图形中选择出最能描述出两者之间关系的图片，这些类似维恩图的图形中的两个圆分别代表着两个人，两个圆的重叠度代表自己和他人的关系。在图片中，每个圆的面积是一定的，重叠的程度是线性推进的，重叠面积代表二者之间的相似度，共有 7 个等级，分别代表从完全不同到完全相同。这种测量方式的信效度在很多研究中证实良好（孔繁昌，张妍，周宗奎，2014）。

四、研究程序

在征得学校领导和青少年本人知情同意后，以班级为单位进行团体施测。每个班级配备两名主试，主试向被试详细讲解指导语和样例。在指导语中说明本次调查的意义，并强调对结果保密，要求被试根据自己的实际情况独立作答。被试完成全部问卷约需要 45 分钟。

第二节　有调节的中介效应分析

一、描述性统计和变量间的相关分析

在本研究中，对人物相似性、青少年网络文学阅读、自我扩展和自我概念清晰性的得分进行积差相关分析。如表 14-1 所示，人物相似性与网络文学阅读（$r=0.10$，$p<0.001$）、自我扩展（$r=0.24$，$p<0.001$）、角色认同（$r=0.44$，$p<0.001$）和沉浸感（$r=0.18$，$p<0.001$）显著正相关，但是和自我概念清晰性（$r=-0.05$，$p>0.05$）相关不显著。

表 14-1　描述统计分析和相关分析表

	$M \pm SD$	1	2	3	4	5	6
1. 人物相似性	2.29 ± 1.49	1	—	—	—	—	—
2. 网络文学阅读	-0.05 ± 0.62	0.10^{***}	1	—	—	—	—
3. 自我扩展	2.74 ± 0.95	0.24^{***}	0.46^{***}	1	—	—	—
4. 角色认同	2.41 ± 0.92	0.44^{***}	0.35^{***}	0.63^{***}	1	—	—
5. 沉浸感	2.97 ± 1.12	0.18^{***}	0.48^{***}	0.67^{***}	0.58	1	—
6. 自我概念清晰性	2.94 ± 0.69	-0.05	-0.20^{***}	-0.36^{***}	-0.34^{***}	-0.40^{***}	1

注：* 表示 $p<0.05$，** 表示 $p<0.01$，*** 表示 $p<0.001$。

二、年龄有调节的中介效应检验

将网络文学阅读、角色认同、沉浸感、自我扩展、年龄和自我概念清晰性 6 个变量进行标准化处理，采用 Hayes（2012）编制的 SPSS 宏 PROCESS，通过抽取 5000 份样本，估计有调节中介效应的 95% 置信区间，进行模型检验。结果如表 14-2 所示，网络文学阅读与年龄的乘积项显著预测角色认同（$\beta=-0.09$，$p<0.01$）、沉浸感（$\beta=-0.07$，$p<0.01$）和自我扩展（$\beta=-0.11$，$p<0.01$）。角色认同（$\beta=-0.13$，$p<0.05$）、沉浸感（$\beta=-0.25$，$p<0.001$）和自我扩展（$\beta=-0.10$，$p<0.01$）显著负向预测自我概念清晰性。结果说明，年龄调节了角色认同、沉浸感和自我扩展的中介效应。

表 14-2　年龄有调节的中介检验结果

回归方程		整体拟合指数			回归系数显著性	
结果变量	预测变量	R	R^2	F	β	t
角色认同	网络文学阅读	0.32	0.10	19.72^{***}	2.11	4.96^{***}

续表

回归方程		整体拟合指数			回归系数显著性	
结果变量	预测变量	R	R^2	F	β	t
角色认同	年龄				−0.00	−0.14
	交互项				−0.09	−3.82**
沉浸感	网络文学阅读	0.46	0.21	46.30***	2.09	3.58***
					−0.04	−3.58***
	年龄				−0.07	−3.32***
	交互项					
自我扩展	网络文学阅读	0.41	0.17	35.51***	2.32	5.86***
	年龄				−0.01	−1.17
	交互项				−0.09	−4.25**
自我概念清晰性	角色认同	0.47	0.22	27.32***	−0.13	−3.13**
	沉浸感				−0.25	−5.35***
	自我扩展				−0.10	−2.00**
	网络文学阅读				−0.43	−1.09

注：交互项为 $Z_{年龄}$ 与 $Z_{网络文学阅读}$ 的乘积项，模型中的各变量均经过标准化处理之后代入回归方程；* 表示 $p<0.05$，** 表示 $p<0.01$，*** 表示 $p<0.001$。

为了深入考虑年龄和网络文学阅读的交互作用，进一步通过简单效应分析来考察不同年龄的青少年网络文学阅读对自我概念清晰性的影响。进一步的简单效应分析（Aiken，West，1991）表明，低年龄青少年的网络文学阅读行为对角色认同具有显著的正向预测作用［简单斜率分析（simple slope）=0.81，$t=5.22$，$p<0.001$］，高年龄青少年的网络文学阅读行为对角色认同的预测作用下降显著（simple slope=0.15，$t=1.06$，$p>0.05$）（图 14-4），同时随着年龄的增长，角色认同的中介效应量也呈下降趋势，直至不显著（表 14-3）；低年龄青少年的网络文学阅读行为显著正向预测沉浸感（simple slope=1.18，$t=6.26$，$p<0.001$），高年龄青少年的网络文学阅读行为对沉浸感的预测作用下降显著（simple slope=0.65，$t=4.17$，$p<0.001$）（图 14-5），同时随着年龄的增长，沉浸感的

中介效应量也呈下降趋势（表 14-3）；低年龄青少年的网络文学阅读对自我扩展具有显著的正向预测作用（simple slope＝1.10，$t=6.99$，$p<0.001$），高年龄青少年的网络文学阅读对自我概念清晰性的预测作用下降显著（simple slope＝0.53，$t=3.86$，$p<0.001$）（图 14-6），同时，随着年龄的增长，自我扩展的中介效应量也呈下降趋势（表 14-3）。

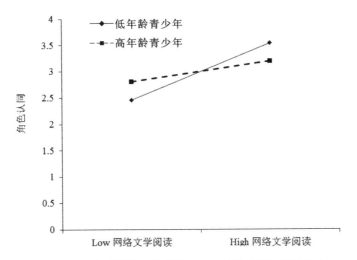

图 14-4　年龄对网络文学阅读对角色认同影响的调节效应

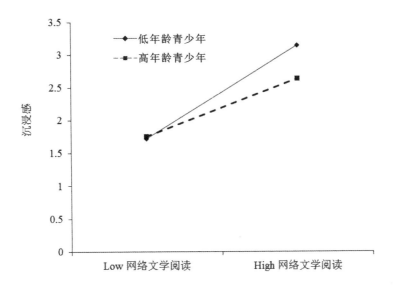

图 14-5　年龄对网络文学阅读对沉浸感影响的调节效应

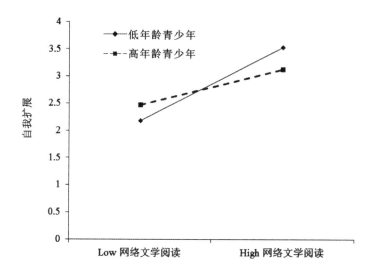

图 14-6　年龄对网络文学阅读对自我扩展影响的调节效应

表 14-3　不同年龄段的中介效应表

	年龄	中介效应	Bootstrap 标准误	Bootstrap 下限	Bootstrap 上限
角色认同	$M-SD$	-0.05	0.02	-0.10	-0.01
	M	-0.04	0.02	-0.08	-0.01
	$M+SD$	-0.03	0.01	-0.07	-0.01
沉浸感	$M-SD$	-0.14	0.03	-0.21	-0.08
	M	-0.12	0.03	-0.18	-0.08
	$M+SD$	-0.10	0.02	-0.15	-0.07
自我扩展	$M-SD$	-0.07	0.03	-0.13	-0.01
	M	-0.06	0.03	-0.11	-0.01
	$M+SD$	-0.05	0.02	-0.09	-0.01

三、性别有调节的中介效应检验

将网络文学阅读、角色认同、沉浸感、自我扩展、性别和自我概念清晰性 6 个变量进行标准化处理，采用 Hayes（2012）编制的 SPSS 宏 PROCESS，通过抽取 5000 份样本，估计有调节中介效应的 95% 置信区间，进行模型检验。结果如表 14-4 所示，网络文学阅读与性别的乘积项显著预测自我扩展（$\beta=-0.15$，$p<0.05$），对角色认同（$\beta=-0.09$，$p>0.05$）和沉浸感（$\beta=-0.03$，$p>0.05$）的预测作用不显著。角色认同（$\beta=-0.13$，$p<0.01$）、沉浸感（$\beta=-0.25$，$p<0.001$）和自我扩展（$\beta=-0.10$，$p<0.01$）显著负向预测自我概念清晰性。结果说明，性别调节了自我扩展的中介效应。

表 14-4　性别有调节的中介检验结果

回归方程		整体拟合指数			回归系数显著性	
结果变量	预测变量	R	R^2	F	β	t
角色认同	网络文学阅读	0.46	0.21	46.83***	0.58	5.21***
	性别				0.26	1.56
	交互项				-0.09	0.54
沉浸感	网络文学阅读	0.54	0.30	72.67***	0.46	4.42**
	性别				0.06	0.36
	交互项				-0.03	0.50
自我扩展	网络文学阅读	0.52	0.28	66.74***	0.72	6.95***
	性别				0.53	3.41**
	交互项				-0.15	-2.50*
自我概念清晰性	角色认同	0.47	0.22	27.32***	-0.13	-3.13**
	沉浸感				-0.25	-5.35***
	自我扩展				-0.10	-2.00**
	网络文学阅读				-0.43	-1.09

注：交互项为 $Z_{性别}$ 与 $Z_{网络文学阅读}$ 的乘积项，模型中的各变量均经过标准化处理之后代入回归方程；* 表示 $p<0.05$，** 表示 $p<0.01$，*** 表示 $p<0.001$。

为了深入考虑性别和网络文学阅读的交互作用，进一步通过简单效应检验分析来考察不同性别青少年的网络文学阅读对自我概念清晰性的影响。进一步简单效应分析（Aiken，West，1991）表明，相较于女性，男性青少年网络文学阅读对自我扩展的预测作用更强，表现为男性青少年网络文学阅读对自我扩展具有显著的正向预测作用（simple slope＝0.73，$t=7.05$，$p<0.001$），女性青少年网络文学阅读对自我扩展的预测作用也显著（simple slope＝0.54，$t=8.52$，$p<0.001$），预测效应降低（图 14-7），自我扩展的中介效应量也呈下降趋势（表 14-5）。

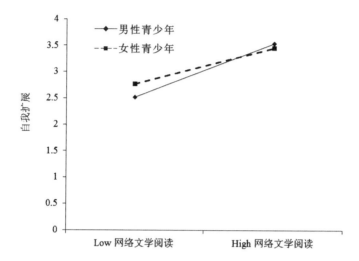

图 14-7　性别对网络文学阅读对自我扩展影响的调节效应

表 14-5　不同性别中介效应表

	性别	中介效应	Bootstrap 标准误	Bootstrap 下限	Bootstrap 上限
自我扩展	男性	－0.09	0.04	－0.16	－0.02
	女性	－0.06	0.02	－0.11	－0.01

四、人物相似性有调节的中介效应检验

将网络文学阅读、角色认同、沉浸感、自我扩展、人物相似性和自我概念清晰性 6 个变量进行标准化处理，采用 Hayes（2012）编制的 SPSS 宏 PROCESS，通过抽取 5000 份样本，估计有调节中介效应的 95% 置信区间，进行模型检验。结果如表 14-6 所示，网络文学阅读与人物相似性的乘积项显著预测角色认同（$\beta=0.09$，$p<0.05$）和自我扩展（$\beta=0.10$，$p<0.05$），但是对沉浸感的预测不显著（$\beta=0.06$，$p>0.05$）。角色认同（$\beta=-0.17$，$p<0.01$）、沉浸感（$\beta=-0.23$，$p<0.001$）、自我扩展（$\beta=$

−0.13，$p<0.05$）和人物相似性（$\beta=0.06$，$p<0.05$）显著预测自我概念清晰性。结果说明，人物相似性调节了角色认同和自我扩展的中介效应。

表 14-6　人物相似性有调节的中介检验结果

回归方程		整体拟合指数			回归系数显著性	
结果变量	预测变量	R	R^2	F	β	t
角色认同	网络文学阅读	0.52	0.27	50.94***	0.28	2.72**
	人物相似性				0.28	11.95
	交互项				0.09	2.32*
沉浸感	网络文学阅读	0.47	0.22	39.67***	0.67	6.51***
	人物相似性				0.09	3.87***
	交互项				0.06	1.47
自我扩展	网络文学阅读	0.45	0.21	35.72***	0.43	4.24***
	人物相似性				0.13	5.64***
	交互项				0.10	2.52*
自我概念清晰性	角色认同	0.43	0.18	28.96***	−0.17	−3.58**
	沉浸感				−0.23	−4.96***
	自我扩展				−0.13	−2.66*
	网络文学阅读				−0.01	−0.06
	人物相似性				0.06	2.54*

注：交互项为 $Z_{人物相似性}$ 与 $Z_{网络文学阅读}$，模型中的各变量均经过标准化处理之后代入回归方程；* 表示 $p<0.05$，** 表示 $p<0.01$，*** 表示 $p<0.001$。

为了深入考虑人物相似性和网络文学阅读的交互作用，进一步通过简单效应检验分析来考察不同人物相似性水平的青少年网络文学阅读对自概念清晰性的影响。对于阅读网络文学的人物相似性较低的（$M-$SD）青少年，网络文学阅读对角色认同具有显著的正向预测作用（simple slope＝0.27，$t=4.73$，$p<0.001$），对于阅读网络文学的人物相似性高的（$M+$SD）青少年，网络文学阅读对角色认同的预测作用显著（simple slope＝0.39，$t=4.69$，$p<0.001$），即随着阅读网络文学的人物角色与个体相似性增加，网络文学阅读对角色认同的预测作用增加（图14-8），并且角色认同在网络文学阅读与自我概念清晰性之间的中介作用呈上升趋势（表14-7）。对于阅读网络文学的人物相似性较低的（$M-$SD）青少年，网络文学阅读对自我扩展具有显著的正向预测作用（simple slope＝0.36，$t=6.54$，$p<0.001$），对于阅读人物相似性高的（$M+$SD）青少年，网络文学阅读对自我扩展的预测作用显著（simple slope＝0.56，$t=7.44$，$p<0.001$），即随着阅读网络文学的人物角色与个体相似性增加，网络文学阅读对自我扩展的正向预测作用增加（图14-9），并且自我扩展在网络文学阅读与自我概念清晰性之间的中介作用呈上升趋势（表14-7）。

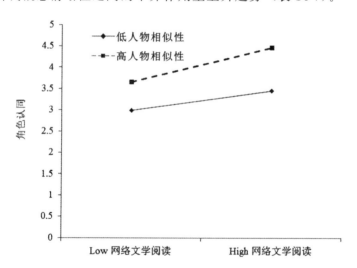

图 14-8　人物相似性对网络文学阅读对角色认同影响的调节效应

表 14-7　不同人物相似性水平下的中介效应表

	人物相似性	中介效应	Bootstrap 标准误	Bootstrap 下限	Bootstrap 上限
	$M-$SD	−0.04	0.02	−0.08	−0.02
角色认同	M	−0.05	0.02	−0.08	−0.02
	$M+$SD	−0.06	0.02	−0.11	−0.02

续表

	人物相似性	中介效应	Bootstrap 标准误	Bootstrap 下限	Bootstrap 上限
自我扩展	$M-SD$	−0.04	0.02	−0.09	−0.01
	M	−0.05	0.02	−0.10	−0.01
	$M+SD$	−0.06	0.03	−0.12	−0.01

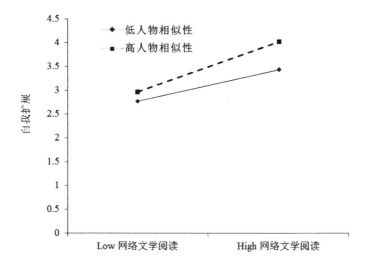

图 14-9　人物相似性对网络文学阅读对自我扩展影响的调节效应

第三节　基于数据的关系模型讨论

一、年龄有调节的中介作用

本研究旨在探讨年龄对青少年网络文学阅读对自我概念清晰性影响的中介效应的调节作用。研究结果表明，年龄调节了角色认同、沉浸感和自我扩展的中介效应。具体分析显示，随着年龄的增长，角色认同、沉浸感和自我扩展的中介作用显著降低，这与青少年发展阶段的特点相一致。根据皮亚杰的自我认知发展理论，随着年龄的增长，青少年思维的复杂程度增加。随着个体认识思维能力的增长，个体对自己的看法和评价也日趋复杂和全面。初中生刚接触网络文学，容易被网络文学所影响，学习网络文学主人公的风格和认同网络文学所塑造的价值观和人生观。这一结果对青少年自我发展危害极大，因此需要广大家长和教师从初中开始培养学生健康和积极的文学阅读素养，避免青少年为了追求刺激体验而大量阅读没有意义和逻辑性差的网络文学。同时，积极正向的故事主角塑造会更加有利于青少年在放松自我的同时，进一步通过对比现实自我和网络文学中的各种可能自我，找到真实自我。

二、性别有调节的中介作用

本研究结果表明不同性别青少年的网络文学阅读对自我概念清晰性的影响不同。表现为男生更容易通过网络文学自我扩展影响自我概念清晰性。本书第五章的结果表明男性网络文学主要与世界、末日等抽象空间相关，女性网络文学主要与王妃、穿越、总裁、王爷等描述状态和与人有关的词汇相关。表现出女性更强的人际取向，更加关注人与人的关系。已有研究表明男生使用互联网更偏重信息的获取，女生则更加关注人际沟通（Tasi，Tasi，2010）。另外，语义分析的结果也显示，女性网络文学会有更多认知和感知成分，自我代入性强，集中探讨人与人之间的关系发生和发展过程，但是男性网络文学则更加关注个人成长。从自我扩展的角度分析，男生通过网络文学扩展更多的可能是故事主角的任务特点，而女性扩展的则是人际关系和互动层面的理念和方式，而前面研究也表明男性网络文学更多塑造的是各种巅峰人生，与现实生活距离比较远，那么必然与现实自我差异极大。所以男性网络文学更多地通过自我扩展来影响个体自我概念清晰性。因此，虽然女性在网络文学接触比例和动机上显著高于男性，但是男性阅读网络文学给自我概念清晰性带来的损害更大，更加需要得到家长和教师的指导。

三、人物相似性有调节的中介作用

本研究旨在探讨人物相似性调节青少年网络文学阅读对自我概念清晰性影响的中介效应。研究结果表明人物相似性调节了角色认同和自我扩展的中介效应。进一步进行简单效应检验分析，结果表明：随着阅读网络文学的人物角色与个体相似性的增加，网络文学阅读对角色认同的预测作用增加，并且角色认同在网络文学阅读与自我概念清晰性之间的中介作用呈上升趋势；随着阅读网络文学的人物角色与个体相似性的增加，网络文学阅读对自我扩展的正向预测作用增加，并且自我扩展在网络文学阅读与自我概念清晰性之间的中介作用呈上升趋势，这与前人相关研究一致。大量研究证实角色相似性对叙事说服影响非常大（Moyer-Gusé, Nabi, 2010; Murphy, et al, 2013）。De Graaf（2014）和 Hoeken, et al（2016）通过研究发现，角色相似性能提升个体对角色的同化作用，并且这种相似性不是外表和生活环境等物理特征的相似性，而是心理指标的相似性，例如都是热情外向的人，都是不怕困难勇于挑战的人。Shedlosky-Shoemaker, Costabile 和 Arkin（2014）关于小说人物对个体自我扩展影响的研究也表明：感知相似性越高，个体在阅读小说时对角色认同感越高，自我扩展的程度也越强。

　　青少年在阅读网络文学时，越多地感知到小说主人公与现实自我相似，对自我概念清晰性的影响越多。网络文学呈现出年轻化的趋势，掌阅数据研究中心发布的《2017 年上半年网文阅读习惯报告》显示，掌阅的 90 后用户占 41%，00 后用户占 34%，成为网文阅读的主体力量，报告中还指出，网文的作者也呈现出年轻化的趋势。其中，80 后、90 后作者占 92%，90 后作者占比更是达到 59%，超过作者总量半数以上。因为青少年是网络文学的主要阅读群体，为了吸引他们阅读，年轻作者会撰写一些发生在青少年身上的故事。例如《择天记》的故事主人公年龄在 17～18 岁，在修仙世界中探索"我是谁"和"我要去哪里"的问题。这些都会引起青少年与故事主角相似性的感知，那么青少年在阅读的时候可能更多地认同故事所塑造的角色的特征，并将故事主角的经历与性格同化到个体的自我概念中。这样一来，他们可能在现实生活中扮演故事中的主角，在主角的身份中迷失了自我。

　　综上所述，前文研究的结果表明，网络文学对青少年自我概念清晰性的影响主要通过角色认同、沉浸感和自我扩展来实现，本章研究进一步验证了年龄、性别和人物相似性不同水平上中介效应的不一致，更加清楚明白地阐述青少年网络文学阅读对自我概念清晰性的影响。

第四节 小 结

本章致力于了解个体变量（年龄和性别）和文学特点（人物相似性）对多重中介效应的调节作用，结果有如下几点。

① 年龄调节了角色认同、沉浸感和自我扩展在青少年网络文学阅读与自我概念清晰性之间的中介作用。

② 性别调节了自我扩展在青少年网络文学阅读与自我概念清晰性之间的中介作用。

③ 人物相似性调节了角色认同、自我扩展在青少年网络文学阅读与自我概念清晰性之间的中介作用。

第五部分

青少年网络文学阅读对自我概念清晰性的影响：同伴和家庭作用

根据技术生态系统理论，个体在网络中的行为需要重点考虑个体、技术和环境因素的交互作用（Johnson，Puplampu，2008）。青少年在网络中的文学阅读行为，不仅影响个体自我概念发展，受到阅读中角色认同、沉浸感和自我扩展的影响，也会因为外部环境的差异而有所不同。通过本书第四部分的系列研究，基于认知的视角探讨了青少年网络文学阅读对自我概念清晰性影响的心理机制。为了更加系统地了解青少年网络阅读行为对自我概念清晰性的影响，本部分研究致力于探讨外部环境因素的重要作用。

青少年时期，同伴越来越成为重要他人，对青少年的心理健康、行为规范和社会适应至关重要，它与家庭环境一起构成青少年自我发展和社会化的两个核心系统（Brown，Dolcini，Leventhal，1997；Harris，1995）。以往研究证实同伴友谊有助于个体自我概念建立（Franzis，et al，2013；张晓洲等，2015；周宗奎等，2015）。在前期访谈中，大多数学生除了在网络上主动搜索自己喜欢的文学作品以外，他们更多的是通过身边同学交流和推荐来选择自己喜欢的作品阅读。对文学阅读动机部分的研究表明，社会交往成为青少年阅读文学作品的动机之一，这也再次说明同伴的重要性。本部分第十五章致力于探讨同伴友谊在青少年网络文学阅读与自我概念清晰性之间的作用。

鉴于家庭在个体，尤其是在青少年心理发展中的重要作用，家庭的作用也不容忽视。以往研究发现家庭功能影响青少年自我概念发展（Artelt, et al, 2003；石雷山等, 2013；徐夫真, 张文新, 张玲玲, 2009）。家庭功能作为青少年自我成长的保护性因素，可以在一定程度上保护青少年，远离网络使用的负面影响。本部分第十六章致力于探讨家庭功能在青少年网络文学阅读与自我概念清晰性之间的作用。综上所述，同伴友谊和家庭功能是否调节了青少年网络文学阅读对自我概念清晰性的影响，起到一定的保护性作用，是本部分研究的重点。

第十五章　青少年网络文学阅读对自我概念清晰性的影响：同伴的作用

第一节　研究思路及方法

一、研究目的

本章研究旨在探讨同伴友谊是否调节了我国青少年网络文学阅读对自我概念清晰性的影响。

二、研究假设

如图 15-1 调节效应假设模型图所示，本章的研究提出以下几点假设。

假设 1：同伴友谊与青少年网络文学阅读显著负相关。

假设 2：同伴友谊与青少年自我概念清晰性显著正相关。

假设 3：同伴友谊调节了青少年网络文学阅读对自我概念清晰性的影响。

假设 4：青少年网络文学阅读、同伴友谊和学段对自我概念清晰性的影响存在三项交互调节关系。

假设 5：青少年网络文学阅读、同伴友谊和性别对自我概念清晰性的影响存在三项交互调节关系。

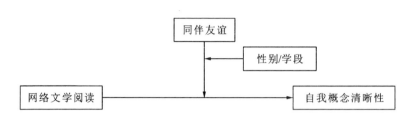

图 15-1　同伴友谊的调节效应假设模型图

三、研究方法

1. 研究工具

① 网络文学阅读强度量表、角色认同量表、沉浸感量表和自我扩展量表，同第十三章。

② 青少年自我概念清晰性量表：采用第七章中的量表，即 Campbell 等人（1996）编制的自我概念清晰性量表，量表包括 12 个题目，用来测量个体自我概念清晰性和一致性程度。

③ 同伴友谊量表：采用 Furman 和 Buhrmester 编制的青少年友谊质量量表（Friendship Quality Inventory，FQI），该量表在以往的研究中得到广泛应用。国内学者范兴华和方晓义（2004）对其进行了修订，量表包括 16 道题，包含帮助与支持、同伴冲突、伙伴关系和亲密性四个维度，采用 5 点计分法。在本研究中，内部一致性系数为 0.70。

2. 研究被试

本研究被试为来自湖北省武汉市的两所普通中学、两所普通高中和三所大学有网络文学阅读经验的学生，共 1571 人。如表 15-1 所示，其中男生 634 人（40.36%），女生 910 人（57.92%），缺失 27 人（1.72%）；初中生 475 人（30.24%），高中生 523 人（33.29%），大学生 573 人（36.47%）；平均年龄为（16.30±2.82）岁，平均阅读网络文学（3.05±2.34）年，平均阅读网络文学作品（86.62±326.97）本。

表 15-1　被试一览表

类别		人数/人	比例/（%）
性别	男生	634	40.36
	女生	910	57.92
	缺失	27	1.72
学段	初中生	475	30.24
	高中生	523	33.29
	大学生	573	36.47

四、共同方法偏差检验

本研究采用自我报告法收集数据，结果可能受到共同方法偏差的影响。为了尽可能减少该问题带来的影响，本研究进行了事先的程序控制，如将不同问卷分开编排、强调数据匿名性和保密性等。在事后统计控制中采用 Harman 单因子检验，结果表明，探索性因子未转轴的情况下得到 10 个特征根大于 1 的因子，其中第一个因子解释的变异为 15.22%，远小于 40% 的临界标准。这表明本研究数据不存在严重的共同方法偏差问题。

第二节　调节效应分析

一、青少年网络文学阅读、同伴友谊与自我概念清晰性的关系分析

对青少年网络文学阅读、同伴友谊、自我概念清晰性进行皮尔逊积差相关分析，结果如表 15-2 所示：青少年网络文学阅读与自我概念清晰性显著负相关（$r=-0.21$, $p<0.001$），同伴友谊与自我概念清晰性显著负相关（$r=-0.10$, $p<0.001$），同伴友谊与性别显著正相关（$r=0.14$, $p<0.001$），与年级显著负相关（$r=-0.05$, $p<0.001$）。

表 15-2 青少年网络文学阅读、同伴友谊与自我概念清晰性的相关分析

	1	2	3	4	5
1. 性别	1	—	—	—	—
2. 年级	−0.15***	1	—	—	—
3. 网络文学阅读	0.09***	−0.18***	1	—	—
4. 同伴友谊	0.14***	−0.05***	−0.02	1	—
5. 自我概念清晰性	−0.15***	0.01	−0.21***	−0.10***	1

注：所有相关均达到显著性水平；* 表示 $p<0.05$，** 表示 $p<0.01$，*** 表示 $p<0.001$。

二、网络文学阅读、学段、同伴友谊的三项交互调节效应分析

在相关分析的基础上进行调节效应分析，采用 Hayes（2012）编制的 SPSS 宏 PROCESS，通过抽取 5000 份样本，估计有调节中介效应的 95% 置信区间进行模型检验。基于相关分析的结果，对文学阅读、学段和同伴友谊的三项交互作用进行分析。结果如表 15-3 所示：网络文学阅读显著负向预测青少年自我概念清晰性（$\beta=-0.12$，$p<0.01$），文学阅读与同伴友谊的交互显著正向预测自我概念清晰性（$\beta=0.11$，$p<0.01$），说明同伴友谊调节了网络文学阅读对自我概念清晰性的作用。网络文学阅读、同伴友谊和学段的三项交互显著负向预测自我概念清晰性（$\beta=-0.05$，$p<0.001$），说明在同伴友谊和学段的不同水平下，网络文学阅读对自我概念清晰性的影响有显著差异。

表 15-3 有调节的中介检验结果

回归方程		整体拟合指数			回归系数显著性	
结果变量	预测变量	R	R^2	F	β	t
自我概念清晰性	同伴友谊	0.23	0.51	9.45***	0.01	0.98
	网络文学阅读				−0.12	−2.77**
	交互项 1				0.11	2.71**
	学段				0.14	0.69

续表

回归方程		整体拟合指数			回归系数显著性	
结果变量	预测变量	R	R^2	F	β	t
自我概念清晰性	交互项 2	0.23	0.51	9.45***	0.01	0.52
	交互项 3				−0.02	−0.47
	交互项 4				−0.05	−2.64**

注：交互项 1 为 $Z_{网络文学阅读}$ 与 $Z_{同伴友谊}$ 乘积，交互项 2 为 $Z_{网络文学阅读}$ 与 $Z_{学段}$ 乘积，交互项 3 为 $Z_{同伴友谊}$ 与 $Z_{学段}$ 乘积，交互项 4 为 $Z_{网络文学阅读}$、$Z_{同伴友谊}$ 和 $Z_{学段}$ 三项乘积，模型中的各变量均经过标准化处理之后带入回归方程；* 表示 $p<0.05$，** 表示 $p<0.01$，*** 表示 $p<0.001$。

首先，为了深入考虑交互作用，进一步通过简单效应检验分析来考察不同同伴友谊和家庭功能的青少年网络文学阅读对自我概念清晰性的影响。对不同同伴友谊质量水平进行简单效应分析（Aiken，West，1991），结果表明，低同伴友谊质量的青少年网络文学阅读行为对自我概念清晰性的预测作用显著（simple slope=−0.13，$t=-3.05$，$p<0.01$），高同伴友谊质量的青少年网络文学阅读行为对自我概念清晰性的预测作用不显著（simple slope=−0.02，$t=-2.17$，$p>0.05$）（图 15-2），即随着同伴友谊质量的升高，青少年网络文学阅读行为对自我概念清晰性的负向影响逐渐降低至不显著。

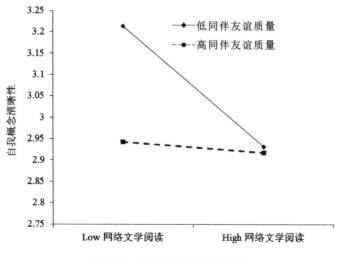

图 15-2　同伴友谊的调节作用

其次，回归分析结果显示，网络文学阅读、同伴友谊和学段的交互作用显著。为进一步分析在同伴友谊和学段的不同水平上，网络文学阅读对自我概念清晰性的影响差异，采用进一步简单效应分析。结果如图15-3所示：高学段、高友谊组青少年的网络文学阅读行为对自我概念清晰性的预测作用显著（simple slope=－0.12，t＝－4.44，p＜0.01），高学段、低友谊组青少年的网络文学阅读行为对自我概念清晰性的预测作用显著（simple slope=－0.07，t＝－2.37，p＜0.01）；低学段、高友谊组青少年的网络文学阅读行为对自我概念清晰性的预测作用显著（simple slope=－0.07，t＝－2.50，p＜0.01），低学段、低友谊组青少年的网络文学阅读行为对自我概念清晰性的预测作用显著（simple slope=－0.15，t＝－5.82，p＜0.01）（图15-3）。综上所述，低学段、低友谊组的青少年，网络文学阅读行为对自我概念清晰性的负向影响最大，高学段、低友谊组其次，再次是高友谊、高学段组，最低的是低学段、高友谊组。

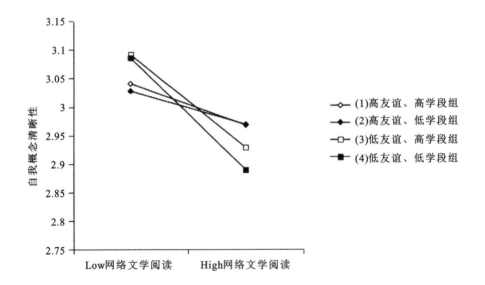

图15-3　网络文学阅读、同伴友谊和学段三项交互作用图

三、网络文学阅读、性别、同伴友谊的三项交互调节效应分析

在相关分析的基础上进行调节效应分析,采用 Hayes(2012)编制的 SPSS 宏 PROCESS,通过抽取 5000 份样本,估计有调节中介效应的 95% 置信区间来进行模型检验。基于相关分析的结果,对网络文学阅读、性别和同伴友谊的三项交互作用进行分析。结果如表 15-4 所示:网络文学阅读预测青少年自我概念清晰性不显著($\beta=-0.07$,$p>0.05$),网络文学阅读与同伴友谊的交互显著正向预测自我概念清晰性($\beta=0.11$,$p<0.05$),说明同伴友谊调节了网络文学阅读对自我概念清晰性的作用。网络文学阅读、同伴友谊和性别的三项交互显著负向预测自我概念清晰性($\beta=-0.06$,$p<0.05$),说明在同伴友谊和性别的不同水平下,网络文学阅读对自我概念清晰性的影响有显著差异。

表 15-4 有调节的中介检验结果

回归方程		整体拟合指数			回归系数显著性	
结果变量	预测变量	R	R^2	F	β	t
自我概念清晰性	同伴友谊	0.25	0.06	11.48***	0.03	0.34
	网络文学阅读				-0.07	-1.32
	交互项1				0.11	2.05*
	性别				-0.23	-4.43***
	交互项2				-0.01	-0.45
	交互项3				-0.04	-0.65
	交互项4				-0.06	-1.89*

注:交互项1为 $Z_{网络文学阅读}$ 与 $Z_{同伴友谊}$ 乘积,交互项2为 $Z_{网络文学阅读}$ 与 $Z_{性别}$ 乘积,交互项3为 $Z_{同伴友谊}$ 与 $Z_{性别}$ 乘积,交互项4为 $Z_{网络文学阅读}$、$Z_{同伴友谊}$ 和 $Z_{性别}$ 三项乘积,模型中的各变量均经过标准化处理之后代入回归方程;* 表示 $p<0.05$,** 表示 $p<0.01$,*** 表示 $p<0.001$。

回归分析结果显示,网络文学阅读、同伴友谊和学段的三项交互作用显著。为进一步分析在同伴友谊和学段的不同水平上,网络文学阅读对自我概念清晰性影响的差异,采用进一步简单效应分析。结果如图 15-4 所示:男生低友谊青少年的网络文学阅读行为对自我概念清晰性的预测作用显著(simple slope$=-0.13$,$t=-4.83$,$p<0.001$),女生高友谊青少

年的网络文学阅读行为对自我概念清晰性的预测作用显著（simple slope＝－0.10，$t=-4.45$，$p<0.001$）；女生低友谊青少年的网络文学阅读行为对自我概念清晰性的预测作用显著（simple slope＝－0.09，$t=-3.25$，$p<0.05$），而男生高友谊青少年的网络文学阅读行为对自我概念清晰性的预测作用不显著（simple slope＝－0.03，$t=-0.96$，$p>0.05$）。综上所述，同伴友谊质量低的男性青少年，网络文学阅读对自我概念清晰性的负向影响最大，同伴友谊质量高的女性青少年其次，再次是同伴友谊质量低的女性青少年，同伴友谊质量高的男性青少年的网络文学阅读对自我概念清晰性不产生影响。

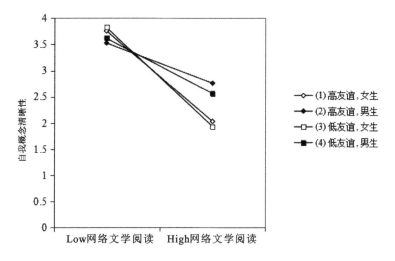

图 15-4　网络文学阅读、同伴友谊和性别的三项交互作用图

第三节　基于数据的关系模型讨论

青少年关于自己的认识即自我概念，是个体对自己的能力、外表和社会接受性等方面的态度、情感的自我知觉。有关理论分析指出，个体关于自己及周围世界的认识必然受到同伴互动经验的影响（Harter，2006），同伴互动经验构成了个体社会知识产生和变化的重要影响因素（Banerjee, Watling, Caputi, 2011；周宗奎等，2015）。社会互动是自我概念形成和发展的前提条件，个体通过总结互动经验并参照他人的评价

而对自己的身体力量、学业能力和社交能力等进行评价，进而形成相关的自我概念。

同伴友谊与青少年的自我概念形成相关。关于网络社交使用的研究也发现，青少年群体的网络社交强度降低了个体的自我概念清晰性，并且这一作用是通过同伴间的上行比较实现的，由于社交网站中他人信息的易得性，社交网站使用强度能够直接以及通过社会比较倾向的中介作用间接负向预测个体的自我概念清晰性（牛更枫等，2016）。也有研究发现，青少年自我概念清晰性在社会网站使用与抑郁之间起到了中介作用（杨秀娟等，2017）。同时，张晓洲等（2015）的研究表明高中友谊质量影响个体自我概念清晰性，表现为友谊质量越好的高中生自我概念清晰性越高，其体验到的负向情绪（孤独感）越低。因此，同伴关系（友谊质量）在网络文学阅读与青少年自我概念清晰性之间起到了重要作用。

一、同伴友谊的调节作用

本研究结果表明，同伴友谊调节了青少年网络文学阅读对自我概念清晰性的影响，随着同伴友谊质量的提升，网络文学阅读对自我概念清晰性的影响逐渐降低到不显著，同伴友谊在网络文学阅读对青少年自我概念清晰性的影响中起到了保护性作用。这验证了本章研究的假设 3。以往研究证实，同伴对于青少年的心理健康、行为规范和社会适应至关重要，它与家庭环境一起构成青少年自我发展和社会化的两个核心系统（Brown，Dolcini，Leventhal，1997；Harris，1995）。Franzis 等人（2013）对青少年自我概念的三年追踪研究发现，青少年的同伴关系影响个体的社交自我概念和学业自我概念发展。张晓洲等人（2015）的研究也发现青少年同伴友谊有助于提升个体自我概念，从而降低抑郁等负向情绪水平。根据本研究结果，同伴友谊质量高的青少年会更少地受到网络文学的影响，他们在阅读网络文学的过程中可能有更多的同伴分享与讨论，这些分享与讨论可以在极大程度上提升个体对网络文学内容的反思与思考，从而理性阅读。这也更进一步说明了同伴友谊质量在青少年自我成长与发展中的重要性。

二、网络文学阅读、同伴友谊和人口学变量的三项交互调节作用

本研究结果表明，网络文学阅读、同伴友谊和学段的三项交互作用显著，表现为对于低学段而言，同伴友谊质量低的青少年，网络文学阅读越多，自我概念清晰性越低，同伴友谊起着重要的保护作用；对于高学段而言，同伴友谊质量低的青少年，网络文学阅读越少，自我概念清晰性越低。这一发现，再次验证了上一部分关于学段的调节作用，即学段越低，网络文学阅读对自我概念清晰性的影响越大。三项交互作用分析更进一步说明了对于低学段、同伴友谊质量低的青少年，网络文学阅读对自我概念清晰性的危害性极大，需要得到广大教育者和家长的重点关注。

本研究结果还表明，网络文学阅读、同伴友谊和性别的三项交互作用显著，表现为同伴友谊质量低的男性青少年，网络文学阅读越多，自我概念清晰性越低；其次是同伴友谊质量低的女性青少年，网络文学阅读越多，自我概念清晰性越低；再次是同伴友谊质量高的女性，相对于同伴友谊质量高的男性，网络文学阅读对自我概念清晰性的影响不显著。这一发现再次验证了上一部分关于性别的调节作用，即男性青少年网络文学阅读对自我概念清晰性的影响较大。三项交互作用分析更进一步说明了对于友谊质量低的男性青少年，网络文学阅读对自我概念清晰性的危害性极大，需要得到广大教育者和家长的重点关注。

因此，低学段、同伴友谊质量低的青少年和同伴友谊质量低的男性青少年是需要广大教育工作者和家长重点关注和呵护的对象。

第四节 小 结

本章研究致力于探讨同伴友谊在网络文学阅读与自我概念清晰性之间的作用，研究结果有如下几点。

① 同伴友谊显著调节了青少年网络文学阅读对自我概念清晰性的影响。

② 在青少年网络文学阅读、同伴友谊和学段对自我概念清晰性的影响中，三项交互调节显著。

③ 在青少年网络文学阅读、同伴友谊和性别对自我概念清晰性的影响中，三项交互调节不显著。

第十六章　青少年网络文学阅读对自我概念清晰性的影响：家庭的作用

第一节　研究思路及方法

一、研究目的

本章研究旨在探讨家庭功能是否调节了青少年网络文学阅读对自我概念清晰性的影响。

二、研究假设

如图 16-1 的调节效应模型图所示，本研究提出以下几点假设。

假设 1：家庭功能与青少年网络文学阅读显著负相关。

假设 2：家庭功能与青少年自我概念清晰性显著正相关。

假设 3：家庭功能调节了青少年网络文学阅读对自我概念清晰性的影响。

假设 4：青少年网络文学阅读、家庭功能和学段对自我概念清晰性的影响中存在三项交互调节关系。

假设 5：青少年网络文学阅读、家庭功能和性别对自我概念清晰性的影响中存在三项交互调节关系。

假设 6：青少年网络文学阅读、家庭功能和同伴友谊对自我概念清晰性的影响中存在三项交互调节关系。

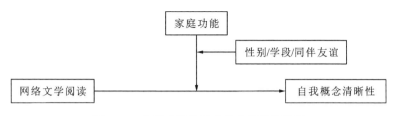

图 16-1　家庭功能的调节效应假设模型图

三、研究方法

1. 研究工具

① 青少年网络文学阅读强度量表同第十三章。

② 青少年自我概念清晰性量表：采用第七章中的量表，即 Campbell 等人（1996）编制的自我概念清晰性量表，量表包括 12 个题目，用来测量个体自我概念清晰性和一致性程度。

③ 同伴友谊量表：采用 Furman 和 Buhrmester 编制的青少年友谊质量量表，该量表在以往的研究中得到广泛应用。国内学者范兴华和方晓义（2004）对其进行了修订，量表包括 16 个题，包含帮助与支持、同伴冲突、伙伴关系和亲密性四个维度，采用 5 点计分法。在本研究中，内部一致性系数为 0.70。

④ 家庭功能量表：采用邹泓等（2007）编制的家庭功能量表，为单一维度量表，共 6 个项目，采用 5 点计分法，1 代表从不，5 代表总是，量表的效度在多项研究中得到证实。在本研究中，本量表由父母完成，本研究中内部一致性信度系数为 0.93。

2. 研究被试

本章研究被试同第十五章一致。

四、共同方法偏差检验

本研究采用自我报告法收集数据，结果可能受到共同方法偏差的影响。为了尽可能减少该问题带来的影响，本研究进行了事先的程序控制，如将不同问卷分开编排、强调数据匿名性和保密性等。在事后统计控制中采用 Harman 单因子检验，结果表明，在探索性因子未转轴的情况下，得到 8 个特征根大于 1 的因子，其中第一个因子解释的变异为

16.86%,远小于40%的临界标准。这表明本研究数据不存在严重的共同方法偏差问题。

第二节 调节效应分析

一、青少年网络文学阅读、家庭功能与自我概念清晰性的关系分析

对青少年网络文学阅读、家庭功能、自我概念清晰性进行皮尔逊积差相关分析,结果如表 16-1 所示:青少年网络文学阅读与自我概念清晰性显著负相关($r=-0.21$,$p<0.001$),家庭功能与自我概念清晰性显著正相关($r=0.09$,$p<0.001$),与网络文学阅读显著负相关($r=-0.10$,$p<0.01$),与性别相关不显著($r=0.04$,$p>0.05$),与年级显著正相关($r=0.05$,$p<0.05$)。

表 16-1 网络文学阅读、同伴友谊、家庭功能与自我概念清晰性的相关分析

	1	2	3	4	5	6
1. 性别	1	—	—	—	—	—
2. 年级	-0.15***	1	—	—	—	—
3. 网络文学阅读	0.09***	-0.18***	1	—	—	—
4. 同伴友谊	0.14***	-0.05***	-0.02	1	—	—
5. 家庭功能	0.04	0.05*	-0.10**	0.35***	1	—
6. 自我概念清晰性	-0.15***	0.01	-0.21***	-0.10***	0.09***	1

注:所有相关均达到显著性水平;* 表示 $p<0.05$,** 表示 $p<0.01$,*** 表示 $p<0.001$。

二、家庭功能的调节效应分析

在相关分析的基础上进行调节效应分析，采用 Hayes（2012）编制的 SPSS 宏 PROCESS，通过抽取 5000 份样本，估计有调节中介效应的 95% 置信区间来进行模型检验。结果如表 16-2 所示：在控制年龄和性别的基础上，以自我概念清晰性为结果变量，家庭功能显著正向预测青少年自我概念清晰性（$\beta=0.14$，$p<0.001$），网络文学阅读与家庭功能的交互项显著负向预测自我概念清晰性（$\beta=-0.04$，$p<0.01$）。因此，网络文学阅读与家庭功能交互作用也显著。

表 16-2 调节效应检验结果

回归方程		整体拟合指数			回归系数显著性	
结果变量	预测变量	R	R^2	F	β	t
自我概念清晰性	年龄	0.30	0.09	23.24***	0.05	1.68
	性别				−0.24	−4.73***
	网络文学阅读				−0.10	−7.29***
	家庭功能				0.14	4.98***
	交互项 1				−0.04	−3.00**

注：交互项 1 为 $Z_{家庭功能}$ 与 $Z_{网络文学阅读}$ 的乘积项；模型中的各变量均经过标准化处理之后代入回归方程；* 表示 $p<0.05$，** 表示 $p<0.01$，*** 表示 $p<0.001$。

为了深入考虑交互作用，进一步通过简单效应检验分析来考察不同同伴友谊和家庭功能的青少年的网络文学阅读对自我概念清晰性的影响。对不同家庭功能水平进行简单效应分析（Aiken，West，1991），结果表明，低家庭功能青少年的网络文学阅读行为对自我概念清晰性的预测作用显著（simple slope$=-0.40$，$t=-3.49$，$p<0.01$），高家庭功能青少年的网络文学阅读对自我概念清晰性的预测作用显著（simple slope$=-0.60$，$t=-3.22$，$p<0.01$）（图 16-2），即随着家庭功能的升高，青少年网络文学阅读行为对自我概念清晰性的影响逐渐升高。

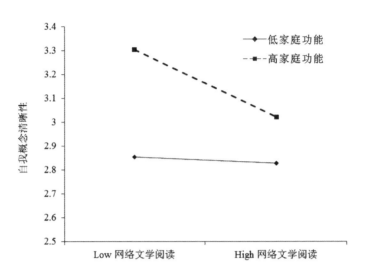

图 16-2 家庭功能的调节作用图

三、网络文学阅读、学段、家庭功能的三项交互调节效应分析

在相关分析的基础上进行调节效应分析，采用 Hayes（2012）编制的 SPSS 宏 PROCESS，通过抽取 5000 份样本，估计有调节中介效应的 95%置信区间来进行模型检验。基于相关分析的结果，对网络文学阅读、学段和家庭功能的三项交互作用进行分析，结果如表 16-3 所示：网络文学阅读显著负向预测青少年自我概念清晰性（$\beta=-0.14$，$p<0.01$），家庭功能显著正向预测青少年自我概念清晰性（$\beta=0.23$，$p<0.001$），网络文学阅读与家庭功能的交互不能显著正向预测自我概念清晰性（$\beta=-0.06$，$p>0.05$），网络文学阅读与学段的交互项也不能显著预测自我概念清晰性（$\beta=0.02$，$p>0.05$），家庭功能与学段的交互项也不能显著预测自我概念清晰性（$\beta=-0.05$，$p>0.05$），网络文学阅读、家庭功能和学段的交互也不能显著负向预测自我概念清晰性（$\beta=-0.01$，$p>0.05$），说明在家庭功能不同水平和不同学段的青少年，其网络文学阅读对自我概念清晰性的影响无显著差异。

表 16-3 有调节的中介检验结果

回归方程		整体拟合指数			回归系数显著性	
结果变量	预测变量	R	R^2	F	β	t
自我概念清晰性	家庭功能	0.27	0.07	13.61***	0.23	2.68***
	网络文学阅读				−0.14	−3.11**
	交互项1				−0.06	−1.47
	学段				0.03	0.81
	交互项2				0.02	0.81
	交互项3				−0.05	−1.30
	交互项4				−0.01	0.60

注：交互项1为$Z_{网络文学阅读}$与$Z_{家庭功能}$乘积，交互项2为$Z_{网络文学阅读}$与$Z_{学段}$乘积，交互项3为$Z_{家庭功能}$与$Z_{学段}$乘积，交互项4为$Z_{网络文学阅读}$、$Z_{家庭功能}$和$Z_{学段}$三项乘积，模型中的各变量均经过标准化处理之后代入回归方程；*表示$p<0.05$，**表示$p<0.01$，***表示$p<0.001$。

四、网络文学阅读、性别、家庭功能的三项交互调节效应分析

在相关分析的基础上进行调节效应分析，采用 Hayes（2012）编制的 SPSS 宏 PROCESS，通过抽取 5000 份样本，估计有调节中介效应的 95% 置信区间来进行模型检验。基于相关分析的结果，对网络文学阅读、性别和家庭功能的三项交互作用进行分析。结果如表 16-4 所示：网络文学阅读显著负向预测青少年自我概念清晰性（$\beta=-0.13$，$p<0.01$），家庭功能不能显著预测青少年自我概念清晰性（$\beta=-0.01$，$p>0.05$），网络文学阅读与家庭功能的交互不能显著预测自我概念清晰性（$\beta=-0.05$，$p>0.05$），网络文学阅读与性别的交互项也不能显著预测自我概念清晰性（$\beta=0.02$，$p>0.05$），家庭功能与性别的交互项也不能显著预测自我概念清晰性（$\beta=0.10$，$p>0.05$），网络文学阅读、家庭功能和性别的交互项也不能显著负向预测自我概念清晰性（$\beta=0.01$，$p>0.05$），说明在不同家庭功能水平的不同性别青少年，其网络文学阅读对自我概念清晰性的影响无显著差异。

表 16-4 有调节中介检验结果

回归方程		整体拟合指数			回归系数显著性	
结果变量	预测变量	R	R^2	F	β	t
自我概念清晰性	家庭功能	0.30	0.09	16.63***	−0.01	−0.21
	网络文学阅读				−0.13	−2.70**
	交互项1				−0.05	−1.24
	性别				−0.22	−4.23***
	交互项2				0.02	0.70
	交互项3				0.10	1.72
	交互项4				0.01	0.31

注：交互项1为$Z_{网络文学阅读}$与$Z_{家庭功能}$乘积，交互项2为$Z_{网络文学阅读}$与$Z_{性别}$乘积，交互项3为$Z_{家庭功能}$与$Z_{性别}$乘积，交互项4为$Z_{网络文学阅读}$、$Z_{家庭功能}$和$Z_{性别}$三项乘积，模型中的各变量均经过标准化处理之后代入回归方程；*表示$p<0.05$，**表示$p<0.01$，***表示$p<0.001$。

五、网络文学阅读、家庭功能、同伴友谊的三项交互调节效应分析

在相关分析的基础上进行调节效应分析，采用 Hayes（2012）编制的 SPSS 宏 PROCESS，通过抽取 5000 份样本，估计有调节中介效应的 95％置信区间来进行模型检验。基于相关分析的结果，对网络文学阅读、家庭功能和同伴友谊的三项交互作用进行分析。结果如表 16-5 所示：网络文学阅读显著预测青少年自我概念清晰性（$\beta=-0.29$，$p<0.01$），家庭功能显著负向预测青少年自我概念清晰性（$\beta=-0.34$，$p<0.05$），网络文学阅读与家庭功能的交互项不能显著预测自我概念清晰性（$\beta=-0.01$，$p>0.05$），网络文学阅读与同伴友谊的交互项显著正向预测自我概念清晰性（$\beta=0.05$，$p<0.05$），家庭功能与同伴友谊的交互项显著正向预测自我概念清晰性（$\beta=0.15$，$p<0.01$），网络文学阅读、同伴友谊和家庭功能的交互项不能显著预测自我概念清晰性（$\beta=-0.01$，$p>0.05$），说明家庭功能在网络文学阅读对自我概念清晰性的影响中起到调节作用，且家庭功能对自我概念清晰性的影响也受到了同伴友谊质量的调节。

第十六章 青少年网络文学阅读对自我概念清晰性的影响：家庭的作用

表 16-5 有调节中介检验结果

回归方程		整体拟合指数			回归系数显著性	
结果变量	预测变量	R	R^2	F	β	t
自我概念清晰性	家庭功能	0.29	0.08	16.64***	−0.34	−2.13*
	网络文学阅读				−0.29	−3.04**
	交互项 1				−0.01	−0.14
	同伴友谊				−0.14	−2.76**
	交互项 2				0.05	1.98*
	交互项 3				0.15	3.18**
	交互项 4				−0.01	−0.46

注：交互项 1 为 $Z_{网络文学阅读}$ 与 $Z_{家庭功能}$ 乘积，交互项 2 为 $Z_{网络文学阅读}$ 与 $Z_{同伴友谊}$ 乘积，交互项 3 为 $Z_{家庭功能}$ 与 $Z_{同伴友谊}$ 乘积，交互项 4 为 $Z_{网络文学阅读}$、$Z_{同伴友谊}$ 和 $Z_{家庭功能}$ 三项乘积；模型中的各变量均经过标准化处理之后代入回归方程；*表示 $p<0.05$，**表示 $p<0.01$，***表示 $p<0.001$。

回归分析结果显示，家庭功能和同伴友谊的交互项显著预测青少年自我概念清晰性。为进一步分析在同伴友谊和家庭功能的不同水平上，青少年自我概念清晰性的变化，采用进一步简单效应分析。结果如图 16-3 所示：低同伴友谊质量青少年，家庭功能对自我概念清晰性的正向预测作用不显著（simple slope=0.08，$t=1.57$，$p>0.05$）；高同伴友谊质量青少年，家庭功能对自我概念清晰性的正向预测显著（simple slope=−0.25，$t=4.43$，$p<0.001$）。这说明随着同伴友谊质量的提高，家庭功能对自我概念清晰性的保护性作用增大。

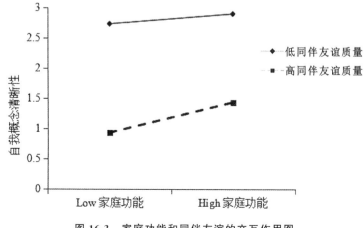

图 16-3 家庭功能和同伴友谊的交互作用图

第三节 基于数据的关系模型讨论

自我概念是通过主客体的相互作用和人际间的社会交往而逐渐形成和发展的,父母、家庭在自我概念的形成中具有极其重要且不可替代的作用。家庭环境包括"硬环境"和"软环境",其中"硬环境"是指家庭社会经济地位、父母文化水平、教育程度、留守与否、家庭结构等因素;"软环境"指家庭气氛、家庭功能、教养方式、家庭关系(亲子关系、祖孙关系)等因素。家庭环境对儿童及青少年自我概念发展的作用已得到广泛的证明(Crocetti, et al, 2015;张晓洁,张莉,2007;郑莹灿,胡媛艳,陈红,2014)。

在人的自我概念发展中,家庭功能是个体自我概念形成的最初动力源泉。家庭所提供的物质支持、情感支持和社会交往支持等对压力状态下的个体具有有益的缓冲或保护作用(Tichon, Shapiro, 2003)。研究表明,家庭的矛盾性与所有自我概念维度负相关,情感表达、家庭成员的亲密度与成就自我、自信自我、班级自我、家庭自我、学业自我、非学业自我等自我概念正相关。同时家庭功能在网络使用与青少年自我概念发展中起到了保护性作用,健康的家庭功能可以保护疏离感高的青少年,减少病理性的互联网使用(徐夫真,张文新,张玲玲,2009),从而降低网络对青少年成长的威胁。

同时,随着认知神经科学的兴起,研究者也从认知神经层面探讨父母在个体自我概念发展中的重要作用,研究者运用事件相关电位(Dai, et al, 2013)和功能性磁共振成像技术(Arsalidou, et al, 2010)研究了加工父母面孔与自己面孔时的神经机制,个体对父母面孔进行加工时,信息加工在个体自我知觉领域和心智领域上有所表征。

一、家庭功能的调节作用

本研究结果表明,家庭功能调节了青少年网络文学阅读对自我概念清晰性的影响,表现为随着家庭功能的提升,负向影响升高。以往研究发现,家庭所提供的物质支持、情感支持和社会交往支持等对压力状态下的个体具有有益的缓冲或保护作用（Tichon，Shapiro，2003）。但是在本研究中，笔者发现青少年的自我概念清晰性随着家庭功能的提升，反而会更加受到网络文学的负向影响。一方面，家庭功能良好的孩子可能体验到较少的自我冲突，过早关闭了外部探索自我的通道，容易出现陷入自我怀疑困境中无法自拔的情况。当他们面临网络文学中的多元自我时，文学作品带来的冲击性可能更大，也更加难以整合自我概念的多个方面。另一方面，这可能与家庭功能良好的父母会鼓励孩子在网络中探索自己，也会提供更多的学习设备（手机和电脑）给孩子有关，而且研究中发现青少年主要通过手机阅读网络文学。这部分青少年接触网络文学的比例会大大增加。就如之前研究的结论，青少年会因为对故事角色的认同，享受网络文学带来的快感，从而将网络文学中的价值观和经验纳入自我概念中。因此，家庭在提供青少年宽松且具有支持性家庭环境的时候，也更加需要积极干预青少年的网络文学阅读行为，例如与孩子探讨他们在网络文学中获得的观点和经验，帮助孩子思考网络文学内容和主角行为的合理性和适用性，引领他们更多地自我反思，而不是盲目认同和沉浸在故事中。

二、家庭功能和同伴友谊的调节作用

本研究还发现同伴友谊调节了家庭功能对青少年自我概念清晰性的影响，进一步用简单效应分析发现随着同伴友谊的提升，青少年家庭功能对自我概念清晰性的正向预测由不显著变为显著。根据技术生态系统理论，个体在网络中的行为也应该重点考虑个体和环境因素的交互作用（Johnson，Puplampu，2008）。鉴于同伴和家庭在青少年心理发展中的重要作用，同伴和家庭作为影响青少年自我发展不容忽视的环境因素，交互影响了青少年自我概念清晰性的发展。这一结果也再次验证了家庭和同伴两大环境因素的重要性，特别是对于高友谊质量群体，家庭功能越好，越有助于青少年开展有益的自我概念探索，进行良性自我概念建构，从而形成更加稳定和一致的自我认知。这与以往相关研究得出的结论相一致，健康的家庭功能可以保护疏离感高的青少年减少病理性的互联网使用，从而更好地完成自我概念建构任务（徐夫真，张文新，张玲玲，2009）。

第四节 小 结

本章致力于讨论家庭功能在青少年网络文学阅读与自我概念清晰性之间的作用,研究结果有如下两点。

① 家庭功能显著调节了青少年网络文学阅读对自我概念清晰性的影响。

② 同伴友谊显著调节了家庭功能对青少年自我概念清晰性的影响。

第六部分

总 讨 论

基于前五部分的研究,第六部分主要对本书的研究结果进行总体讨论。包括两章:第十七章主要综合讨论青少年网络文学阅读现状及反思,以及理论模型验证结果讨论(分化模型及其作用机制);第十八章主要阐述了本书研究结果的启示和展望,包括本书研究的创新和意义、研究启示及对策、研究不足与展望、总结论。本部分内容是对全书研究结果的整合性总结。

第十七章　青少年网络文学阅读现状及理论模型的整合讨论

第一节　青少年网络文学阅读现状及反思

随着互联网技术的不断发展和进步，人们使用互联网的广度和深度急剧扩展。网络文学依托于网络多媒体传播渠道迅速发酵和扩张，越来越多青少年成为网络文学的忠实用户。本书第二部分采用问卷调查、访谈、文本分析等方法考察了我国青少年网络文学阅读动机的现状和特点。

第四章通过问卷调查的方法初步了解青少年网络文学阅读的基本现状，对3743名青少年的网络文学阅读情况展开调查。结果显示，63.30%的青少年阅读网络文学作品，阅读比例随着年龄的增长而增加。青少年网络文学阅读呈现日常化趋势，并且以手机阅读为主。这些发现说明网络文学阅读已经成为青少年网络娱乐活动的重要方式之一。

第五章通过采用文本分析的方法了解青少年网络文学阅读心理特点。第四章的调查研究发现青少年喜爱的网络文学类型主要集中于玄幻奇幻、言情情感和科幻悬疑三类。第五章针对这三类网络文学的作品名称进行了词频和语义分析。结果显示：青少年喜爱的网络文学呈现了超现实倾向、强卷入、情绪性和浅阅读的心理特点，网络文学阅读的这种超现实性虽然在一定程度上缓解了现代人精神上的压力，在虚拟世界里得到慰藉，但久而久之之势必导致人们对虚拟和现实的混淆。

第六章进一步考察了青少年网络文学阅读的动机结构及其特点。通过探索性因素和验证性因素分析,形成了信效度良好的三维度青少年网络文学阅读动机量表,量表由情绪放松、自我成长和社会交往三大动机组成。以该量表为工具的调查研究,发现青少年网络文学阅读动机以情绪放松为主。

同时,男性和女性喜爱的网络文学差异很大。男性喜爱的网络文学作品更加追求个人成功,焦虑情绪较重;而女性喜爱的网络文学作品则是与人际互动相关的故事,情绪描写更多。这与社会文化对性别角色的塑造相一致,我国传统文化要求塑造坚强的男性形象,强调个人成就,但是在现实生活中男性很难体验到巨大的成就,因此男性网络文学往往充满了各种逆袭、挑战权威和登上人生高峰的设定。另一方面,我国传统文化要求塑造贤妻良母的女性角色,同时女性相对男性而言更加重感情,对人际关系需求更高,所以女性网络文学更多的是与人际互动相关的主题。

综上所述,网络文学阅读成为青少年非常重要的娱乐方式。青少年网络文学阅读呈现出超现实、强卷入、情绪性和浅阅读的特点。青少年阅读网络文学主要是为了情绪放松,排解现实生活带来的压力,也关注自我成长。女性更加喜爱与人际互动相关的网络文学,男性则更喜欢与个人成就相关的网络文学。

第二节　青少年网络文学阅读对自我概念清晰性的影响

青少年处于自我意识高涨的阶段,他们希望更多地了解自己,"我是谁""我可能成为谁""我怎样变成自己想成为的人"等问题,都是他们急需解答的困惑。然而青少年的生活经验比较简单,网络作为第三空间,为青少年自我探索和自我建构提供多种渠道,特别是网络文学往往以讲述主人公的成长故事为主,恰恰满足了青少年对自我探索的需要。

以往关于网络使用对自我概念清晰性的影响研究提出了两个假设——自我分化假设和自我统一假设。本研究的结果验证了自我分化假设,即网络文学为青少年提供了塑造多种自我的可能,通过阅读网络文学,他们了解了人和思想的多种可能,多种可能自我的获得,会碎片化其人格,破坏他们整合自我不同方面为统一整体的能力,从而造成自我概念紊乱。一般互联网使用的研究也证实了这一现象的存在（Israelashvili，Kim，Bukobza，2012；Matsuba，2006；Valkenburg，Peter，2011）。本书的第三部分通过调查研究探讨了青少年网络文学阅读对自我概念清晰性的影响，验证了网络的"自我分化假说"。网络文学中的自我探索并没有帮助青少年更加理解自己，反而使得他们更加混乱。

一方面，网络文学阅读行为是一种被动的信息获取行为，这一行为类似被动网络社交。牛更枫等人（2016）、刘庆奇等人（2017）关于社交网站的研究也发现，青少年对被动社交网站的使用，通过向上社会比较影响个体的自我概念清晰性。网络文学这种文字阅读的形式使个体轻松地习得多种多样的可能自我，单向互动性的阅读活动也降低了个体现实自我和理想自我的冲突，让青少年盲目认定自己也可以像主角一样。

另一方面，对情感和娱乐性的追求往往降低了个体对事物逻辑性的认识，让青少年忽略了文学作品的逻辑性和人物的真实性，从而盲目认同故事人物一系列违反常规的行为模式和自我设定。例如《微微一笑很倾城》里关于女主角游戏天才、学霸和美丽外表的角色设定，在现实生活中几乎不存在。但是青少年在阅读这类网络文学作品的时候，主要关注点在主角之间的感情纠纷，从而简单地认同这种角色设定的合理性。遗憾的是，当他们在现实生活中去扮演故事主人公的时候，会遭受极大的挫折，从而否定和怀疑自我。因此，网络文学在提供多种自我可能的基础上，混淆了青少年的自我概念，表现为青少年在网络文学中迷失了自我。

网络文学阅读活动也和网络社交活动一样，具有极强的虚拟性特征，并且大多数读者在阅读之初就有着明确的逃避现实和享受虚拟的目的，随着网络阅读经验的丰富，大多数个体会不自觉地沉溺其中，年纪尚轻的青少年学生群体更加明显。

第三节 青少年网络文学阅读对自我概念清晰性产生影响的心理机制

一、中介机制的探讨

我们在验证了青少年网络文学阅读对自我概念清晰性负向影响的前提

下，进一步探讨这一影响到底是如何产生的。角色和情感是故事的两大重要元素。故事可以通过角色认同和沉浸感共同改变现实自我概念（Green，2004；Van，Hoeken，Sanders，2017）。另外，自我扩展理论认为，个体在日常生活中的根本动机之一就是通过获取新的知识、能力、视角、身份、角色和资源来获得自我成长和自我提升，这种将新的内容纳入自我的过程被定义为自我扩展（Aron，Aron，1997；Aron，Aron，Norman，2001，1998）。自我扩展发生在日常生活的方方面面，比如阅读行为。在中介机制的探讨中，系列研究结果表明：网络文学阅读既可以通过角色认同、沉浸感和自我扩展的单独作用影响自我概念清晰性，也可以通过角色认同—自我扩展和沉浸感—自我扩展的链式中介作用影响自我概念清晰性，还可以通过角色认同—沉浸感—自我扩展的多重链式中介作用影响自我概念清晰性。研究结果在整合角色认同、沉浸感和自我扩展理论的基础上，进一步揭示了青少年网络文学阅读对自我概念清晰性产生作用的具体心理过程，即角色认同和沉浸体验导致青少年将网络文学信息纳入自我概念，从而影响原生自我概念的清晰性。

首先，角色认同、沉浸感在青少年网络文学对自我概念清晰性的影响中都起到了非常重要的作用。对网络文学角色人物的认同，包括对角色行为方式、价值观和信念的认同，极大地影响个体自我概念的形成。叙事认同的相关研究发现故事中人物角色的行为模式会影响到阅读者个人的生命故事表征，影响个体自我概念形成和自我认同（Mcadams，Josselson，Lieblich，2006）。情感是故事的另一个非常重要的影响因素。故事对自我的影响，往往通过让读者沉浸在作者所描述的世界中，随着故事主人公的喜怒哀乐而欢笑和流泪，从而体验了情绪上的高峰享受，即沉浸感。沉浸体验在网络使用的活动中一直受到关注，本研究也进一步说明了文学沉浸体验的重要性。有研究者也认为文字的传输性要显著高于动画和视频（Green，2004），因此文字的沉浸体验更加强烈而触动人心。另外，根据情绪认知交互理论，认知在一定程度上影响个体的情绪唤醒和体验，在阅读网络文学的过程中，青少年可能由于被主人公的传奇经历和人格魅力所吸引，对主人公的代入越深，认同度也就越高，从而所体验到的情绪起伏也会更大，表现为青少年完全沉浸在故事世界中，忽略了现实自我。

其次，自我扩展在青少年网络文学对自我概念清晰性的影响中也起到了非常重要的作用。自我扩展作为个体自我成长的一种内驱力的表现形式，在生活中普遍存在（Aron & Aron，1997；Aron，Aron，& Norman，2001，1998）。青少年期是自我意识高涨的时期，这个阶段的学生会努力尝试和接触各种新奇的事物。在网络文学的阅读过程中，他们往往会代入故事主人公身份，获得新的角色和体验，这种角色的活动和体验在极大程度上满足了青少年自我探索的需求。因此，青少年在阅读网络文学的时候，会将网络文学中所描述的虚拟世界的规则、规范、主人公的行为方式和价值观等纳入自我概念中，从而引起故事中的虚拟自我与现实自我的冲突与混乱，从而影响个体对自我的清晰认识。

最后，青少年对网络文学主人公的认同和沉浸体验是导致自我扩展的主要因素，当他们被传输进故事中时，现实世界将变得难以触及，他们会获得主人公的主角身份，注意力也完全集中于故事当中。特别是青少年在阅读完网络文学作品后，往往还会反复回味文学作品带来的高峰体验，并希望在现实世界中如主角一样经历传奇人生，成为人生赢家。然而当他们带着故事主人公的角色在现实世界中生活的时候，往往会遭遇各种不顺，从而引起情绪上的抑郁焦虑，对自我充满怀疑，不知所措。在家长和老师的眼中成了另外一个人，即迷失了自我。

二、调节机制的探讨

根据技术生态系统理论，个体和媒介的交互作用在技术对个体的影响中起到非常重要的作用。第十四章系统考察了个体因素（年龄和性别）、文学特征（人物相似性）在网络文学阅读对青少年自我概念清晰性影响中的调节作用。第十五章和第十六章分别考察了同伴群体（同伴友谊）和家庭环境（家庭功能）在网络文学阅读对青少年自我概念清晰性影响中的调节作用机制。

1. 个体的调节作用

通过对年龄的调节中介效应进行检验，发现年龄调节了青少年网络文学阅读对自我概念清晰性影响的中介效应。具体表现为随着年龄的增长，角色认同、沉浸感和自我扩展的中介作用显著降低，这与青少年发展阶段的特点相一致。根据皮亚杰的认知发展理论，随着年龄的增长，青少年思维的复杂程度进一步增加。随着个体认知思维能力的增长，个体对自己的看法和评价也日趋复杂和全面，对自我的认识更加理性。从学段上来看，低学段的初中生属于网络文学早期接触群体，他们容易被网络文学所吸引。因为自我控制和反思能力较弱，更容易学习网络文学中主人公的风格，或认同网络文学所塑造的价值观和人生观。这种同化和认同对青少年自我发展的危害极大，因此广大家长和教师应当从初中开始培养学生积极健康的文学素养，避免为了追求刺激体验而大量阅读没有意义和逻辑性的网络文学。积极正向的故事主角塑造会更加有利于青少年在放松自我的同时，进一步通过对比现实自我和网络文学中的各种可能自我，找到真实自我。

通过对性别的调节中介效应进行检验，发现性别同样调节了青少年网络文学阅读对自我概念清晰性影响的中介效应。具体表现为性别调节了自我扩展在青少年网络文学阅读与自我概念清晰性之间的中介作用，即男性自我扩展的中介效应更大。从阅读类型和内容偏好上来看男性对网络文学的扩展，可能更多的是故事主角的任务特点，而女性则扩展的是人际关系和互动层面的理念和方式。前人的相关研究也表明男性网络文学更多塑造的是各种巅峰人生，与现实生活距离比较远，必然与现实自我差异极大。因此，男性网络文学的角色认同和自我扩展更加负面影响个体自我概念清晰性。另外，以往研究也发现男性在情绪控制和情绪调节能力上显著低于女性，那么他们更加容易沉溺在网络文学所塑造的高潮体验中不可自拔，这也是男性网络文学更多通过沉浸感影响自我概念清晰性的原因之一。

2. 人物相似性的调节作用

通过对人物相似性的调节中介效应进行检验，还发现人物相似性调节了角色认同和自我扩展的中介效应，这与以往的研究结果相一致。社会学习理论认为榜样行为由青少年所喜爱的人（比如年龄相当的人）完成时，观察学习效果明显（Bandura，1986；Hoffner，Cantor，1991）。大量研究证实角色相似性与叙事说服影响非常大（Moyer-Gusé，Nabi，2010；Murphy，et al，2013）。Shedlosky-Shoemaker，Costabile 和 Arkin（2014）关于小说人物对个体自我扩展的研究也发现：感知相似性越高，个体在阅读小说时对角色认同感越高，自我扩展的程度也越强。本研究在网络文学作品中进一步证实了人物相似性的调节作用，网络文学作品的人物与现实自我相似性越高，角色认同和自我扩展的中介效应越大。

综上所述，人物与阅读者越相似，青少年对角色认同和自我扩展越多，也更加影响他们自我概念的清晰性。越早对青少年网络文学阅读行为进行干预，网络文学对自我概念清晰性的负面影响会越小。虽然女性在网络文学接触比例和动机上显著高于男性，但是男性阅读网络文学给自我概念清晰性带来的危害更大，所以男性青少年更加需要得到家长和教师的指导。

3. 同伴和家庭的调节作用

鉴于同伴和家庭在青少年心理发展中的重要作用，同伴和家庭作为影响青少年自我发展不容忽视的环境因素也应该被纳入考察的范围。第五部分的两个研究，基于个体和网络媒介交互作用的视角探讨了同伴（同伴友谊）和家庭（家庭功能）在青少年网络文学阅读对自我概念清晰性影响中的作用。

第十五章的研究结果表明：同伴友谊在青少年网络文学阅读对自我概念清晰性的负向影响中起到保护性作用，调节效应显著。表现为随着友谊质量的升高，网络文学对自我概念清晰性的影响下降到不显著。这说明当个体有很好的同伴支持和接纳的时候，网络文学的负向影响会大大降低。友谊质量高的青少年在阅读网络文学后可能会有更多的分享行为，他们会一起讨论某个故事中的角色或者某一个吸引人的情节，在讨论的过程中思考故事的可能性和逻辑性，以及主人公的真实性等问题。这些行为都可以大大降低青少年将网络文学的内容纳入自我概念的可能，也会降低浅阅读带来的损害。因此，良好的友谊质量是培养青少年积极健康自我概念的强有力保障。

第十六章的研究结果表明：家庭功能也调节了青少年网络文学阅读对自我概念清晰性的影响，调节效应显著。表现为随着家庭功能的提升，负向影响升高。以往研究发现，家庭所提供的物质支持、情感支持和社会交往支持等对压力状态下的个体具有有益的缓冲或保护作用（Tichon, Shapiro, 2003）。但是在本书的研究中，发现青少年随着家庭功能的提升，反而会更加受到网络文学的影响。一方面，家庭功能良好的孩子可能体验到较少的自我冲突，过早关闭了探索自我的可能性。当他们面临网络文学中的多元自我时，文学作品带来的冲击性可能更大，也更加难以整合自我概念的多个方面。另一方面，这可能与家庭功能良好的父母会鼓励孩子在网络中探索自己，也会提供更多的学习设备（手机和电脑）给孩子有关，而且研究中发现青少年主要通过手机阅读网络文学。这部分青少年接触网络文学的比例会大大增加。就如前人研究的结论，青少年会因为对故事角色的认同，享受网络文学带来的快感，从而将网络文学中的价值观和经验纳入自我概念中。因此，家庭在提供给青少年宽松且具有支持性的家庭环境时，也更加需要积极干预青少年的网络阅读行为，例如与孩子探讨他们在网络文学中获得的观点和经验，帮助孩子思考网络文学内容和主角行为的合理性和适用性，引领他们更多地自我反思，而不是盲目认同和沉浸在故事中。

另外，对于家庭功能、同伴友谊与人口学变量（性别、学段）在青少年网络文学阅读与自我概念清晰性中的交互作用进行研究发现：同伴友谊和学段交互作用显著，同班友谊和性别交互作用显著，家庭功能和同伴友谊的交互作用也显著。具体表现为：低学段、低同伴友谊的青少年网络文学阅读对自我概念清晰性的影响最大；男性低同伴友谊的青少年网络文学阅读对自我概念清晰性的影响最大；随着同伴友谊的提升，青少年家庭功能对自我概念清晰性的正向预测作用由不显著变为显著。以上研究结果再次验证个体和媒介的交互作用在技术对个体的影响中起到非常重要的作用。同伴和家庭作为青少年成长中十分重要的两个环境系统，在研究两者对个体自我概念发展的影响时，必须考虑到个体自身发展和发育的特点，即性别和学段的提升。青少年自我概念发展并不是直线式前进，其稳定性和一致性发展受到多方面因素的交互作用，这也是本书研究的重点之一。

第十八章 研究启示与展望

第一节 本研究的创新及其意义

一、本研究的特色与创新

第一,在研究主题上,本书结合互联网时代背景以及青少年的自我概念发展这一核心主题,对网络中的具体使用行为——网络文学阅读与自我概念清晰性之间的关系进行了研究。该主题的研究属于网络心理学研究中的"融入网络的研究",不仅有助于加深我们对网络和青少年自我发展,虚拟网络世界与现实世界之间关系的理解,还有助于深入全面地看待网络对个体的影响。同时,这一主题在国内的量化研究比较少,具有很大的后续研究空间。

第二,在研究方法上,目前有关网络文学的研究主要停留在现象描述和理论推演的层面。在此基础上,本书进一步采用质性研究、大数据文本分析法和问卷法相结合的思路,在系统全面理解青少年网络文学阅读行为的特点和背后心理机制的基础上,进一步拓展了网络文学阅读活动与个体自我发展之间的研究深度。

第三,在研究设计上,本书围绕网络文学阅读与青少年自我概念清晰性之间的关系,结合质性和量化研究的研究方法,层层深入,开展了系统研究。本书不仅明晰了青少年网络文学阅读的特点,还从网络文学作品对自我概念清晰性影响的角度为网络对自我的影响研究提供了量化数据支持。这在一定程度上为未来的相关研究奠定了基础，也为未来研究提供了思路和支持。

第四，在理论层面上，结合青少年网络文学阅读的实际情况，在科技子系统的理论框架下，整合社会学习理论、自我扩展模型和自我概念分化假说和统一假说，探讨网络文学阅读对青少年自我概念清晰性的影响及其作用机制。本书系统探讨了网络文学阅读影响青少年自我概念清晰性的发生及发展机制，即青少年通过认同故事主角和沉浸体验活动，将网络文学纳入自我概念（自我扩展），导致自我概念混淆。并且在不同年龄、性别和人物相似性水平上，这一作用过程有所差异。本书还进一步探讨了同伴和家庭在其中起到的作用，这一心理模型的建构有助于扩展以往的理论研究在网络环境中的应用。

二、理论意义

从理论价值上来说，本书的系列研究为网络文学阅读影响青少年自我概念清晰性的心理机制研究提供了思路。在技术生态系统的理论框架下，整合社会学习理论、自我扩展模型和自我概念分化假说和统一假说，建构了网络文学阅读影响青少年自我概念清晰性的心理模型，进一步深化了网络与自我的研究深度。本书的研究结果为今后关于青少年网络文学阅读行为及其影响的研究提供了思路，有助于对青少年网络文学阅读影响自我概念清晰性的具体机制开展研究。

三、实践意义

从应用价值上来说，本书探讨了青少年网络文学阅读现状、阅读偏好和动机等，也进一步探讨了网络文学阅读影响青少年自我概念清晰性的路径和边界条件。研究的系列结论有助于社会、家庭和学校更好地了解青少年网络文学阅读行为，并且引导青少年更好地从网络文学阅读中获利，规避负面影响。

首先，塑造青少年健康阅读意识，由于青少年很容易受到网络文学中的角色同化影响，网络小说作者在保证小说创作速度的同时，更应注意小说的质量，在人物的塑造上应该更加合理和符合逻辑性。

其次，由于网络文学娱乐休闲的特点，青少年往往会沉浸在网络文学中而忽略了文学对自我成长带来的影响。因此需要指导学生理性阅读，在体验到网络文学带来精神愉悦的前提下，也对故事本身进行思考，客观地看待网络文学中的价值观和人物行为。

再次，同伴友谊相关的同伴支持和接纳有助于青少年降低网络文学阅读对自我概念清晰性的负向影响。因此，我们应该鼓励青少年更多发展现实生活中的同伴关系，多与朋友沟通交流，积极寻求朋友支持，朋友的支持与分享可以帮助青少年更好地从网络文学中获益。

然后，家长和教师应该尽早地对青少年网络文学阅读行为进行干预。由于阅读的私密性，很多家长和教师很难发现青少年沉溺在网络文学中不可自拔。本书研究结果也表明，年龄越小，网络文学对自我概念清晰性的影响越大。结合青少年心理发展的特点，初中生刚进入青春期，对自我的认识和评价都不客观，同时自我监督和控制的能力也比较欠缺，自我概念尚处于建构阶段。特别是在刚接触网络文学的时候，会如同发现新世界一样，沉溺在网络文学所塑造的虚拟世界中迷失自我。所以，家长和教师要特别重视低年级学生的网络文学阅读行为，从他们刚开始接触网络文学的阶段，培养他们积极健康的阅读素养。

最后，从本书研究结果来看，男生喜爱看玄幻奇幻类网络文学，并且男生在阅读网络文学时，更容易通过对网络文学的自我扩展影响自我概念清晰性。也就是说，男生更容易在故事中将故事塑造的世界和主人公的经验和经历与自我融合。因男生观看的类型偏好以玄幻奇幻为主，他们更加容易陷入与现实差距极大的异世界中，也更容易带来不良影响，故家长和教师应该更多地关注男生的网络文学阅读行为，特别是对暴力等消极价值观进行描述的网络文学阅读。

第二节 研究启示及对策

一、提升网络文学作者的素养

作者是网络文学的灵魂，故事主人公和情节设定都由作者构思，通过文字表达完成。本书中系列中介效应的揭示再次强调了网络文学作者素养的重要性。本书研究发现青少年网络文学阅读对自我概念清晰性的影响，主要通过角色认同、沉浸感和自我扩展的多重中介作用来实现。这说明青少年在阅读网络文学中的自我迷失，表现在对故事角色认同、虚拟叙事中故事情景代入和同化过程中形成了新的自我认识和理解，而新的自我与原有自我冲突从而诱发了自我冲突和对原有自我认识和表达的怀疑。关于网络文学创作的系列报道中，均强调了网络文学作者低龄化和素养参差不齐的问题。大部分网络小说作者的整体素质不是很高，一方面，是由于他们相对比较年轻，以 90 后乃至 00 后为主。这些作者的生活阅历很少，对个体的成长和反思相对单一，因而写出的文章表达的思想不够深入，体现不出深刻的内涵，对青少年自我建构缺乏积极正向作用。另一方面，大部分网络文学作者层次较低，业余化明显，缺乏专业的培训，文字功底和语言表达能力欠缺，创作出的作品同样是一些肤浅的、缺乏文学价值的作品，千篇一律的重复和简单的逻辑，容易误导青少年。另外，一些网络文学作者自身品质低下，没有树立正确的价值观，通过用大量篇幅描写一些不良思想和行为吸引青少年群体。这些都容易诱导青少年进入阅读陷阱中，表面上他们通过阅读网络文学作品放松了自我，自嗨于诱人的打斗和情感纠缠中，实际上故事所反映的价值观和行为方式也潜移默化地融入他们对自己的认知和探索中，从而使得他们沉浸于自我矛盾和怀疑中。

综上所述，要想减少或消除网络文学阅读对青少年自我概念清晰性的消极影响，首要应该是提升小说作者自身的文学素养，使得作者自身拥有正确的人生观、价值观和世界观，提升其道德和法治素养。具体来说可以从以下几方面展开。

第一，鼓励网络文学作品多样化，特别是强调对优秀作品的创造性转化和再生产，而不是简单的套用和模仿，甚至抄袭。提升作者对文学作品质量的重视，而不是一味地追求流量、点击率和金钱利益。

第二，鼓励优秀传统文学作者加入网络文学创作队伍中。文学没有边界，邀请传统小说作者加入网络文学创作大军中，可以在一定程度上起到带头作用，提升整体作者队伍文学素养。

第三，鼓励文学作者多参与社会事务。低龄的网络文学作者往往存在社会认识和阅历不足的问题，因此可以号召文学作者深入社会生活中，多了解生活中发生的事件。多去关注时事政治，了解国家的一些重大思想教育决策，使得创作出的作品能够与时俱进，拥有时代意义和创新理念。

第四，鼓励广大网络文学作者多吸收中华传统文化。我国具有上下五千年的悠久文化，有着丰富的关于如何做人、做事，如何建构更加积极的自我，如何成为对社会有益的青年的先贤智慧。应该鼓励网络文学作者多阅读中国优秀文学作品，从中汲取一些中华民族传统美德和正确的价值观，让他们自觉感受到优秀文学作品的思想教育作用。

二、夯实网络文学市场监管

针对网络文学作品对青少年自我概念清晰性的影响，需要加大对网络文学作品内容和质量的监管。强有力的监管是推动网络文学向正确方向发展和推动青少年在阅读中获利的强有力保证。网络文学有着将近 5 亿用户规模的巨大市场，青少年是网络文学作品最大的读者群体，网络文学作品中存在的内容导向偏差、低俗、色情、暴力等问题严重影响青少年健康成长，引起社会各界高度关注。目前网络文学阅读导致的部分青少年小说成瘾、学业和社会适应不良等问题，均与我国网络文学市场缺乏强有力的监管密切相关。对网络文学市场和质量的监管，可以从以下几方面展开。

1. 建立健全网络文学监管部门

目前网络文学监管部门主要是中国共产党中央委员会宣传部、国家新闻出版署（国家版权局）、工业和信息化部、文化和旅游部、行业协会等。各部门具体职责如下所示。

① 中国共产党中央委员会宣传部主要负责意识形态工作，主要负责贯彻落实党的宣传工作方针，拟订新闻出版业的管理政策并督促落实，管理新闻出版行政事务，统筹规划和指导协调新闻出版事业、产业发展，监督管理出版物内容和质量，监督管理印刷业，管理著作权，管理出版物进口等。

② 国家新闻出版署（国家版权局）负责贯彻实施著作权法律、法规，起草著作权方面的法律、法规草案，制定著作权管理的规章和重要管理措施并组织实施和监督检查，组织推进全国软件正版化工作和数字网络版权监管工作。

③ 工业和信息化部则主要指导电信和互联网相关行业自律和相关行业

组织发展，负责电信网、互联网网络与信息安全技术平台的建设和使用管理，负责信息通信领域网络与信息安全保障体系建设，拟订电信网、互联网数据安全管理政策、规范、标准并组织实施，负责网络安全防护、应急管理和处置。

④ 文化和旅游部则是文化、艺术事业的行政主管部门，主要负责拟订文化艺术方针政策，起草文化艺术法律、法规草案，拟订文化艺术事业发展规划并组织实施，推进文化艺术领域的体制机制改革；指导、管理文学艺术事业，指导艺术创作与生产，推动各门类艺术的发展，管理全国性重大文化活动；负责对文化艺术经营活动进行行业监管，对提供互联网文化产品及其服务的互联网文化单位实行审批及备案制度，监察互联网文化内容及惩罚违反相关国家法律、法规的行为等。

⑤ 行业协会。与网络文学监管相关的行业协会包括中国版权协会、中国互联网协会、中国音像与数字出版协会（原名中国音像协会）和中国作家协会。其中中国版权协会主要职责是推动版权法律的实施、组织，推动版权的理论研究与学术交流，促进我国版权制度的不断完善。同时为著作权人及作品使用者提供相关服务，维护权利人的合法权益，促进社会主义文化和科学事业的发展与繁荣。中国互联网协会的主要职能是组织制定互联网行约、行规，维护行业整体利益，实现行业自律，开展国际交流与合作，协调行业与政府主管部门的交流与沟通等。中国出版协会的主要职责是：组织和推动出版工作者学习、贯彻执行中国共产党和中国政府的方针、政策，坚持正确的政治方向，发扬出版工作者的优良传统，高举旗帜，围绕大局，服务人民，改革创新，不断提高出版工作水平；协助政府主管部门进行出版队伍的教育、培训工作，开展出版理论研究和业务交流活动；参与制订行业标准和行业发展规划，开展专业资质认证等工作；依法维护出版者的合法权益。中国音像与数字出版协会主要负责音像与数字出版内容创作、产品制作、内容传播，音像与数字出版内容播放终端建设、音像与数字出版产业标准规范，音像与数字出版产业发展研究等。中国作家协会是作家自愿加入的专业性团体，主要职能是联络、协调和服务，组织文学理论建设和文学评论工作，培养文学创作的新生力量，办好所属报纸、杂志、出版社和网站，组织文学评奖等。

综上所述，目前我国网络文学市场监管由五个部门负责，存在着多头管理的现状。关于网络文学市场的监管，建议优化管理体制和机制，建立健全专门针对性单位或者机构，系统化各部门职责。

2. 导向网络文学作品积极评价标准

为了不让网络文化恣意走向极其低俗的境地，2017年，国家新闻出版广电总局对外发布了《网络文学出版服务单位社会效益评估试行办法》，明确提出对从事网络文学原创业务、提供网络文学阅读平台的网络文学出版服务单位进行社会效益评估考核。目前网络文学市场中存在许多类型迥异的排行榜，有的以作品字数进行排行，有的以作品点击率进行排行，有的以作品购买率进行排行，还有的以作品潜在的IP价值进行排行等，这些排行榜存在流量、点击率和资本获利等单一评价标准，缺乏对网络文学作品本身文学素养和社会效益的综合评价。近年来，对于网络文学作品的评价，随着行业协会、法律法规的完善，确实在一定程度上打击了色情、暴力等不良文学作品，但是积极评价标准导向，正能量作品的推广还任重道远。

网络文学评价标准和体系的建立，不只是为了批判不良作品，也为了大力弘扬优良文化作品。网络文学的教化功能具有巨大的开发空间，适当的开发利用有助于社会和谐文化氛围的营造。一方面，由中国作家协会、国家广播电视总局等官方单位推荐网络文学作品，推介的是那些经过严格筛选，契合社会主义核心价值观的网络文学作品，能够有效促进青少年选择更加积极健康的网络文学作品来阅读。另一方面，由主管部门推荐形成优秀作品排行榜，也是国家监管主体化的体现，借用优秀作品排名宏观调控网络文学市场，规范网络文学思想主题和价值导向，督促符合主旋律作品的创作与传播。因此，网络文学主管部门可以实施优秀作品推荐制度，根据网络文学的精神取向、文学价值等主流标准评判作品优劣，通过精神、物质鼓励等途径奖励一批契合社会主义核心价值观，蕴含深厚的文学价值与情怀的优秀网络文学作品，缓解青少年选读网络文学作品的困扰，引导青少年接受优秀作品的熏陶，使其在青少年自我发展中发挥积极作用。

3. 加大网络平台监管和自查力度

2020年，国家新闻出版署又进一步印发了《关于进一步加强网络文学出版管理的通知》，要求规范网络文学行业秩序，加强网络文学出版管理，引导网络文学出版单位始终坚持正确出版导向，坚持把社会效益放在首位，坚持高质量发展，努力以精品奉献人民，推动网络文学繁荣健康发展。网络文学平台的监管和自查主要包括以下几方面。

① 网络平台要加大对作者的监管力度。网络平台要对平台作者身份信息进行核查，落实实名制制度。由于网络平台匿名性的特征，部分网络作家在多个平台公开传播低俗、非法作品，从中获利。这些人把网络当作情绪宣泄的窗口，肆无忌惮地借助作品创作表现内心的暴戾情绪和不为世俗接受的非主流观念，在公开传播的过程中获得另类快感，甚至企图通过这种方式寻找所谓志同道合的虚拟伙伴。网络平台的匿名性在一定程度上助长了这些不良作者的不法行为。因此，网络平台可以通过实名制的方式，建立作者黑名单库，对恶意传播和撰写低俗、色情和暴力等文学作品的作者进行抵制，加强监管。

② 优化网络平台作者薪酬制度。网络文学作者的收入主要来源于作品阅读量和 IP 转化两部分。以网络小说作者为例，作品本身的收入分为作品订阅打赏、平台费用和衍生品三部分。平台费用较固定，衍生品和订阅打赏都由读者来决定，即网络文学作者最关注的部分。网络文学作为一种大众文化，市场喜好并不能真实、全面地反映出一篇作品的真正价值，而字数的多少更是与作品价值没有正相关的关系，反而可能因为字数的无限制增多而使得作品的价值和质量大打折扣。目前在网络文学市场中，存在着大量高开低走、反复灌水等文学创作形式。因此，政府应当通过宏观手段规范和优化网络文学行业的薪酬制度，倡导网络文学运营平台将网络文学的思想性、价值性和创造性考察纳入薪酬制度之中，适当降低作品字数收益的比重，降低 IP 开发衍生品的平台分成比重，以此推进网络文学作者将创作的关注点转向作品质量的提升，促进网络文学的多样性发展，为青少年提供更多优质作品。

③ 大力打击传播不良文学的出版平台。无法否认，网络文学从小众起步，走入大众视野，这几十年来走得曲折，随着它开始向网络之外的领域辐射，对色情泛滥、三观不正、走下三路刺激感官的低俗作品进行清理显得必要而迫切，否则网络文学的产业化或将遭遇极大的舆论压力。近些年来，政府打击传播盗版和色情网络文学运营平台的行动从未停止，也出台

了包括《中华人民共和国网络安全法》《互联网信息服务管理办法》《互联网视听节目服务管理规定》《互联网文化管理暂行规定》《互联网著作权行政保护办法》《电子出版物出版管理规定》和《规范互联网信息服务市场秩序若干规定》等在内的一系列法律法规。对不良网络文学平台的打击和取缔是一场持久战，政府需要以严厉、坚定的态度开展工作，严厉打击和取缔非正规运营平台，追究提供非法服务人员的责任，同时还需要加大对正规运营平台的监管和审查力度，创设和谐的网络文化环境，为我国青少年自我积极健康发展提供有效保障。

三、加强学校对网络文学阅读的干预

学校和家庭是青少年成长不可忽视的两个重要环境，学生的主要活动空间都在家庭和学校。良好的环境对青少年自我概念清晰性的塑造有着重要的作用，所以面对网络文学阅读给青少年自我概念清晰性带来的消极影响，可以通过学校和家庭等外界环境对广大青少年进行正确的引导，从而使得他们可以用正确的态度对待网络文学，健康成长。

学校是广大青少年学习知识、接受教育的主要场所。它担负着引导青少年树立正确人生观、价值观和世界观，乃至自我观的重要责任。面对网络文学阅读给青少年自我概念清晰性带来的冲击，学校要发挥其教育作用，引导青少年正确阅读优质网络文学作品，规避一些低俗网络文学作品带来的消极影响。

1. 发挥教师育人铸魂的作用

教师若要引导学生走向网络文学作品良性阅读，需要其自身具备良好的网络信息素养，同时对网络文学作品进行深入的了解和正确的判断，只有这样才能起到正确引导作用。教师可以利用一些教学活动对此进行引导，比如可以先去阅读一些网络文学作品，然后从中挑选一些优质的网络小说推荐给学生。并且在学生阅读完之后要求他们写一篇读后感，分享自己读完之后的心得。或者举行一些针对网络文学的辩论赛、讨论会等活动，让学生们在这些活动中讨论一些他们阅读过后觉得优质的文学作品，分享心得体会。

2. 充分发挥朋辈互助的积极作用

朋辈是青少年所阅读网络文学作品的重要来源，在本书前期访谈中，

全部被访青少年都指出自己选择的网络文学作品主要来自同伴好友的推荐。而且在学校里他们会经常讨论自己喜欢的作品，一起追更新、发表评论和购买周边产品等。因此，学校可以充分发挥朋辈互助的积极作用，借助文学兴趣小组或者社团，开展系列活动，如小说推荐会、阅文推文大赛、广播读书等，增加学生之间的交流，提升他们对优秀作品的辨别能力和文学品位。

3. 积极开展网络文学素养提升活动

学校在引导学生正确选择和理性阅读网络文学作品上具有重要作用。提升青少年网络文学素养，包括帮助学生树立正确的文学评价标准，理性看待文学作品中虚构与现实的差异等。通过学校开展主题教育活动，帮助学生了解哪些文学作品值得阅读，特别是符合我国社会主义核心价值观的系列读物。对网络文学作品中体现的积极价值理念可以借鉴和学习，但是对一些错误的价值理念（享乐主义、金钱至上等）则需要规避和远离。

四、构建良好的家庭阅读氛围

家庭氛围、家长素质和教育方式都对青少年自我概念发展有着一定的影响。随着网络文学在青少年群体中的流行，网络文学阅读对青少年自我发展和成长成才的影响不容忽视，家长需要为孩子创建良好的家庭氛围，对青少年网络文学阅读行为进行正确引导。具体可以从以下几个方面展开。

1. 建立宽松包容的家庭阅读环境

家庭是孩子成长的第一空间，阅读习惯、文学品位和素养提升都离不开良好的家庭阅读环境。网络文学日益成为广大青少年的主流阅读产品，父母在引导孩子正确阅读网络文学作品时，首先要创设包容的家庭阅读环境。随着年龄的增长，青少年对文学作品的选择越来越个性化和自我中心化，有别于儿童期父母挑选的严肃文学，他们会更加受到活泼轻松的网络文学吸引。因此，家长在干预孩子网络文学阅读时，应该给予包容心，不是一竿子打死，鼓励孩子阅读各种类型的文学作品，最好能够参与其中。

2. 深度参与，理性引导

对孩子网络文学阅读的干预，需要家长在了解网络文学作品的基础上，理解孩子对网络文学的渴求，并加以引导。对网络文学的态度，目前有极端化的趋势，一些家长片面认为只要阅读就是好事，从而忽视了孩子的阅读质量，另外一些家长认为网络文学充斥着大量色情暴力等内容，严禁孩子阅读。在不了解的情况下，家长只是单纯地采用强硬的手段去制止，容易使得父母与孩子之间产生间隙，不利于家庭良好教育氛围的实现。因此，家长对孩子网络文学阅读的引导应该避免表面化和不理性，建议加强文学阅读中的亲子沟通，如共看一本网络小说，理性引导孩子选择更有利于其自我发展和健康成长的网络文学作品。

3. 丰富课余生活中的兴趣导向

网络与青少年自我发展的相关研究，特别是网络成瘾等适应性问题研究均表明，丰富孩子的课外生活更加有助于规避网络的不良影响。家长们可以陪同孩子去参加一些有意义的活动，以此去培养他们的一些积极的兴趣和爱好。通过多样化的家庭生活，保证其在课余时间有着丰富的业余生活，从而减少阅读网络小说的时间，达到降低网络文学阅读带来的消极影响的目的。

第三节　研究不足与展望

本书主要致力于探讨青少年网络文学阅读与自我概念清晰性之间的关系。为了厘清青少年网络文学阅读对自我概念清晰性的影响机制，综合采用多种研究方法展开了一系列研究。通过系列研究的开展，虽然了解了青少年网络文学阅读对自我概念清晰性的分化作用及其作用机制，但也存在着一些研究不足，在后续研究需要加以注意。

第一，被试的代表性。本研究被试主要是来自武汉市的中学生和大学生。武汉属于我国中等发展水平的城市，由以往的研究发现，网络使用程度会受到经济发展水平的影响，青少年网络文学阅读也可能会受到经济和文化发展的影响，因此未来研究还需要考虑到不同经济背景水平青少年的网络文学阅读行为。

第二，在网络文学阅读对青少年自我概念清晰性的影响的研究方面，笔者使用的是横断研究设计，目前已有研究开始用认知神经研究方法研究阅读中的沉浸体验，因此未来研究也可以结合认知神经技术更加细化讨论网络文学阅读对个体自我影响的认知神经机制。另外，本书中的文本分析选择的是网络文学作品的名称，名称在一定程度上反映了小说内容，如果要更加细致地探索网络文学的写作风格和特点，未来研究还可以就网络文学具体内容进行分析和讨论。

第三，网络文学具备了互联网的交互性和多媒体传播特点，本书主要基于文字静态角度探讨了网络文学阅读对青少年自我概念清晰性的影响，青少年在网络上对网络文学的分享和互动也会影响到个体自我的发展。未来研究可以以网络为实验背景，进行交互式模拟情景实验，进一步从网络交互性的视角探讨网络文学阅读行为对青少年自我概念清晰性的影响。

第四，在对网络文学阅读这一主题的探讨中，讨论了家庭功能对青少年自我概念发展的作用。家庭功能是一个比较整合的概念，父母针对阅读的具体行为可能会更加直接地影响到青少年的阅读行为，例如父母的支持性阅读，与孩子分享阅读等行为可以更加有效规范青少年网络文学阅读行为。这都需要未来研究的深入探讨。

第四节 总 结 论

本书考察了青少年网络文学阅读行为与自我概念清晰性的影响机制，结果验证了个体、媒介和环境的交互作用模型。

首先，从青少年网络文学阅读现状和特点来看，阅读网络文学是青少年重要的网络娱乐活动形式，阅读呈现日常化趋势。青少年喜爱的网络文学呈现了超现实、强卷入、情绪发泄性和浅阅读的特点。

其次，青少年网络文学阅读对自我概念清晰性的影响支持自我概念分化假说，表现为网络文学阅读强度、卷入程度和情绪放松动机负向显著预测个体自我概念清晰性。

再次，针对网络文学阅读对青少年自我概念清晰性的影响的内部作用机制研究，结果显示：角色认同、沉浸感和自我扩展都在网络文学阅读对青少年自我概念清晰性的影响中起到中介作用。青少年网络文学阅读既可以通过角色认同、沉浸感和自我认同的单独作用影响自我概念清晰性，也可以通过角色认同—自我扩展和沉浸感—自我扩展的链式中介作用影响自我概念清晰性，还可以通过角色认同—沉浸感—自我扩展的多重链式中介作用影响自我概念清晰性。

然后，有调节的中介效应检验结果显示：年龄、性别和人物相似性调节了以上的中介效应。年龄调节了角色认同、沉浸感和自我扩展在网络文学阅读与青少年自我概念清晰性之间的中介效应，表现为年龄越大，角色认同、沉浸感和自我扩展的中介效应越低。性别调节了自我扩展在网络文学阅读与青少年自我概念清晰性之间的中介效应，表现为男生比女生的自我扩展中介效应高。人物相似性调节了角色认同、自我扩展在网络文学阅读与青少年自我概念清晰性之间的中介效应，表现为人物相似性越高，角色认同和自我扩展的中介效应越高。

最后，同伴和家庭的作用机制的研究结果显示：高友谊质量青少年的网络文学阅读对自我概念清晰性的负向影响显著低于低友谊质量的青少年；高家庭功能青少年的网络文学阅读对自我概念清晰性的负向影响显著高于低家庭功能青少年。

附　　录

一、青少年网络文学阅读现状调查问卷

亲爱的同学：

你好！这是一项关于网络时代下青少年成长状况的调查。这次调查主要了解你阅读网络文学（网络小说）的情况。因此，答案无对错之分，请你一定要根据自己的实际想法作答。

在开始填写问卷前，请仔细阅读以下几条说明。

① 请认真阅读题目前面的说明，按要求答题。

② 请按照问卷题目的顺序回答，不要遗漏任何一道题。

③ 答案无对错之分，答题时不用在一道题上过多思考，请根据自己的第一感觉回答。

④ 答卷过程请保持安静，读题或作答时不要出声，以免影响其他人。

⑤ 请独立完成问卷，不要与其他同学商量。

⑥ 在填写过程中，若有问题请举手向在场的老师提问。

⑦ 回答完毕后请仔细检查，若有误答或漏答的情况，请及时更正。

请填写下面基本信息。

性别_____　　姓名_____

班级_____　　年龄_____

第一部分　基本情况

1. 你与谁住在一起？（爷爷奶奶，外公外婆，爸爸，妈妈，其他人）
2. 你是独生子女吗？（是，不是）
3. 你家里有几辆小汽车或货车/卡车？
   （1）没有　（2）有一辆　（3）有两辆或两辆以上
4. 你拥有属于自己的卧室吗？
   （1）没有　（2）有
5. 在过去的一年中，你和家人出去旅行了几次？
   （1）没有　（2）一次　（3）两次　（4）两次以上
6. 你家里有几台电脑？
   （1）没有　（2）一台　（3）两台　（4）两台以上

第二部分　网络文学阅读情况

1. 你在网上看网络小说吗？（看/不看），如果看，你看网络小说_____年。
2. 你平均每周看网络小说_____小时。
3. 请估算一下你一共看了_____本网络小说。
4. 你采用哪些方式看网络小说？（手机，电脑，平板电脑，电子书，纸质书，其他）
5. 你在哪些时间看网络小说？（上课时，课间，睡觉前，上厕所时，周末，放长假，其他）
6. 根据你在网上看各种网络小说的情况，写出你最喜欢的三本小说名字。

网络小说类型	看小说频率					最爱小说名字（三本）
	从不看	很少看	有时看	经常看	总是看	
情感/言情	1	2	3	4	5	
武侠/修真	1	2	3	4	5	
玄幻/奇幻	1	2	3	4	5	
都市/职场	1	2	3	4	5	

续表

网络小说类型	看小说频率					最爱小说名字（三本）
	从不看	很少看	有时看	经常看	总是看	
穿越/宫廷	1	2	3	4	5	
青春/校园	1	2	3	4	5	
军事/历史	1	2	3	4	5	
科幻/悬疑	1	2	3	4	5	
恐怖/灵异	1	2	3	4	5	
N次元/同人	1	2	3	4	5	
其他	1	2	3	4	5	

二、青少年网络文学阅读动机量表

下面是关于阅读网络文学（网络小说）原因的一些描述，请在符合自己情况的选项上打"√"。

其中：1＝完全不同意，2＝比较不同意，3＝不确定，4＝比较同意，5＝完全同意。

题目	完全不同意	比较不同意	不确定	比较同意	完全同意
1. 看网络小说让我结交了更多志同道合的朋友	1	2	3	4	5
2. 看网络小说能够提升我的精神境界	1	2	3	4	5
3. 我心情不好时会选择看网络小说	1	2	3	4	5
4. 我喜欢和同学一起购买网络小说的周边产品	1	2	3	4	5
5. 看网络小说可以帮我掌握各种实用信息	1	2	3	4	5
6. 看网络小说能够帮助自我提升	1	2	3	4	5

续表

题目	完全不同意	比较不同意	不确定	比较同意	完全同意
7. 我没别的事情做就常常会找网络小说来看	1	2	3	4	5
8. 网络小说能给我带来参与式的快感	1	2	3	4	5
9. 我喜欢和同学讨论当下热门的网络小说	1	2	3	4	5
10. 同学们常常对我看的网络小说感兴趣	1	2	3	4	5
11. 阅读网络小说帮我开阔眼界，增长知识	1	2	3	4	5
12. 我喜欢看启发我思考问题的网络小说	1	2	3	4	5
13. 看网络小说能让我暂时忘记烦恼	1	2	3	4	5
14. 同学们有时让我推荐网络小说给他们	1	2	3	4	5
15. 看网络小说让我从日常琐事中解脱出来	1	2	3	4	5
16. 我认为看网络小说是打发时间最有趣的方式	1	2	3	4	5

三、网络文学卷入程度量表

下面是阅读网络文学（网络小说）时候的你可能处于的状态描述，请在符合自己情况的选项上打"√"。

其中：1＝从不，2＝很少，3＝有时，4＝经常，5＝总是。

题目	从不	很少	有时	经常	总是
1. 与其他网络娱乐活动相比，我更喜欢看网络小说	1	2	3	4	5

续表

题目	从不	很少	有时	经常	总是
2. 我很喜欢看网络小说，以至于我投入了大量时间	1	2	3	4	5
3. 网络小说影响了我生活的各方面，我已经离不开它	1	2	3	4	5
4. 我在看网络小说这件事情上投入很多时间和精力	1	2	3	4	5
5. 如果可以，我愿意花更多时间阅读网络小说	1	2	3	4	5

四、网络文学角色认同量表

下面是在阅读网络文学（网络小说）时候的你对小说主人公可能产生的一些想法，请在符合自己情况的选项上打"√"。

其中：1＝从不，2＝很少，3＝有时，4＝经常，5＝总是。

题目	从不	很少	有时	经常	总是
1. 当我看小说的时候，我感觉自己陪伴了主人公成长	1	2	3	4	5
2. 小说主人公的性格和我很像	1	2	3	4	5
3. 小说主人公在一定程度上代表了我的一部分	1	2	3	4	5
4. 当我看小说的时候，我感觉主人公像朋友一样陪在我身边	1	2	3	4	5
5. 小说主人公是我想成为的人	1	2	3	4	5
6. 小说主人公的处事方式和我很像	1	2	3	4	5
7. 当我看小说的时候，我感觉进入了主人公的世界	1	2	3	4	5
8. 小说主人公有一些我希望自己拥有的特质	1	2	3	4	5
9. 当我看小说的时候，我感觉主人公就是我	1	2	3	4	5
10. 我会努力改变自己变成小说里的主人公	1	2	3	4	5
11. 小说主人公的为人和我很像	1	2	3	4	5

五、网络文学沉浸感量表

下面是阅读网络文学（网络小说）时候的你可能处于的状态描述，请在符合自己情况的选项上打"√"。

其中：1＝完全不同意，2＝比较不同意，3＝不确定，4＝比较同意，5＝完全同意。

题目	完全不同意	比较不同意	不确定	比较同意	完全同意
1. 当我看网络小说时，我会忘记我周围的环境	1	2	3	4	5
2. 看完网络小说后，我感觉自己好像结束了一次旅行又重新回到现实	1	2	3	4	5
3. 当我看网络小说时，我的身体虽在房间里，但是我的思维却处在由小说创造的世界中	1	2	3	4	5
4. 当我看网络小说时，我感到很灵活	1	2	3	4	5
5. 我觉得看网络小说十分有趣	1	2	3	4	5

六、网络文学自我扩展量表

下面是阅读网络文学（网络小说）时候的你的一些体验描述，请在符合自己情况的选项上打"√"。

其中：1＝完全不同意，2＝比较不同意，3＝不确定，4＝比较同意，5＝完全同意。

题目	完全不同意	比较不同意	不确定	比较同意	完全同意
1. 阅读网络小说，经常经历新的体验	1	2	3	4	5
2. 阅读网络小说，使你对许多事物有更进一步的了解	1	2	3	4	5

续表

题目	完全不同意	比较不同意	不确定	比较同意	完全同意
3. 阅读网络小说，增加了你完成新事务的能力	1	2	3	4	5
4. 阅读网络小说，使你更具吸引力	1	2	3	4	5
5. 阅读网络小说，让你更了解自己是个怎么样的人	1	2	3	4	5
6. 阅读网络小说，帮助你了解你有哪些潜能可以开发	1	2	3	4	5
7. 你常从网络小说中发现新的体验	1	2	3	4	5
8. 阅读网络小说，常给你提供许多新奇经验	1	2	3	4	5
9. 网络小说中主人公的长处（能力、技巧）可以弥补你不足的地方	1	2	3	4	5
10. 阅读网络小说，给你提供更宽广的看待事物的观点	1	2	3	4	5
11. 阅读网络小说，激励你学习新技能	1	2	3	4	5
12. 阅读网络小说，让你变成更好的人	1	2	3	4	5
13. 通过阅读网络小说，你的改变令身边的人对你称许有加	1	2	3	4	5
14. 阅读网络小说，给你提供不同的知识资讯	1	2	3	4	5

七、人物相似性测量

请回想你最常看的网络小说主人公,他/她是(<u>男生 \ 女生</u>)。下面的两个圆形分别代表了你和主人公,两个圆的重合度代表了你和他/她的相似程度,选择符合你的情况。

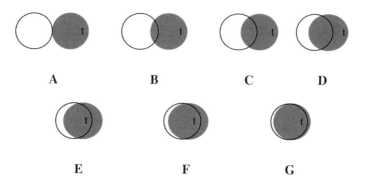

八、家庭功能量表

以下是对家庭情况的总体描述,请根据你的实际情况,在相应选项的数字上打"√"。

题目	完全不符合	不太符合	有些符合	比较符合	完全符合
1. 家人能相互表达自己的感受	1	2	3	4	5
2. 家人对彼此都非常满意	1	2	3	4	5
3. 我的家是和谐、融洽的	1	2	3	4	5
4. 家中每个人都为家庭做出了自己的贡献	1	2	3	4	5
5. 我的家非常温馨	1	2	3	4	5
6. 当遇到问题时,我们能够相互依靠,共渡难关	1	2	3	4	5

九、同伴友谊量表

以下是对你和你最要好的朋友之间关系的评价,请选择一个你认为最符合你实际情况的选项,并在相应的数字上打"√"。请仔细阅读每一道题目,根据你的第一印象选择。

题目	从不	偶尔	有时	经常	总是
1. 你的朋友帮你处理或者安排事情	1	2	3	4	5
2. 你会与你的朋友争论	1	2	3	4	5
3. 当你需要完成某件事情时,你的朋友会来帮你	1	2	3	4	5
4. 你与你的朋友会一起去某些地方做些很愉快的事情	1	2	3	4	5
5. 你教你的朋友如何做他们不懂的事情	1	2	3	4	5
6. 你与你朋友在一起玩	1	2	3	4	5
7. 你帮助你的朋友解决一些问题	1	2	3	4	5
8. 当你的朋友需要完成某件事情时,你会帮他	1	2	3	4	5
9. 与朋友在一起时你感到不安	1	2	3	4	5
10. 对你不懂的事情,你的朋友会教你怎么做	1	2	3	4	5
11. 你经常与朋友吵架	1	2	3	4	5
12. 你会将你所知道的事情告诉你的朋友	1	2	3	4	5
13. 对那些你不想让别人知道的事情,你会对你的朋友讲	1	2	3	4	5
14. 你能让你的朋友对你分享他/她的秘密和私人感情	1	2	3	4	5
15. 你会花空闲时间与你的朋友在一起	1	2	3	4	5
16. 你与你朋友的争论烦扰你	1	2	3	4	5

参 考 文 献

[1] 鲍远福.中文网络文学二十年:基本概念、意指特征与研究范式[J].南京邮电大学学报(社会科学版),2015,17(2):30-38.

[2] 博玫.试论网络文化的心理代偿功能[J].心理学探新,2004(4):17-19+61.

[3] 柴晓运,龚少英.青少年的同一性实验:网络环境的视角[J].心理科学进展,2011,19(3):364-371.

[4] 陈晓莉.大学生阅读动机问卷编制及其相关研究[D].广州:暨南大学.

[5] 程苏.职场排斥与抑郁:自我概念清晰性的中介作用[J].中国健康心理学杂志,2011,19(4):423-425.

[6] 方杰,张敏强,邱皓政.中介效应的检验方法和效果量测量:回顾与展望[J].心理发展与教育,2012,28(1):105-111.

[7] 冯泽雨.自我概念清晰性对心理控制源与孤独感关系的中介作用研究[D].呼和浩特:内蒙古师范大学,2012.

[8] 耿雅津.大学生阅读研究综述[J].图书馆学刊,2013(9):137-140.

[9] 衡书鹏,周宗奎,孙丽君.视频游戏中的化身认同[J].心理科学进展,2017,25(9):1565-1578.

[10] 衡书鹏,周宗奎,牛更枫,等.虚拟化身对攻击性的启动效应:游戏暴力性、玩家性别的影响[J].心理学报,2017,49(11):1460-1472.

[11] 侯杰泰,温忠麟,成子娟.结构方程模型及其应用[M].北京:教育科学出版社,2019.

[12] 胡心怡,陈英和.大学生生活事件对幸福感的影响:自我概念清晰性和应对方式的链式中介作用[J].中国健康心理学杂志,2017,25(10):1580-1584.

[13] 姜飞月,王艳萍.从实体自我到关系自我——后现代心理学视野下的自我观[J].南京师大学报(社会科学版),2004(5):80-84.

[14] 孔繁昌,张妍,周宗奎.自我—他人表征的发展特征与研究范式[J].苏州大学学报(教育科学版),2014(3):48-54.

[15] 刘岸英.自我概念的理论回顾及发展走向[J].心理科学,2004(1):248-249.

[16] 刘凤娥,黄希庭.自我概念的多维度多层次模型研究述评[J].心理学动态,2001(2):136-140.

[17] 李明,叶浩生.责任心的多元内涵与结构及其理论整合[J].心理发展与教育,2009,25(3):123-128.

[18] 刘庆奇,牛更枫,范翠英,等.被动性社交网站使用与自尊和自我概念清晰性:有调节的中介模型[J].心理学报,2017,49(1):60-71.

[19] 李宜霖,周宗奎,牛更枫.数字技术对个体的影响[J].心理科学进展,2017,25(10):1799-1810.

[20] 李武,刘宇,张博.大学生移动阅读的使用动机和用户评价研究——基于中日韩三国的跨国比较[J].出版科学,2014,22(6):83-87.

[21] 刘广增,潘彦谷,李卫卫,等.自尊对青少年社交焦虑的影响:自我概念清晰性的中介作用[J].中国临床心理学杂志,2017,25(1):151-154.

[22] 牛更枫,孙晓军,周宗奎,等.青少年社交网站使用对自我概念清晰性的影响:社会比较的中介作用[J].心理科学,2016,39(1):97-102.

[23] 聂晗颖,甘怡群.自我概念清晰性与生命意义感及主观幸福感的关系[J].中国临床心理学杂志,2017,25(5):923-927.

[24] 欧继花,李科生,罗紫初.阅读动机的研究进度[J].图书馆,2015(12):36-45.

[25] 欧阳友权.网络文学概论[M].北京:北京大学出版社,2008.

[26] 彭兰.碎片化社会与碎片化传播断想[J].华南理工大学学报(社会科学版),2012(6):109-110.

[27] 田晓丽.互联网时代的类社会互动:中国网络文学的社会学分析[J].清华大学学报(哲学社会科学版),2016,31(1):173-181+193.

[28] 石雷山,陈英敏,侯秀,等.家庭社会经济地位与学习投入的关系:学业自我效能的中介作用[J].心理发展与教育,2013,29(1):71-78.

[29] 邵燕君.网络文学的"网络性"与"经典性"[J].北京大学学报(哲学社会科学版),2015,52(1):143-152.

[30] 王明亮.试论网络文学的界定、特点及其价值[J].教育教学论坛,2015(34):52-53.

[31] 王晓光,刘晶.近10年来国内外移动阅读行为研究述评[J].图书情报工作,2018(7):119-126.

[32] 魏华,周宗奎,鲍娜,等.网络游戏体验问卷在中国大学生中的适用性分析[J].中国临床心理学杂志,2012,20(5):597-599.

[33] 王妍.故事如何影响我们:叙事传输的影响机制[J].心理技术与应用,2015(4):53-56.

[34] 王子舟,周亚,巫倩,等."浅阅读"争辩的文化内涵是什么[J].图书情报知识,2013(5):15-21.

[35] 吴琼,袁曦临.基于Folksonomy的网络文学书目资源本体构建[J].图书馆杂志,2013,32(7):27-31+39.

[36] 夏凌翔,李巧凝,万黎.青年人人格理想的调查——以网络小说人物的人格为视角[J].心理学探新,2009,29(1):69-72.

[37] 徐海玲.自我概念清晰性和个体心理调适的关系[J].心理科学,2007(1):96-99.

[38] 徐显金,朱延龙,陈美君,等.网络文学对大学生人格特质的影响及对策[J].科教导刊(上旬刊),2015(25):178-179.

[39] 徐欢欢,孙晓军,周宗奎,等.社交网站中的真实自我表达与青少年孤独感:自我概念清晰性的中介作用[J].中国临床心理学杂志,2017,25(1):138-141+137.

[40] 严进,杨珊珊.叙事传输的说服机制[J].心理科学进展,2013,21(6):1125-1132.

[41] 杨秀娟,张晨艳,周宗奎,等.被动性社交网站使用与抑郁:自我概念清晰性的中介作用[J].中国临床心理学杂志,2017,25(4):768-771.

[42] 杨军.媒介形态变迁与阅读行为的嬗变——以印刷媒介与网络媒介为例的考察[J].图书馆工作与研究,2006(2):90-92.

[43] 曾克宇.网络时代的大众阅读——"网络阅读"研究综述[J].高校图书馆工作,2007(2):23-28.

[44] 张杏杏,东方蔚龙,赵玉婷.网络小说成瘾研究综述[J].商丘职业技术学院学报,2012,11(6):28-29.

[45] 张冬静,周宗奎,雷玉菊,等.神经质人格与大学生网络小说成瘾关系:叙事传输和沉浸感的中介作用[J].心理科学,2017,40(5):1154-1160.

[46] 张晓洁,张莉.青少年自我概念与父母养育方式研究[J].中国临床心理学杂志,2007(4):386-388.

[47] 张晓洲,陈福美,吴怡然,等.高中生友谊质量对学校孤独感的影响:自我概念的中介作用[J].中国临床心理学杂志,2015,23(1):147-149+153.

[48] 掌阅数据中心.2017年上半年网文阅读习惯报告[EB/OL].(2017-09-27)[2022-04-28].http://www.ce.cn/culture/gd/201705/02/t20170502_22475364.shtml.

[49] 郑莹灿,胡媛艳,陈红.父母在自我概念中的神经表征[J].心理科学,2014,37(5):1111-1116.

[50] 中国新闻出版研究院.第十四次全国国民阅读调查报告[EB/OL].(2017-04-19)[2022-04-28].http://www.199it.com/archives/583748.html.

[51] 中国互联网络信息中心.第48次《中国互联网络发展状况统计报告》[EB/OL].(2021-08-27)[2022-04-28].http://www.cnnic.net.cn/hlwfzyj/hlwxzbg/hlwtjbg/202109/P020210915523670981527.pdf.

[52] 周宗奎,刘勤学.网络心理学:行为的重构[J].中国社会科学评价,2016(3):55-67+126-127.

[53] 周宗奎,孙晓军,赵冬梅,等.同伴关系的发展研究[J].心理发展与教育,2015,31(1):62-70.

[54] 周宗奎,王超群.网络社交行为会增加孤独感吗[J].苏州大学学报(教育科学版),2015(3):81-91.

[55] 周志雄.网络小说的类型化问题研究[J].南京社会科学,2014(3):129-135.

[56] 竺立军,杨迪雅.网络文学网站的社会责任研究——基于青少年成长环境的视角[J].中国青年研究,2017(5):47-52.

[57] LIGHT A E,VISSER P S. The ins and outs of the self: contrasting role exits and role entries as predictors of self-concept clarity[J]. Self & Identity,2013,12(3):291-306.

[58] ARON A,ARON E N,NORMAN C. Self expansion model of motivation and cognition in close relationships and beyond[M]// Blackwell handbook of social psychology: interpersonal processes. Malden, MA:Blackwell publishing,2003:478-501.

[59] ARON A,ARON E N. Self-expansion motivation and including other in the self[M]. London:Wiley,1997:251-270.

[60] ARON A,NORMAN C C,ARON E N. The self-expansion model and motivation[J]. Representative Research in Social Psychology, 1998,22:1-13.

[61] ARON A,LEWANDOWSKI G W,JR, et al. The self-expansion model of motivation and cognition in close relationships[M]. New York:Oxford University Press,2013.

[62] ARTLET C, BAUMERT J, JULIUS-MCELVANY N, et al. Learners for life: student approaches to learning-results from PISA 2000 [M]. Paris: Organisation for Economic Cooperation and Development,2003.

[63] ARSALIDOU M, BARBEAU E J, BAYLESS S J, et al. Brain responses differ to faces of mothers and fathers[J]. Brain & Cognition,2010,74(1):47-51.

[64] BANDURA A. The explanatory and predictive scope of self-efficacy theory[J]. Journal of Social & Clinical Psychology, 1986, 4 (3):359.

[65] BIGLER M,NEIMEYER G J,BROWN E. The divided self revisited: effects of self-concept clarity and self-concept differentiation on

psychological adjustment[J]. Journal of Social & Clinical Psychology, 2001,20(3):396-415.

[66] BLAZEK M, BESTA T. Self-concept clarity and religious orientations:prediction of purpose in life and self-esteem[J]. Journal of Religion & Health,2012,51(3):947-960.

[67] BROWN B B,DOLCINI M M,LEVENTHAL A. Transformations in peer relationships at adolescence:implications for health-related behavior[M]. New York:Cambridge University Press,1997.

[68] BRUNYE T T,DITMAN T,MAHONEY C R,et al. When you and I share perspectives:pronouns modulate perspective taking during narrative comprehension[M]. Psychological Science,2009,20(1):27-32.

[69] CAMPBELL J D,LAVALLEE L F. Who am I? The role of self-concept confusion in understanding the behavior of people with low self-esteem[M]. New York:Springer US,1993.

[70] CAMPBELL J D,TRAPNELL P D,HEINE S J,et al. Self-concept clarity:measurement,personality correlates,and cultural boundaries [J]. Journal of Personality & Social Psychology, 1996, 70 (1): 141-156.

[71] CAPUTO N M,ROUNER D. Narrative processing of entertainment media and mental illness stigma[J]. Health Communication,2011, 26(7):595-604.

[72] CIN S D, GIBSON B, ZANNA M P, et al. Smoking in movies, implicit associations of smoking with the self, and intentions to smoke[J]. Psychological Science,2007,18(7):559-563.

[73] CLARK L S. Parental mediation theory for the digital age[J]. Communication Theory,2011,21(4):323-343.

[74] COHEN J. Defining identification: a theoretical look at the identification of audiences with media characters [J]. Mass Commun,2009(4):245-264.

[75] COHEN J. Audience identification with media characters[M]// BRYANT J, VORDERER P. Psychology of entertainment. Mahwah:Lawrence Erlbaum Associates,2006:183-198.

[76] COHEN J,TAL-OR N,MAZOR-TREGERMAN M. The tempering effect of transportation: exploring the effects of transportation and identification during exposure to controversial two-sided narratives [J]. Journal of Communication,2015,65(2):237-258.

[77] CONSTANTINO M J,WILSON K R,HOROWITA L M,et al. The direct and stress-buffering effects of self-organization on psychological adjustment[J]. Journal of Social & Clinical Psychology, 2006, 25(3): 333-360.

[78] CHEN S,BOUCHER H C,TAPIAS M P. The relational self-revealed: integrative conceptualization and implications for interpersonal life[J]. Psychological Bulletin,2006,132(2):151-79.

[79] CHOU T J,TING C C. The role of flow experience in cyber-game addiction[J]. Cyberpsychology Behavior,2003,6(6):663-675.

[80] CROCETTI E,RUBINI M,BRANJE S,et al. Self-concept clarity in adolescents and parents:a six-wave longitudinal and multi-informant study on development and intergenerational transmission [J]. Journal of Personality,2005,84(5):580-593.

[81] CSIKSZENTMIHALYI M. Flow: the psychology of optimal experience[M]. Harper Perennial,1990.

[82] DAI J,ZHAI H,ZHOU A,et al. Asymmetric correlation between experienced parental attachment and event-related potentials evoked in response to parental faces[J]. Plos One,2013,8(7). :1-13.

[83] VOGT D S,COLVIN R C. Assessment of accurate self-knowledge [J]. Journal of Personality Assessment,2005,84(3):239-251.

[84] DIEHL M,HAY E L. Self-concept differentiation and self-concept clarity across adulthood: associations with age and psychological well-being [J]. International Journal of Aging & Humnn Development,2011,73(2):125-152.

［85］ DONAHUE E M,ROBINS R W,ROBERTS B W,et al. The divided self:concurrent and longitudinal effects of psychological adjustment and social roles on self-concept differentiation［J］. Journal of Personality & Social Psychology,1993,64(5):834-846.

［86］ DUN T. Communication and self-expansion:perceptions of changes in the self due to a close relationship［J］. Interpersona,2008,2(1):103-126.

［87］ DUNLOP S M, WAKEFIELD M, KASHIMA Y. Pathways to persuasion:cognitive and experiential responses to health-promoting mass media messages［J］. Communication Research,2010,37(1):133-164.

［88］ ESCALAS J E. Narrative processing:building consumer connections to brands［J］. Journal of Consumer Psychology, 2004, 14(1):168-180.

［89］ ESCALAS J E. Self-referencing and persuasion:narrative transportation versus analytical elaboration［J］. Journal of Consumer Research,2007,33(4):421-429.

［90］ FITE R E, LINDEMAN M I H, ROGERS A P, et al. Knowing oneself and long-term goal pursuit: relations among self-concept clarity, conscientiousness, and grit［J］. Personality & Individual Differences,2017,108:191-194.

［91］ FRANZIS P,CHRISTOPH N,MARIAN S,et al. Self-concept in adolescence: a longitudinal study on reciprocal effects of self-perceptions in academic and social domains ［J］. Journal of Adolescence,2013,36(6):1165-1175.

［92］ LEWANDOWSKI G W,NARDONE N. Self-concept clarity's role in self-other agreement and the accuracy of behavioral prediction［J］. Self & Identity,2012,11(1):71-89.

［93］ GERGEN K J. Social constructionist inquiry: context and implications［M］//The social construction of the person. New York:Springer-Verlag,1985.

[94] GLASER M, GARSOFFKY B, SCHWAN S. Narrative-based learning:possible benefits and problems[J]. Communications,2009,34(4):429-447.

[95] GORE J S,CROSS S E. Defining and measuring self-concept change[J]. Psychological Studies,2011,56(1):135-141.

[96] GUERRETTAZ J,CHANG L,HIPPEL W V,et al. Self-concept clarity: buffering the impact of self-evaluative information[J]. Individual Differences Research,2014,12(4):180-190.

[97] GRAAF A D. The effectiveness of adaptation of the protagonist in narrative impact: similarity influences health beliefs through self-referencing[J]. Human Communication Research,2014,40(1):73-90.

[98] GRAAF A M D,HOEKEN H,SANDERS J M,et al. Identification as a mechanism of narrative persuasion[J]. Communication Research,2012,39(6):802-823.

[99] GRAHAM J M,HARF M R. Self-expansion and flow:the roles of challenge, skill, affect, and activation[J]. Personal Relationships,2015,22(1):45-64.

[100] GREEN M C. Transportation into narrative worlds:the role of prior knowledge and perceived realism[J]. Discourse Processes,2004,38(2):247-266.

[101] GREEN M C. You are who you watch:identification and transportation effects on temporary self-concept[J]. Social Influence,2010,5(4):272-288.

[102] GREEN M C,BROCK T C. The role of transportation in the persuasiveness of public narratives[J]. Journal of Personality & Social Psychology,2000,79(5):701.

[103] GREEN M C,BROCK T C,KAUFMAN G F. Understanding media enjoyment:the role of transportation into narrative worlds[J]. Communication Theory,2004,14(4):311-327.

[104] GREEN M C, DONAHUE J K. Persistence of belief change in the face of deception: the effect of factual stories revealed to be false [J]. Media Psychology, 2011, 14(3): 312-331.

[105] GREEN M C, SESTIR M. Transportation theory[M]. New York: John Wiley & Sons, Inc, 2017.

[106] GURUNG R A R, SARASON B R, SARASON I G. Predicting relationship quality and emotional reactions to stress from significant-other-concept clarity[J]. Personality & Social Psychology Bulletin, 2001, 27(10): 1267-1276.

[107] HARRIS J R. Where is the child's environment? A group socialization theory of development[J]. Psychological Review, 1995, 102(3): 458-489.

[108] HARRIS K R. Self-regulated strategy development for students with writing difficulties[J]. Theory Into Practice, 2011, 50(1): 20-27.

[109] HIGGINS E T, KLEIN R, STRAUMAN T. Self-concept discrepancy theory: a psychological model for distinguishing among different aspects of depression and anxiety[J]. Social Cognition, 1985, 3(1): 51-76.

[110] HILSEN A I, HELVIK T. The construction of self in social medias, such as Facebook[J]. Ai & Society, 2014, 29(1): 3-10.

[111] HOEKEN H, FIKKKERS K M. Issue-relevant thinking and identification as mechanisms of narrative persuasion[J]. Poetics, 2014, 44(2): 84-99.

[112] HOEKEN H, KOLTHOFF M, SANDERS J. Story perspective and character similarity as drivers of identification and narrative persuasion[J]. Human Communication Research, 2016, 42(2): 292-311.

[113] HOEKEN H, SINKELDAM J. The role of identification and perception of just outcome in evoking emotions in narrative persuasion[J]. Journal of Communication. 2014, 64(5): 935-955.

[114] HOFFNER C A, LEE S, PARK S J. "I miss my mobile phone!": self-expansion via mobile phone and responses to phone loss[J]. New Media & Society, 2015, (10):1-17.

[115] HSU C T, JACOBS A M, CONRAD M. Can Harry Potter still put a spell on us in a second language? An fMRI study on reading emotion-laden literature in late bilinguals[J]. Cortex: A Journal Devoted to the Study of the Nervous System and Behavior, 2015, 63:282-295.

[116] ISRAELASHVILI M, KIM T, BUKOBZA G. Adolescents' overuse of the cyber world-internet addiction or identity exploration?[J]. Journal of Adolescence, 2012, 35(2):417-424.

[117] JOHNSON G M, PUPLAMPU K P. Internet use during childhood and the ecological techno-subsystem[J]. Canadian Journal of Learning & Technology, 2008, 34(4):390-394.

[118] KAWASH G, KOZELUK L. Self-esteem in early adolescence as a function of position within Olson's circumplex model of marital and family systems[J]. Social Behavior & Personality, 1990, 18(2):189-196.

[119] KERNIS M H, BROCKNER J, FRANKEL B S. Self-esteem and reactions to failure: the mediating role of overgeneralization[J]. Journal of Personality & Social Psychology, 1989, 57(4):707-714.

[120] KIM H K, DAVIS K E. Toward a comprehensive theory of problematic internet use: evaluating the role of self-esteem, anxiety, flow, and the self-rated importance of internet activities[J]. Computers in Human Behavior, 2009, 25(2):490-500.

[121] KIM J Y, SANG H N. The concept and dynamics of face: implications for organizational behavior in Asia[J]. Organization Science, 1998, 9(4):522-534.

[122] KIRSH S J. Media and youth: a developmental perspective[M]. New York: Wiley-Blackwell, 2010.

[123] KONIJN E A,BIJVANK M N,BUSHMAN B J. I wish I were a warrior:the role of wishful identification in the effects of violent video games on aggression in adolescent boys[J]. Developmental Psychology,2007,43:1038-1044.

[124] KONIJN E A,HOORN J F. Some like it bad:testing a model for perceiving and experiencing fictional characters [J]. Media Psychology,2005(7):107-144.

[125] KOSKIMAA R. Digital literature:from text to hypertext and beyond[D]. 2000.

[126] LEARY M R,TIPSORD J M,TATE E B. Allo-inclusive identity: incorporating the social and natural worlds into one's sense of self [M]//WAYMENT H A,BAUER J J. Transcending self-interest: psychological explorations of the quiet ego. Washington D. C.: American Psychological Association. 2008:137-147.

[127] LEE K M. Presence,explicated[J]. Communication Theory,2004, 14:27-50.

[128] LEWANDOWSKI G W,NARDONE N,RAINES A J. The role of self-concept clarity in relationship quality[J]. Self & Identity,2010, 9(4):416-433.

[129] LINVILLE P W. Self-complexity and affective extremity:don't put all of your eggs in one cognitive basket[J]. Social Cognition,1985 (3):94-120.

[130] LINVILLE P W. Self-complexity as a cognitive buffer against stress-related illness and depression[J]. Journal of Personality and Social Psychology,1987,52:663-676.

[131] LIN J S,SUNG Y,CHEN K J. Social television:examining the antecedents and consequences of connected TV viewing [J]. Computers in Human Behavior,2016,58:171-178.

[132] LIVINGSTONE S, HELSPER E J. Parental mediation of children's internet use[J]. Journal of Broadcasting & Electronic Media,2008,52 (4):581-599.

[133] MACEK P, OSECKA L, BLATNYl M. Adolescents self-concept, identity, and view on the present and future time[C]//5th European Conference on Developmental Psychology. 1992:325.

[134] MATSUBA M K. Searching for self and relationships online[J]. Cyberpsychology Behavior,2006,9(3):275-284.

[135] MATTINGLY B A, LEWANDOWSKI G W L JR. Broadening horizons: self-expansion in relational and non-relational contexts [J]. Social & Personality Psychology Compass,2014,8(1):30-40.

[136] MATTO H, REALO A. The estonian self-concept clarity scale: psychometric properties and personality correlates. Personality & Individual Differences,2001,30(1):59-70.

[137] MCADAMS D P, JOSSELSON R, LIEBLICH A. Identity and story:creating self in narrative[M]. Washington D. C. :American Psychological Association,2006.

[138] MOYER E, NABI R L. Explaining the effects of narrative in an entertainment television program: overcoming resistance to persuasion[J]. Human Communication Research, 2010, 36(1): 26-52.

[139] MURPHY S T, FRANK L B, CHATTERJEE J S, et al. Narrative versus nonnarrative:the role of identification, transportation, and emotion in reducing health disparities[J]. Journal of Communication,2013,63(1):116-137.

[140] NEZLEK J B, PLESKO R M. Day-to-day relationships among self-concept clarity, self-esteem, daily events, and mood[J]. Personality & Social Psychology Bulletin,2001,27(2):201-211.

[141] NIEMZ K, GRIFFITHS M, BANYARD P. Prevalence of pathological internet use among university students and correlations with self-esteem, the general health questionnaire (ghq), and disinhibition[J]. Cyberpsychology Behavior,2005,8(6):562-570.

[142] NOSEK B A, GREENWALD A G, BANAJI M R. The implicit association test at age 7: a methodological and conceptual review

[M]//BARGH J A. Automatic processes in social thinking and behavior. London:Psychology Press,2007:265-292.

[143] PAQUETTE D,RYAN J. Bronfenbrenner's ecological systems theory[M]. New York,Philip,2001.

[144] PHILIP C,PALMGREEN J D,et al. A comparison of gratification models of media satisfaction[J]. Communication Monographs,1985,52(4):334-346.

[145] PALMGREEN P,WENNER L,ROSENGREN K. Uses and gratifications research: the past ten years[M]. London: SAGE Publication,1985.

[146] QUINONES C, KAKABADSE N K. Self-concept clarity and compulsive internet use: the role of preference for virtual interactions and employment status in British and North-American samples[J]. Journal of Behavioral Addictions,2015,4(4):289-298.

[147] REIJMERSDAL E A V,JANSZ J,PETERS O,et al. Why girls go pink:game character identification and game-players' motivations[J]. Computers in Human Behavior,2013,29(6):2640-2649.

[148] RICHTER T,APPEL M,CALIO F. Stories can influence the self-concept[J]. Social Influence,2014,9(3):172-188.

[149] DUNLOP S M, KASHIMA Y, WAKEFIELD M. Predictors and consequences of conversations about health promoting media messages[J]. Communication Monographs,2010,77(4):518-539.

[150] SCHAFER J,GENDOLLA P. Beyond the screen:transformations of literary structures, interfaces and genres[M]. Bielefeld: Transcript,2010.

[151] SCHINDLER I. Linking admiration and adoration to self-expansion:different ways to enhance one's potential[J]. Cognition & Emotion,2015,29(2):292-310.

[152] SHEDLOSKY-SHOEMAKER R,COSTABILE K A,ARKIN R M. Self-expansion through fictional characters[J]. Self & Identity,2014,13(5):556-578.

[153] SHEN F. Stories that count: influence of news narratives on issue attitudes[J]. Journalism & Mass Communication Quarterly, 2014, 91(1): 98-117.

[154] SHI X, WANG J, ZOU H. Family functioning and internet addiction among Chinese adolescents: the mediating roles of self-esteem and loneliness[J]. Computers in Human Behavior, 2017, 76: 201-210.

[155] SHOWERS C. Compartmentalization of positive and negative self-knowledge: keeping bad apples out of the bunch[J]. Journal of Personality and Social Psychology, 1992, 62: 1036-1049.

[156] SHOWERS K B. Colonial and post-Apartheid water projects in southern Africa: political agendas and environmental consequences[J]. African Studies Centre, Boston University, 1998.

[157] SHOWERS C J, ZEIGLER-HILL V. Organization of self-knowledge: features, functions, and flexibility[M]//LEARY M R, TANGNEY J P. Handbook of self and identity. New York: The Guilford Press, 2003: 47-67.

[158] SOUTTER A R B, HITCHENS M. The relationship between character identification and flow state within video games[J]. Computers in Human Behavior, 2016, 55: 1030-1038.

[159] STINSON D A, WOOD J V, DOXEY J R. In search of clarity: self-esteem and domains of confidence and confusion[J]. Personality & Social Psychology Bulletin, 2008, 34(11): 1541.

[160] SUSZEK H, FRONCZYK K, KOPERA M, et al. Implicit and explicit self-concept clarity and psychological adjustment[J]. Personality & Individual Differences, 2018, 123: 253-256.

[161] SUBRAHMANYAM K, GARCIA E C, HARSONO L S, et al. In their words: connecting on-line weblogs to developmental processes[J]. British Journal of Developmental Psychology, 2009, 27(1): 219-245.

[162] TAYLOR L D. Investigating fans of fictional texts:fan identity salience,empathy,and transportation[J]. Psychology of Popular Media Culture,2015,4(2):172-187.

[163] TICHON J G,SHAPIRO M. The process of sharing social support in cyberspace[J]. Cyberpsychology Behavior,2003,6(2):161-170.

[164] WIGFIELD A. Reading motivation:a domain-specific approach to motivation[J]. Contemporary Educationall Psychology,1997,32(2):59-68.

[165] WRETSCHKO G, FRIDJHON P. Online flow experiences, problematic internet use and internet procrastination[J]. Computers in Human Behavior,2008,24(5):2236-2254.

[166] TURKAY S,KINZER C K. The effects of avatar:based customization on player identification[J]. International Journal of Gaming and Computer-Mediated Simulations,2014(6):1-26.

[167] VAN K K, HOEKEN H, SANDERS J. Evoking and measuring identification with narrative characters:a linguistic cues framework[J]. Frontiers in Psychology,2017(8):1190.

[168] VALKENBURG P M,PETER J. Adolescents' identity experiments on the internet:consequences for social competence and self-concept unity[J]. Communication Research,2008,35(2):208-231.

[169] VALKENBURG P M, PETER J. Online communication among adolescents:an integrated model of its attraction,opportunities,and risks[J]. Journal of Adolescent Health,2011,48(2):121-127.

[170] VALKENBURG P M,PETER J,WALTHER J B. Media effects: theory and research[J]. Annual Review of Psychology,2015,67(1):315.

[171] VIIRES P. Literature in cyberspace[J]. Folklore Electronic Journal of Folklore,2005,29:22.

[172] WU J,WATKINS D,HATTIE J. Self-concept clarity:a longitudinal study of Hong Kong adolescents[J]. Personality & Individual Differences,2010,48(3):277-282.

[173] XU X,FLOYD A H,WESTMAAS J L,et al. Self-expansion and smoking abstinence[J]. Addictive Behaviors,2010,35(4):295-301.
[174] ZEIGLER-HILL V,SHOWERS C J. Self-structure and self-esteem stability: the hidden vulnerability of compartmentalization [J]. Personality and Social Psychology Bulletin 2007,33(2):143-159.

后　　记

《青少年网络文学阅读与自我发展》一书是在我的博士论文基础上修改、完善而出版的。该书获得湖北省社科基金一般项目"青少年网络文学阅读与自我概念清晰性（2020276）"、华中科技大学文科学术著作出版基金和青少年网络心理与行为教育部重点实验室开放课题（2018B03）资助。

网络文学是我读博以来就比较关注的研究主题。本书聚焦青少年网络文学与自我发展，主要探讨了在互联网时代泛娱乐文化背景下，青少年网络文学阅读的心理特点及其对自我概念清晰性发展的影响机制。从博士论文成文到出版成书，历时整整四年。在这四年里，我的主要精力集中于博士论文撰写，书稿的修订和完善工作上。博士毕业后的前两年，鉴于刚入职华中科技大学，还处于对新身份的适应阶段，加上教学及其他任务的牵制，相对来说书稿成文进程比较慢。直到2021年，我才真正全身心投入书稿的撰写和完善工作中。可以说书稿得以出版，来之不易！从博士论文撰写到本书出版，这一路走来，我获得了诸多师友亲朋的关心、指导和帮助！借此出版之际，向他们表示最为诚挚的敬意和感谢！

首先，特别感谢恩师周宗奎教授。周老师胸怀宽厚、治学严谨、谦和包容，是我学习的榜样，恩师的言传身教使我获益良多。在读博期间，周老师为我的专业成长营造了一个宽松的学习环境，在精神和物质上都给予了很多的支持和帮助，并提供了许多交流学习的机会，这不仅开阔了我的学术视野，也培养了我独立开展科研的能力。周老师对学术的抱负和热情深深感染我，作为一位心理学学者，他时时刻刻关心学科发展，注重心理学与社会实践的关系，这大大提升了我对专业的认同。在书稿出版的过程中，特别感谢周老师对我的耐心教导和包容，给我机会去大胆实验自己的研究设想，鼓励和支持我对书稿的修改和完善。在跟随周老师学习的十几年里，是您让我学会了如何做人、做事和做学问。感谢周老师这些年来的谆谆教诲！

其次，衷心感谢华中师范大学心理学院发展之家的各位老师，特别感谢我的硕士导师谷传华教授。谷老师教会我踏实做科研、认真对待学术的态度，感谢谷老师在我撰写书稿遇到问题时耐心的讲解和鼓励。还要由衷地感谢华中科技大学马克思主义学院思政心理学小组，感谢谭亚莉教授帮助我更好地完成了心理学向思想政治教育转向，及在书稿出版遇到困难时的给力支持；感谢万晶晶老师和吴漾老师对我的接纳和包容，正是思政心理小组的每周例会让我在大量教学工作的同时仍然保持了学术热情。

再次，在书稿的成文、撰写过程中，许多老师、同学提供了大力的帮助和支持。感谢华中师范大学心理学院范翠英教授、刘勤学老师和李董平老师在我论文初稿时帮我厘清思路，感谢田媛教授在我愁苦时候的细心安慰；感谢大学本科同学朱晓娟在恩施建始县一中帮我收集数据，感谢硕士同学李闻在中山一中帮我收据；也要特别感谢武汉市洪山区心理健康教研员韩亚平老师、东湖高新区心理健康教研室主任马房山中学洪主任、水果湖中学韦小芬老师、光谷第三初级中学的王校长和光谷第二高级中学的向莎老师，他们在书稿的数据收集中帮了太多的忙，特别是对家长问卷的收集，特别感谢他们的支持和配合。

另外，本书的修订和审校工作，也得到了我的科研小伙伴和出版社的大力支持。其中董柔纯博士生负责了本书第一部分和第二部分的校订；曹敏博士生负责了本书第三部分和第四部分的校订；许放博士生负责了本书第五部分和第六部分的校订；感谢湖北文理学院教育学院雷玉菊老师负责了全书的校订工作，并提出许多宝贵的修订意见。华中科技大学出版社易彩萍老师为本书的编辑出版做了大量具体细致的工作，在此一并向大家表述诚挚的感谢！

还要感谢我的家人。感谢爸爸妈妈和公公婆婆对我学业的支持，为了让我安心读书和工作，经常主动关心和开导我。特别感谢我的爱人胡玉波。是你，在我想放弃的时候，鼓励我；是你，在我自信心低谷的时候，给我打气；是你，给了我实现学术梦想的可能。有幸和你相识、相伴并相爱，组成一个小家庭，是我的幸运。同时，也特别感谢我的儿子胡江哲小朋友，哲哲小朋友从在妈妈肚子里开始就特别乖，不闹妈妈。你出生以后，妈妈由于学习和自身的原因，不能长时间陪伴你。作为一位母亲，感谢你对妈妈的包容，是你坚定了妈妈再难也要完成任务的决心。和睦家庭是我一生的财富，让我终身感激、难以忘却！

最后，在本书相关研究展开和出版过程中，充分参考、吸收和借鉴了国内外专家学者的相关研究成果，这为本书提供了坚实的理论支持和研究借鉴。在此，向各位专家学者们致谢！

作者谨识
2022 年 6 月于武汉